有爱的青春陪伴者

误入春深
温乃兮【著】
花山文艺出版社
河北·石家庄

图书在版编目（CIP）数据

误入春深 / 温乃兮著. -- 石家庄: 花山文艺出版社,2022.10
ISBN 978-7-5511-6277-7

Ⅰ. ①误… Ⅱ. ①温… Ⅲ. ①长篇小说一中国一当代 Ⅳ. ①I247.5

中国版本图书馆CIP数据核字(2022)第166400号

书　　名：误入春深
Wu Ru Chun Shen

著　　者：温乃兮

责任编辑：郝卫国
特约编辑：欧雅婷　姜文迪
责任校对：董　舸
美术责编：王爱芹
封面设计：刘　艳
内文设计：唐卉婷
封面绘制：RedMatcha
出版发行：花山文艺出版社（邮政编码：050061）
（河北省石家庄市友谊北大街330号）
销售热线：0311-88643221
传　　真：0311-88643225
印　　刷：长沙鸿发印务实业有限公司
经　　销：新华书店
开　　本：880mm×1230mm　1/32
印　　张：9
字　　数：220千字
版　　次：2022年10月第1版
2022年10月第1次印刷
书　　号：ISBN 978-7-5511-6277-7
定　　价：39.80元

目录

第一章·001 ———— 相看

第二章·040 ———— 入眼

第三章·060 ———— 求娶

第四章·078 ———— 相护

第五章·116 ———— 同心

目录

大婚 ———— 135 · 第六章

查案 ———— 172 · 第七章

迷雾 ———— 204 · 第八章

真相 ———— 226 · 第九章

旧事 ———— 253 · 第十章

宋晏林 ———— 277 · 番 外

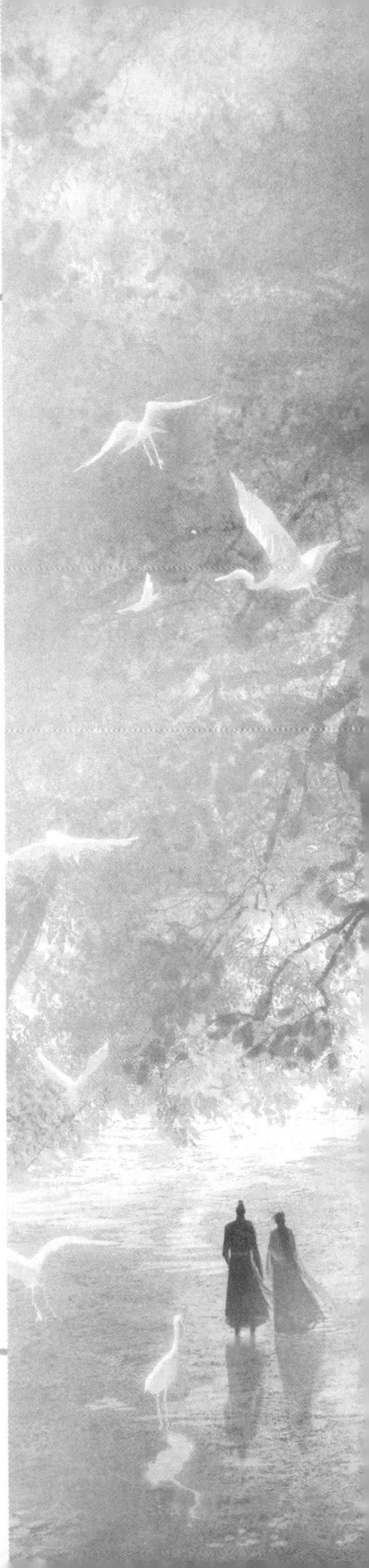

第一章

相看

入夏后白日漫长，酉时的天仍旧亮如白昼。

皇城脚下是最繁盛的地界，茶馆里说书先生惊堂木一落，净是别处听不到的时新话本。往日里爱说些才子佳人、精怪传说的，而近些天风向变了，归根究源，要追溯到麾远大将军赶在谷雨末两天提前终结了边陲战役，平西北，除祸乱。

皇帝龙颜大悦，亲自携百官于城门口相迎。那阵仗难得，惹得平头百姓一片沸腾，连带民风都变得彪悍起来，净要听些沙场点兵血腥的段子。

帝都百年茶楼里人头攒动，引来过路一小丫头停下脚步，侧耳细听了片刻。

“椿杏！”前头有人喊，小丫头赶忙小跑跟上。

“小姐，里头在说书呢。”她连说带比画，“正讲到大将军一只手搭在敌人肩膀，另一只手抓住那人胯部，使力一掰，就撕成两截来着！”

回身唤小丫头的女子身子骨小巧，藕荷色襦裙衬得肤色瓷白，眉宇间三分稚气七分温柔，是个会叫人多看两眼的好模样。她扑哧一笑：“你当是掰咸菜，那么容易就断成两截了。”

女子手执一卷画像，举起卷轴轻敲丫鬟脑门儿：“快些走，头一回见面别迟了，平白遭人口舌。”

椿杏陡然丧气起来，颇有些计较：“缪家公子样貌平平，论家世也不过富商之子，一没官职二无爵位。”她嘟嘟囔囔，“小姐这么好，配给他可惜了。”

“不许乱说，我平日教你的都忘了？”女子旋即板起一张脸，“财不外露，方得始终，这挑选夫婿也是一样的。”她左右迅速瞄了瞄，掩唇小声道，“太出挑了容易招小人，回头连累我一道遭殃，好端端嫁个人把小命搭进去多亏呀。”一番话说得轻，却振振有词，“你家小姐长命短命，全看你将来的姑爷是不是条平庸安稳、能屈能伸的汉子！”

椿杏说不过她，急得直跺脚：“那也不能太差劲了！”

“自然不好差太多。”

女子笑眯眯地伸出两根手指，比出一小段空当：“比咱们家差上一截就够了，往后不用担心受夫家欺辱，日子也不至于紧巴巴。”

门口的风拂过画卷，吹起墨色一角，轻轻掠过女子唇边弯起的一汪小梨窝。

这位兀自拨弄如意小算盘的是朝中五品郎中宋沛行之女，姓宋

名瑙，小字瑟瑟。

大概坏就坏在这起名上，她打小什么都好，偏性子懦且孬，凡事都求一个稳妥无虞。今年恰逢及笄，是到定亲婚嫁的时候了，四面八方递进来的适龄青年画像跟雪花片似的，她本人也格外上心，手一挥，定下三道准则。

身世显赫者不要，出类拔萃者不要，心气高远者不要。

严格参照以上条件，先筛去一拨人，余下的里面再衡量一衡量，最终选出十来个比上不足却比下有余的，预备逐一见过。宋瑙信誓旦旦地说，她必定能在清一色资质平平的青年里面拔个最出挑的。

主仆二人走在繁闹街巷，日头西斜，闲聊声缓缓没入这一片人间烟火之中。

“椿杏啊，你还是太肤浅了，不知庸碌有庸碌的好处。”

小丫鬟头一歪，做虚心状：“什么好处？”

“譬如说，长寿。”宋瑙铿锵有力道，“千年王八万年龟，但凡活得久的，哪一个显山露水了？”

椿杏噎住，好半天接不上话。

两人越走越远，年轻女儿家的谈笑落到身后，片刻间消失在长街尽头。

抵达约定地方，天边层云已经染上金色的光，亭台里边坐着位公子，身穿事先讲好的藏青色长衫，一眼看去十分好辨认。

宋瑙往前走了两步，紧接着一个负手旋身，又往回折返三步，动作宛如行云流水。

要论身姿矫健，擅逃窜，椿杏必然是不如她主子道行深，一个没提防便撞过去，正晕晕乎乎的，只听宋瑙端着腔调严肃的嗓音问道："这人怎么跟画像上不太一样？"

大约是她口吻过于凝重，椿杏一下慌了神，右腿向后撤退一步，做出随时跑路的架势。到底是服侍宋瑙许多年，别的没学会，危急时刻先迈哪条腿最容易逃跑绝对是门儿清。

宋瑙两手捉住她的肩头，使劲摇晃："你快去帮我看一眼，别是风大糊眼，我怎么瞧他要比画像好看恁多？"

闻言，椿杏松了口气。她一向听话，踮起脚做贼似的往远处偷瞄，登时也有些傻眼。

撇去相貌不谈，光是身板就比画中挺拔精干不少，随手一斟茶的动作都透出一股别家贵公子没有的气度。这人不能用好看来形容，说是飘逸硬朗更合适，也许是爱屋及乌，连带他身后的侍从都比一般小厮顺眼得多。

"只见过把人往好里画，还没见过这么抹黑自己的。"

此时主仆俩正蹲在小道边上，自以为很隐蔽地交头接耳。

不远处的亭台里，侍从微微皱眉，踏前一步轻声问："爷？"

男人淡淡一摆手。他抬眼望过去，见到背对他的小姑娘手肘撑在膝头，掌根托腮，缩成一小团蹲那儿，不知道在苦思冥想些什么，须臾右手突然握拳，朝左掌心用力一击打，呈恍然大悟状。他忍不住笑了一下，眼底渐渐浮上饶有兴致的光。

"他必定是个行事低调谨慎的人，与我一样，纵有十分的才貌，平日里也只肯露出五分来！"宋瑙终于想出个说辞，拿来解释椿杏适才的疑惑。

小丫鬟瞬间被说服，两人一拍即合，站起身掸了掸灰尘，一起朝亭台走去。

待到极近的距离，宋瑙又一愣，前面是粗看不比当下看得真切，此时才发觉这人五官轮廓分明，线条俊朗，尤其一双眸子生得

很好，只是目光总显锐利，哪怕他分明没带什么情绪地朝这儿一瞥，宋瑙便双腿发软，没由来地就想跪地求饶。

故而她站在台阶下，本能地顿了顿步子，甚至又想拔腿离开。但还没有行动，椿杏脚下刹不住，已经先她一步迈入亭子。

宋瑙攥紧画像，稍一迟疑，最后也踏阶而上。

“缪公子。”

宋瑙礼节性地唤了一声，然后坐到对面石凳上。

男人未应声，只挑眉看她一眼。

想来都怪这一眼，以至于原先对镜揣摩过许多次的如何开场、怎样应答，乃至攀谈中的起承转合，宋瑙一下子全记不起来，思绪乱纷纷的，张口就问：“您将来预备纳几房侍妾？”

话一出口，椿杏也为之一震，按原计划，这该是聊到渐入佳境之后才佯装不经意抛出来的问题。

宋瑙避开椿杏惊诧的眼神，尽管内心已方寸大乱，但面上仍不动声色，死死端住大家闺秀的架子。

男人终于笑出声，食指落在桌沿，轻叩两下：“这个，不好说。”寥寥几个字，像从胸腔里头往外发出去的，浑厚却通透，“不知姑娘怎么想？”

这话头已起，宋瑙心一横，索性接下去：“我以为纳几房都是其次，主要这纳妾，当以人品高贵优先。”

男人咳笑：“只听过纳妾看皮相，看家世，头次听说还要看人品？”

“缪公子有所不知。”宋瑙痛心疾首道，“刘侍郎家的正妻年前被小妾毒杀了，死状可谓凄惨。”

年轻公子端起杯盏，眼底笑意无遮无拦地便映入叶芽浮沉的水面之上。他摇一摇头，面前这姑娘，合着是怕死。

他轻抿一口，放下茶杯："我回帝都时日不长，关乎刘侍郎家的正妻怎么死的，确实不知。"

宋瑙慌归慌，但脑子还好使，登时从他话里听出一些长年在外的意味。

她迷茫地仰起脸，印象里缪家公子自小生长在帝都，没听说出过远门。她斟酌须臾，小心地试探着问："公子可是同您父亲去别处跑了几趟生意，所以对近来皇城里的事不大了解？"

男人失笑，摆头道："家父早已经不在了。"

"不在？"宋瑙结结实实地愣住。

事后回忆起这一茬儿，她认定是男人这张脸怪好看的，面对面坐久了容易让人花眼恍神，害她平时挺伶俐一人，居然真诚到有些微蠢的地步问候了他一声："往、往哪儿去了？"

男人指了指地下，不无遗憾道："自然是三尺黄土，一口棺材。"

"什么？"宋瑙噌地站起身，脸煞白，显然吓坏了，"伯父几时去的？"她晕头转向地伸出四根手指，"我三天前才见过他，在万聚阁，伯父搓了一手好麻将，还赢下不少钱。"

"哦，三天前啊。"瞥了眼她定定伸出来的四根葱白的手指头，男人轻一抬手掩于唇上，堪堪挡住溢出嘴角的笑纹，眉目间却仍旧是一片正经严肃，他思忖着说，"姑娘怕是看错了，家父过世算起来也有好几年了。"

宋瑙嗖地收回手，低头想了片刻。论起来自踏入这亭台，她心里头就生出些古怪又不寻常的预兆，此时是越往深处想，一颗心就越发凉飕飕地往外漏风。

终于，她面色略显孱弱，说话颤颤巍巍："这里，是东边亭台吗？"

男人也似绷不住了，笑得无遮无拦，如一道闪电兜头劈下。

“姑娘分不清东西南北的模样，真是纯稚可人。”

多亏椿杏出手扶了下，宋瑙才稳稳站住脚，没当场跪下，多少存下些面子没一趟丢光。她脑中飞快掠过三五种离场方式，如何不着痕迹且优雅自如地抽身走人，已然成为她及笄前夕最大的一个难题。

毕竟，她即将是个成熟的女子了，遇事再不能提起裙裾就逃，要拿出成熟女子的气质来。

好在命运没有太为难她，亭外适时传来宋父的声音。

宋瑙扭身奔下台阶：“爹爹！”

她眼含泪珠子，原是想哭诉，爹爹您不知道，方才您女儿有多给老宋家丢人。

“你这孩子，怎么跑来西亭台了？”

宋父瞧见女儿无碍，暗自松一口气，旋即板起脸：“快去跟你缪伯父赔个不是，叫人家长辈一通好等，成何体统？”

宋瑙从旁一看，缪老爷她是认识的，从头到尾没一处不圆润，是个过分富态的商贾之相。只是万万没料到，他儿子小缪公子居然同他爹是一个模子刻出来的，圆脸方鼻，活活比画像上肿出几大圈。

他不笑还好，怕便怕他摇开折扇，冲你勾唇一笑，顷刻间两只眼睛都被挤得没处寻了。

宋瑙头脑一阵眩晕，一天里接连生受两次打击，亏得她是个豁达的人，强撑着把场面话说完，草草走了个过场，转头才将父亲拉到亭台荫蔽下，摊开画轴，一脸沉痛委屈：“爹，您瞧瞧，这缪公子跟画像上有哪一处是像的，他就成体统了？也不嫌害臊。”

缪家父子还没走远，宋父忙去堵她的嘴，背后忽地响起一句附和：“言之有理。”

声音清朗，毫无将别人的话偷听去的羞愧，甚至还微微带些凛然正气。

亭中人不知何时站在那儿的，眼光落到敞开的画卷之上，手抚下颌正仔细端详。

宋瑙背脊一僵，理智告诉她要镇定，但身子却很诚实地抢先一步动起来。她飞快蹿到父亲身后，拽过他衣袖下摆，猫腰躬背，把自己挡得严严实实。

宋父莫名其妙：“躲什么，出来。”

宋瑙涨红一张脸，悄声嗫嚅：“不、不大方便。”

她整套动作一气呵成，要再退回去也不见得能挣回几分面子，总归没什么端庄可言了，索性咬咬牙，以不动应万变。

饶是如此，其实并没太多用处。男人仍旧一低眸便能看见她哆哆嗦嗦的头顶，瞧那可怜见儿的，他极不厚道地又一次发出哼笑声，虽然轻如珠玉落地，却仍像一把软刀子，在宋瑙心上刮来蹭去，瞬间臊得她满面通红。

“令爱很有意思，大老爷好福气。”

他话没多说，只留下一句便离开了。

统共十二个字，宋瑙听完觉得挺难受的，这夸人最寻常客套的诸如蕙质兰心、明秀娇俏她一样没占上，只占到一个轻飘飘的“有意思”，可见这大概也不是什么好词。

望着对方渐行渐远的身影，宋父若有所思，听此人说话口气，不像跟女儿有过节，倒像是旧相识。

“哪个府上的大公子，你认识？”

宋瑙蔫头耷脑地走出来，鞋尖踢着一颗小石子，丧气地摇了摇头：“凑巧遇上的。”

宋父捋一把胡须，喃喃道：“此人非凡品啊。”

此时夕阳铺满天际，亭台水榭笼在一片渐次转深的暗红色里，宋瑙便站在袅袅娜娜的暮色中，抑郁地想：管他凡品不凡品，苍天在上，但愿别再遇见他了。

可世事总会告诉我们，丢人这种事，有一便有二，注定会发生。

如同某些人，注定会重逢。

宋瑙委实在头一回相亲中受到些挫伤，颓唐了好些天才缓过来。

经过缪小公子这一遭，宋瑙吃一堑长一智，在择选夫婿的事上比先前谨慎多了。

一晃半个月过去，她又相中一书生，此人姓陆，字兰呈，虽是个家底单薄的读书人，但出自书香门第，浑身皆是唬人的书卷气。

而论起最合宋瑙心意的，当要数他空有几分心气却连年落榜，只说今年再不中，就死心断念，不再去想功名仕途了。

冲他这句话，放榜当天，宋瑙特意赶早行了两个时辰山路，只为去浮屠寺上一炷香。

她跪在蒲团上，拈香闭目，口中轻声呢喃：

“佛祖在上，祈愿陆公子今时一如往日，金榜无名，便可从此远离庙堂高阁，一生安于平常人家。”

念一遍怕佛祖听不清，反复念叨三遍她才稍稍放宽心。

椿杏双手搀扶她起身，面色复杂：“小姐，这么咒人家陆公子，不太好吧？”

“这怎么叫咒他？”宋瑙把燃掉一截的佛香插入铜炉，“只要他不失一贯水准，必然会再次落榜的。”她望向大佛金身，“何况他也不是当官的料，官场里弯弯绕绕多了，他做学问可以，真要入仕为官，怕是应付不来。”

宋瑙穿过缭绕的青烟走去偏殿，殿中央的供台上有只木质签筒，她探手去拿。

那签筒上似乎沾到些晨露，宋瑙双手打滑，还没正经去摇晃，一支签就从歪斜的长筒里落到她脚下。

椿杏弯腰去捡，说：“既然左右要落榜的，小姐何苦赶这一趟求神拜佛？”

宋瑙伸手拿过佛签，不答反问：“你说，这做人最要紧的是什么？”

椿杏一下子被问住了，来不及思索，便听宋瑙笃定接口：“是稳重！”

宋瑙语重心长道：“讲究的便是一个有备无患，陆公子自己稳住是一面，再有神佛庇佑，往后他一定会成为全帝都顶好的……”她顿了顿，“教书匠。”

椿杏诚心感慨：“这话给陆公子听见，他大概不怎么笑得出来。”

“怎么会？”宋瑙仰脸望天，“他若知道我尚未过门就已经肯如此为他筹谋，考虑得有理有据，既周详又妥帖，没准儿一个忍不住落下男儿泪。”

椿杏这回没立时被糊弄过去：“是这样吗？”

宋瑙翻过手中佛签，正面用隶书刻了三个字：上上签。

她眉眼一弯：“看，佛祖也是向着我的，不由得你不信。”

她喜滋滋地欲找方丈解签，一只脚才迈出偏殿，寺院外一高头大马疾驰而来，小厮装束的男人翻身落马，他奔进寺庙搜寻一圈，最后直冲宋瑙跟前去。

他远远就喊着：“小姐，中了！”

宋瑙在讶异中猜到些什么，但她不死心：“中什么，我娘她

怀了？”

“小姐莫胡说，当心挨老爷的揍。”小厮哭笑不得，“是陆公子榜上有名，中举了。他放言要包下整座八珍楼，晚点儿宴请同窗好友。”

宋瑙脸色变了变，隐隐有话要说，但在几个喘息之间将话咽进肚子里。

她预备离开浮屠寺时，一年轻人从她身侧擦过。宋瑙和他短暂地四目相接，觉得似乎在哪里见过这么一张脸。

可或许是心里装着事，不如从前敏锐了，在那几秒钟里，她并没想起什么。

宋瑙没想起来，却不妨碍有人一早就盯上她，将一切窥入眼底，并兴冲冲回去鹦鹉学舌给他家主子听。

“方才我去寺院后头给老太妃送完药材，一出门就撞见她，天下怎么有这么巧合的事，我跟上去偷听了一下。爷，这姑娘跟你说的一样，可真好玩。”

豫怀稷搁下兵书，顺着戚岁的口述，那日西亭台匆匆见过一面的小丫头的模样又浮现眼前。他忍住发笑，揉了揉眼眶：“她还没相中合心意的？”

戚岁绘声绘色道：“这次的书生怕也成不了，听见他中举，她脸色别提有多难看了。”

“中举是其次，八珍楼是什么地方，包下整座可不是小手笔。”豫怀稷一针见血，“有点儿小本事就在皇城脚下如此招摇，碰上这种人，她没哭鼻子已经算克制的了。”

戚岁“啧”了一声：“这倒霉劲儿，拜几座庙都没用。”

书房里挂满弓弩刀剑，豫怀稷随手取下一样，几十斤的大刀拿在掌心宛如轻巧小物件，他掂了掂，摇摇头：“她一味求中庸稳妥，到底是挑男人的眼光不行。”

“要不爷亲自去教一教她？”戚岁脱口提议。

他一向没什么好主意，早习惯话一出口，他家将军拿瞧二傻子的眼神来瞧他。

但这次有所不同，豫怀稷目光从兵器上移开，竟若有所思：“倒也未尝不可。”他吩咐，“去八珍楼订个雅座。”

想一想，他从军十几年，性子锻造得刚硬冰凉，已经很久没对什么事有兴趣了。

难得心里冒出个尖尖头，他勾起嘴角。

“要敞亮，视野开阔，好看戏。”

比起一些人隔岸观火，宋瑙的苦恼是很实在的，近在咫尺，逼得她入夜时分做贼似的在八珍楼后面的巷子里兜来转去，不时趴在墙壁上，听一听里头的动静。

宴会开始有一会儿了，椿杏劝她：“小姐，夜里凉，什么话非得今天说，我们明儿个再去找陆公子好不好？”

楼里觥筹交错，陆兰呈做东，众人排队去敬他。酒过三巡都有些微醺，宋瑙蹙眉踮脚，朝里面偷摸望了几眼，也觉得今晚大概是说不上话了，正要蹑手蹑脚溜走，她听到靠近门边的一书生说：“陆兄功名已定，今后有什么打算？”

有人抢先道：“自然是该娶个美娇娘了！”他高声起哄，“早听说陆兄跟正五品郎中宋老爷家的独女走得十分近，我们可等着讨一杯喜酒来喝了。”

大堂一片喧闹，而二楼雅间里几盘小菜、一壶薄酒，安静得没什么声息。

豫怀稷原本被吵得脑壳疼，现下捕捉到几个关键字，举杯的手滞了滞。

五品郎中，姓宋，独女。

他视线偏向窗外，一束月光倾泻而下，盈盈洒满巷子口，把那个惯爱穿浅色衣裳的小姑娘衬得明明白白，他就着眼底风月，将杯中酒一饮而尽。

“以陆兄才情何止一个举人了得，将来有大把名门闺秀抢着嫁，区区正五品郎中的女儿算什么？”

酒至兴头，不知道谁高呼一句。

陆兰呈受众人追捧，也有些得意忘形：“宋小姐虽然不是国色天香，可总体还看得过去，她慧眼识珠早早中意于我，是吃定我今后能成大事，我不好推辞。”

厅堂里哄笑阿谀声不绝，掀起的酒气蹿进雅室。豫怀稷眼底冷光闪过，手一抬，戚岁掌心里刚嗑剩下的瓜子皮不见了，尽数飞向几个闹得最大声的。

一瓣瓜子皮，一道血印子，等他们感觉到有些疼，压根儿找不出个缘由，很快被又一阵推杯换盏盖过去。

戚岁也瞧不上他们，继续嗑瓜子，积攒瓜子皮以防他家爷再想收拾人时没有称手的暗器。

“一群读书人不谈国家大事，聚在一块儿只会说些闲话污人姑娘家名节，算什么东西！”

他刚骂完，一道人影晃入八珍楼，像一捧冷水，把里面的热闹浇凉了几分。

陆兰呈最先认出她，一愣：“椿杏姑娘。”

椿杏在门边朝他浅浅行礼：“我适才从陆公子府上过来，听管家说您今夜设宴款待好友，真是恭喜陆公子，寒窗二十载，落榜两三回，今天总算得偿所愿了。”

话是好话，合在一起听字里行间却像带了小刺，扎得人不太舒服。

陆兰呈酒醒了一半，拱手问道：“不知姑娘找我何事？”

“其实没什么特别的，我是奉小姐的命来道一声贺，顺便把公子送的小玩意儿退还回来。”

这下他另一半的酒也彻底醒了，额头冒出细汗，一切喝酒喧闹之声都消失了。所有人都瞧着他，瞧得他发慌，硬着头皮接腔：“还请椿杏姑娘明示。”

椿杏叹口气：“有些话说白了就不好听了，陆公子是聪明人，举人都中了，怎么会不明白其中道理呢？”她斜睨着陆兰呈，“宋家不是一般小门小户，小姐上头还有个叔父，是太祖爷钦定世袭的文国公，与老爷一样在朝为官。纵然陆公子诚意十足，三番几次邀约出游，小姐应是应下了，可难免心里要考量，这门第差太多，如何在一起？”

跟陆兰呈冰凉的心不同，坐在雅间里的豫怀稷直接听笑了。他能猜到这话是谁教椿杏说的，点一点头：“先发制人，不错。”

以后再有人议论起来，不会说宋瑙倒贴穷书生，只会记得陆兰呈高攀。

也如他所料，椿杏把记下来的话说完了，昂首挺胸走出八珍楼，未走几步气势就矮了一截，脚底生风越走越快，最后索性一路小跑去跟宋瑙会合。

听椿杏描述完里头的场面，宋瑙从衣襟里掏出一沓纸，上面是各色年轻男人的小像，她闷闷不乐，边走边翻：“又要重新看起来了。”她嘀嘀咕咕，“椿杏，我上辈子是苦菜花托生的吧，要不然年纪轻轻的，怎么命那么苦呢？”

两人沿后巷小心撤离，她刚抱怨完，命运似乎是响应她一般，忽然凉风大作，将她手中画纸卷入空中。

宋瑙着急忙慌地仰头去够，便看到八珍楼二层雅阁的窗推开了，一个锦衣男人坐在窗边，一条手臂闲适地搁在窗框上，眼神不断向下坠，最后轻轻落到她身上。

宋瑙睁大眼睛，猝不及防地与他对视，眼里净是来不及藏起来的小委屈，并很快化为倒灌进肺里的一口凉气，把她自己给呛住了。

这一刻，她终于记起早晨浮屠寺里那张熟悉的脸在哪里见过，再思及现在，不难判断这主仆二人是冲什么来的，分明是看她热闹。湿气慢慢浸入眼眶，说不清楚为什么，她竟然比先前被陆兰呈言语戏弄还要难过。

寺里求来的签收在袖口里，她隔着布料捏了捏，什么上上签，都是骗人的!

宋瑙吸一吸鼻子，大着胆子瞪了一眼窗边人，拽上椿杏就跑开了。

倒是豫怀稷，被瞪了也不恼，他长久地望向一个地方，微抬下巴，饮尽青玉壶里最后一滴酒。

月光细细碎碎铺满整条小巷，他不断想起女孩儿被夜风吹拂而过，湿漉漉的那双眸子。

跟她对上的那一眼，像被猫爪挠过一道似的，心痒痒的。

豫怀稷站在大殿之上，身后百官肃静。他许久没来上朝，但皇宫毕竟是皇宫，是日复一日的金光熠熠，无论过去多长时间，还是有本事晃得人眼花。

“虔亲王。”

冗长的奏禀告一段落，皇上不知听没听进去，一张口，却是冲豫怀稷去的。

“回来这段日子可还习惯？”

耳边众臣刻板的絮叨声没了，豫怀稷微阖的双眼这才睁开来，他耸动一下肩骨，出列回话：“臣得皇上体恤，从西北归来后一直在府里休整，其间出去转过一次，也遇上一些人，臣可能在外打仗久了，这帝都城比起当初大不一样了。”他停顿一下，“风景好，人也别致。”

年轻帝王一挑眉，这话细细品味，是能品出一些微妙的端倪，他笑应：“甚好。”

他抬眼给了身侧太监一个眼神，正想要退朝，殿堂中忽然有人高声道：“臣有事谏言。”

豫怀稷站位靠前，他清楚地见到皇上难得积攒的一点笑意褪尽了，向前微倾的身子又靠回龙椅，语气冰冷：“秦相，政务准奏，可若涉及朕的家务事，你不必多言了。”

站出来的人是三朝元老，而这些老臣都有个通病，动不动就死谏，好像命不值钱似的。

果真，只见秦相扑通跪下，双臂伏地行了一个大礼，痛惜道：“皇上继位五年，一直没有子嗣，帝后同心是好事，但自古帝王断没有只娶一个的道理。臣是为皇嗣着想，恳请皇上遵循祖制，广纳贤德女子，以绵延我大昭千秋基业啊！”语毕，他哐哐两声把头磕在地上，大有钉死在金銮殿上的气势。

豫怀稷偏过头，眼里七分诧异：小老头许多年没见，生猛依旧啊。

皇帝咬牙向豫怀稷眨了一下眼睛，秦相年过七旬，可谓一众老臣之首，对这把老骨头打不得骂不听，他实在没有法子了。

豫怀稷心领神会地点一点下巴，踱到老人身边，弯下腰，一只手环过他胯部，微一运力把他整个拎起来：“秦老，地上凉，何必呢？”

当兵的手劲儿大，秦相一度身体离地，双腿空悬扑腾，足足几秒才落到实处。

豫怀稷替他掸一掸肩上浮尘：“您岁数大了，别一不顺意就下跪，怎么，逼宫啊？”

群臣集体抽气，秦相差点儿吓到厥倒，老脸通红：“虔亲王言重了！老、老臣……”

“本来也没什么大事，是您言重了。”豫怀稷轻描淡写，“皇上还年轻，子嗣总会有的。”

有大臣撩起袍袖暗自抹一把汗，当真太久没跟虔亲王打交道了，乍一听他开口说话还真受不住。

皇上右手撑头，把众生相纳入眼底，痛快之余，他话锋一转：“你们都别忘了，虔亲王长朕几岁，连年的征战把亲事耽搁了，府上至今没个女主人，你们有好的姑娘要先紧着他。”

这话戳到群臣的心坎里去了，谁都想攀这个亲戚，四面八方的余光瞟过去，豫怀稷一时如芒刺在背。他无奈地看皇帝把烫手山芋抛给他，顺利下朝。

他则被朝臣包围了好一会儿，冲出重围时，在散去的人潮里他忽然留意到一个人，那人刚和同僚结束攀谈，一回身就与他远远打了个照面。

豫怀稷记得，对方是礼部正五品郎中，宋沛行。

他们其实只在西亭台见过一面，基于某些机缘，豫怀稷是知道他的。倒是宋沛行，今日早朝才明白过来，现在两厢对上，他欠了欠身以作问候。

豫怀稷向宋沛行点头，思索着要不要上去讲两句话，这时皇上身边的太监总管陆公公迈着碎步赶过来，传皇帝口谕，要留他下盘棋。

说话间，宋沛行已经走了，豫怀稷就此作罢，随陆公公去了御书房。

棋盘早就摆放妥当，只等他来。

豫怀稷手执黑子：“皇上方才一招祸水东引用得绝妙，把麻烦事全引到臣身上来了。”

“这不能赖朕。”皇上择一空白处落子，“他们打三皇兄的主意不是一两天了，朕之前多番派陆万才去请，三次里你有两次不在府上，出门躲清静去了吧？”

这声“皇兄”叫得顺口，没旁人在的地方，豫怀谨还跟以前一样喜欢这么称呼他。

两人虽不是打同一娘胎里出来的，却从小要好。豫怀谨登基第一道旨意便是封豫怀稷为亲王，又拟了一串封号差信使送去边陲，叫豫怀稷选一个中意的。之后数年，西北战事胶着，他身为新帝，根基未稳，却在兵马粮草补给的事由上寸步不让，谁敢在这上面动歪脑筋，全部立斩于市。

先帝晚年疾病缠身，走的时候豫怀稷人在西北，随后新帝继位，天下易主，仓促中一切都换了天地，但自古王储间的争斗厮杀，却从未出现在他们当中。

“臣就一个人，两只手，哪里娶得过来这么多？”

豫怀谨打趣道：“不如先娶一房正妻断一断他们的念头。”

闻言，黑白纵横的棋盘之上，豫怀稷落子的手势慢了小半拍。

这正中豫怀谨先前的猜测：“皇兄心里有人选了？”

手边苏合香的气味渐浓，似与那晚的明月清风一同涌向眉睫，

豫怀稷又执一子，“啪”的一声落入棋盘。

他说：“只是想起一个小丫头。”

话既起了头，来龙去脉便不可不说，他挑重点讲了一遍。

听到是宋沛行的女儿，豫怀谨不免诧异，正经地思忖了一下：“有趣归有趣，可五品郎中之女，配皇兄未免差了些。虽是文国公一脉的，祖上出过几个大官，外人看起来光鲜，实则一年比一年不济，没什么大作为了。”

“家世不打紧。”豫怀稷直言，“就是盆骨委实有点窄。”

豫怀谨不明所以：“关盆骨何事？”

一颗黑子破风入局，堵死白子退路，棋局逐渐明朗，伴随了棋中人慢条斯理的一句：

“盆骨宽，好生养。”

“……”

豫怀谨朝他拱一拱手，真诚感叹：“皇兄深谋远虑，朕不及万一。”

而此时胜负已定，豫怀稷以下棋没彩头，跟耍流氓有什么区别为由，顺走了宫里一些珍贵药材，转头就客客气气地送去秦相府里，顺道用了午膳才走。

秦夫人是头一次见豫怀稷，对方有些出乎她的意料。

“虔亲王原来是这么好相与的？”

秦相含笑摇头：“我今日早朝把皇上逼得太紧了，王爷给自家兄弟出头，有点驳了我的面子。其实我一张老脸能值几分钱，说来惭愧，王爷愿意为我放下身段，拿皇帝御赐的物什亲自登门，以尽安抚赔礼之意，是在外人面前给足我颜面了。”

他拿起一株药草：“可豹子毕竟是豹子，爪牙锋利，不是好相与的，是进有度，退有方。”

秦夫人笑呵呵："这么一好郎君，不知将来会遂了哪家姑娘的愿。"

秦相没说话，缓慢地迈入庭院，面朝宫宇方向。

何止一个"好"字，曾经在很多人心里，他最有帝王相。

那日晚些时候，宋瑙去相了一个不错的公子哥，家族世代行医，是杏林高手。

她回到家，发现二老在宴客前厅端坐无言，场面安静得可谓诡异。

趋吉避凶的直觉告诉宋瑙，此处不大安全。她改变方向，想绕道回里屋。

"瑟瑟，来。"宋沛行眼疾手快，在墙角逮住她。

"你老实跟爹说，你与虔亲王很熟吗？"

宋瑙虽为女儿家，但虔亲王是什么人物，皇帝兄长兼靡远大将军，她多少有所耳闻，不由得反问："您女儿像有这个出息能结识虔亲王吗？"

宋沛行提醒她："你们见过一次，在西亭台。"生怕女儿忘记了，他补充，"王爷夸你有意思。"

西亭台，亲王，大将军。

几个词撒豆子似的坠到宋瑙心头，仿佛天旋地转，先是浑身寸寸僵硬，然后眼前一黑。

宋母林氏拿来几张画像："你看看，王爷刚来过，说是你落在八珍楼外的，特意捡来还你。"

宣纸上是年轻男子的轮廓，空白处还有她闲来无事写的品评与批注，全是些不能与外人道的小牢骚。原是被豫怀稷捡去了，难怪她同椿杏地毯式地寻找都没找到。

“我可能……是有一点认识他。”

终于，宋瑙虚弱地承认。

二老面面相觑，宋母拿捏不准：“老爷，虔亲王还未娶亲，莫非是相中瑟瑟了？”

宋瑙已经受到不小打击，娘亲这句话是压垮她的最后一根稻草，两眶眼泪说来就来，拿袖子边擦边哭诉：“我是宁可嫁给东街口卖发糕的小哥儿，也不要嫁去虔亲王府！”

与此同时，背后咔嚓一声脆响，一根落在地上的桃木枝条被踩成两段。

三人齐齐回头，豫怀稷就在那石拱门下，脚底是半截桃木枝，打眼望去长身鹤立，好看得不似她画像中的任何年轻男子。

“我落下一枚剑穗，大概在椅缝里，烦请宋夫人找一找。”他语气仍旧温和。

宋母赶忙进屋去寻，正好避开眼下的尴尬。

宋瑙生生把临要跌出眼眶的泪水憋回去，磕磕绊绊地跟父亲一块儿俯身行礼。

一小会儿工夫，宋沛行后背已经湿透了：“臣不知王爷回来，怠慢了。”

“一个小物件怪我不当心，本意是不想叨扰几位，取完便走，所以没让通报。”

豫怀稷说得体贴，宋瑙却暗暗觉得并不是这么一回事，但她不敢再乱说话，垂头闭嘴，一双湿润的眸子牢牢盯住足尖，模样是一如既往地倒霉又可怜。

剑穗很快寻到了，宋瑙几乎要以为他其实什么都没听见，一双长靴突然停在她狭隘的视野里，头顶传来似笑非笑的问候声：“宋姑娘，后会有期。”

不是别来无恙，是后会有期。

毫不夸张地说，她离当场晕厥就差一点点。

皇城没有不透风的墙，不出几日，虔亲王与宋侍郎相交的闲言如蔓草疯长，传到后头，居然化作一句：虔亲王将迎娶宋氏女，早则年关前后，晚不过翌年秋天。

外人羡慕得紧，宋瑙是有苦说不出，如此一闹，再没人家敢跟她谈婚论嫁了，一个个跑得飞快，生怕冲撞了虔亲王。眼见一桩好姻缘被拆得七零八落，宋瑙忧心忡忡，这一天又一天过去，也不见虔亲王出面澄清。

终于，她决定在被逼疯之前去找豫怀稷谈一谈。

可勇气这样东西，来也容易去得也快，她走到一小半已经所剩无几，甚至有些饿。

宋瑙按住肚子，给自己打气："没事的，先买块发糕壮一壮胆，吃饱不慌。"

可等她去到东街口，面前风吹枯叶落，小摊连个影儿都没有。

"别找了，他搬去郊县了，虔亲王赏他一座宅子，换谁不想走。"

隔壁一家卖糖人的伸长脖子跟宋瑙唠嗑："他有个病中老母，两人挤在一间小屋子，王爷体恤他年纪轻不容易，在城外替他找到个背山靠水的大宅院，说最宜养病。"

宋瑙呆若木鸡，仅剩兜底的一点勇气被彻底浇灭，一步一沉重地回家了。

宋瑙思来想去，得出结论："大概是我在八珍楼外瞪了他一眼，招惹到他了。"

椿杏安抚道："小姐想多了，虔亲王岂是小肚鸡肠之人？"

“他不小气？”宋瑙怒了，“那他还把发糕摊子迁出城去！”

椿杏给她出主意：“要不小姐去赔个不是，横竖伸手不打笑脸人，想必王爷不会再计较。”

主意是好主意，但她若有胆子去赔礼，上回便不至于半路折返。

宋瑙由此陷入人生两难，一连几晚梦见豫怀稷，他把一块热腾腾的发糕摔在她脚下，宁可砸碎也不给她，她当时就哭出声，辗转惊醒，精神十分不济。

但关乎她的风言风语没有持续太久，很快被另一桩突如其来的要紧事取代了——八公主墓被盗。

更蹊跷的是，所有随葬物什都在，唯独公主尸身不翼而飞。

这无疑在帝都掀起千层浪。

论起八公主，许多平头百姓都还记得，她是先帝姝贵妃所出。头两年风光无限，姝贵妃曾仅次于豫怀稷母妃，如今的婉皇太妃最得先帝宠爱。但她失宠得很突然，似乎一夜之间，个中缘由没人说得清。

子可凭母贵，亦可因母贱，之后是长达十多年的冷宫生涯，直至六年前的一次走水。

八公主死在寅时的吞天大火中，是个生于荣宠，长于冷宫，亡于时运的公主。

当时先帝已日渐衰败，她的身后事是豫怀谨亲手操办，葬在近郊的华阴坡。虽以公主规格落葬，毕竟生前落魄无依，死后随葬品也没什么稀罕物，不知怎的会引来盗墓贼。

平息已久的宫闱旧事又在市井当中传开，有迹象显示贼人还在城内。豫怀谨震怒，命皇城军封锁一切出口，务必关起门来打狗。

于是不再有人关心虔亲王的婚事，扼在宋瑙喉头的手算是松开了。

可她意料之外地没有太开怀，大概是豫怀稷近来入她梦的次数有点频繁，她总会平白无故想起他。尽管八公主跟他不算亲厚，到底是一个爹生的，他心里肯定不好受。

而思虑到这里，宋瑙就猛一激灵，由衷地问自己：干我何事?

但脑子是样好东西，它有自己的想法，经常不按宋瑙的意志走，白日胡思乱想，夜晚多梦难寐，郁闷得她哪儿也不想去，成天拿馒头碎蹲在墙角喂蚂蚁。

故而在一风和日丽的午后，老两口忍无可忍，把女儿踹出府去。

但他们显然忘记了，未时的太阳最毒辣，宋瑙走了一会儿鼻尖开始往下淌汗："爹娘一定是成心的，嫌我以后嫁不出去了，把老宋家坐吃山空，才想出这个法子干掉我。"

在她快要晒干热化的关头，前方出现一个卖竹蔗水的摊子，烈日底下引来不少过路人。

椿杏以"苦什么也不能苦小姐"为宗旨，不等宋瑙放话，她已经跑出几米，眨眼消失在人堆里。宋瑙躲在屋檐下，踮脚看她灵活地挤上前去，几乎想拍手叫好的时候，突然后脖颈一记剧烈刺痛，面前的日色天光瞬间化作一团模糊虚影，紧接便失去知觉。

同一时刻，豫怀稷在皇宫檐廊上，隔了几道弯，他听见书房传来一阵阵杯盏掷地的碎裂声。

走进去，案台上的笔砚摔在地上，满目茶水与四裂的器皿，几个贴身内侍跪作一排。豫怀谨怒气未消，散落的奏折上依稀能看到八公主几个字样。

豫怀稷扫视一眼，对跟随他进来的陆万才说："收拾一下都出

去吧。”

众人如蒙大赦，匆匆清理完便退到屋外。

待他们撤走，豫怀谨右手重重拍向桌面，整张案台颤了颤。

“敢在天子脚下盗公主的墓，真是好大的胆子！”

豫怀稷掸了掸奏折上的薄灰：“人还没抓到？”

提起这个，豫怀谨怒气更甚，抿唇不说话，握紧的拳头上青筋凸显。

豫怀稷了然：“狡兔三窟，他们别的未必擅长，挖个地洞把自己藏起来是很在行。帝都几千公顷，屋舍密集，要找几个人确实不太容易。”他把奏折规整地放在桌角，“要不臣抽一队人马，让戚岁带着去查一……”

“不必了。”

话刚一脱口，豫怀谨意识到不妥，缓和了下情绪，解释道：“其实已经有点头绪了，皇兄刚回来，朕本意是想让你过段舒坦日子，好不容易回到故里，别像在战场上一样绷着。”

豫怀稷没有坚持，又聊了些别的就告退了。

陆万才照例送一送他。

离宫的路上，豫怀稷同他说：“你是御前的人，要多劝皇上保重龙体，国事繁杂，总是动气会伤了身子。”

“奴才明白。”陆万才恭敬地回话，“不过皇上很少动怒，像这样大的火气是头一次。”

豫怀稷步子略一停滞，然后点一点头，抬腿向巍峨宫门走去。

离开后，他去了军营，处理完几件要紧事，回到府邸天已暗沉。

门口有一稚儿，豫怀稷认得他，他是斜对面米行老板家的小孙子，肉嘟嘟的，很好玩。小孩儿显然也认得豫怀稷，一见面就冲他咯咯笑。

豫怀稷顺手抄起他，在臂弯里掂了两下，小孩儿肉手一伸，忽然塞来一个纸团。

“给我的？”

小孩儿说：“嗯，一个叔叔给的。”

豫怀稷边单手展开字条，边逗他：“什么样的叔叔，长相如何，好看吗？”

小孩儿诚实地摇头：“不好看，丑。”说完，他吧唧嘴，“但他给我糖吃。”

待字条完全展开，豫怀稷渐渐变了脸色。

上面写了：子时华阴，公主墓北，望虔亲王独自前来，与宋姑娘小聚。

宋瑙醒来时，发现自己是在一处隐蔽山洞，洞外天已擦黑，辨不清时辰。

除却脖颈一块落枕般酸疼，其余地方衣衫齐整，手脚健全，没什么大的异样。随后她盘腿而坐，花了好长一段时间捋清眼前这残酷的事实——她被人当街掳走了。

有人走进来，见到的便是她正襟危坐在泥地上，脊梁挺得笔直，想什么想得入神，只差结个手印就跟打坐没有两样。来人愣了愣神，跟他们此前预想的诸多情形完全不同，平和得过了头。

高个儿男人率先打破沉默：“宋姑娘既不哭又不闹，倒叫我们措手不及。”

宋瑙仰头小心地看过去，一前一后统共两个人，脸上都蒙了半截黑面纱。

她往后缩了缩：“正、正在酝酿，如果你们想看，我现在哭也是

一样的。”

随着他们靠近，空中飘来一阵土腥气，又像腐朽的金器味道，显然不是善茬，尤其那矮个儿男人，额头长满麻子，一双三角眼恶狠狠的。

“不愧为准王妃，这说话做事果然不同凡响。”

山风刮过，宋瑙顿时蒙住：“准王妃？谁？我吗？”

她的反应叫两人心里一咯噔，麻脸男人脾气躁，他拔高音量喝问：“你不是宋沛行的闺女？”

他一露凶相，宋瑙吓得一激灵，迅速改盘腿为抱膝，大半张脸埋进膝头，只露出受惊小鹿似的眼睛。

“是我没错。”她小声叨叨，“我爹很疼我的，他穷是穷了些，但砸锅卖铁也会来赎我，只是年纪大，腿脚慢，你们别着急……”

“那就是了。”高个儿男人打断她，“坊间都在传，你是虔亲王未过门的夫人。”

一道白光在心头炸裂，宋瑙突然明白过来，猛地抬起头，呈呆滞状：“大哥，谣言你们也信？”

“不瞒宋姑娘，我们是冲王爷来的，你若是他心上人，咱们万事好商量。”高个儿男人冷冷地看她，“若不是，全当我们绑错人，到时就留你不得了。”

他的意思再清楚不过，为求自保，宋瑙立即战战兢兢换了副态度：“那个，其实吧，我跟虔亲王算是有些交情。”她苦巴巴地强调，“还、还是可以留一留的。”

麻脸男人皱眉，跟高个儿男人交换眼神，正要说话，突然耳尖如蝶翅耸动。

几乎同一时间，他已经冲上前一把将宋瑙拎起来，掌心寒光乍现，袖口滑出一把银色匕首。

宋瑙最烦这样的人，聊得好好的，她坐在地上也挺踏实，怎么说动手便动手？

但她在看见原本空无一物的洞口人影矗立，山间的光晕被挡去大半，是一如既往地宽厚沉稳时，仿佛才切实地体会到，百姓口中大昭的定海神针是什么样子。

虽刀抵脖子，但见着他，心却安定下来。

“我们兄弟二人是遇到难处了，并非有意冒犯，还请虔亲王海涵。”高个儿男人态度恭敬，向洞口抱一抱拳。

豫怀稷始终没正眼看他，偏离的目光汇集在前方一点上。

明明洞内逼仄晦暗，宋瑙却在那种无声的注目里感觉耳垂发烫，她身侧的手偷偷捋了捋裤子褶皱，很是在意个人仪表。

“说吧，想要什么？”

确认她无恙，豫怀稷的心思才回到正轨。

“我们要出城！”麻脸男人直截了当，“现在皇城戒严，我们出不去。”

豫怀稷一点便通，面色阴沉：“八公主墓是你们的手笔？”

“我们也是拿钱办事，有人要她脚踝上的一串红玉髓，还说八公主生前失宠，墓穴的守卫必然松懈，很容易得手。”高个儿男人如实交代，“下墓是不难，我们做得自认隐蔽，但谁想到一抬腿就暴露了，以皇上封城的速度，真看不出那是个废妃生的。”

豫怀稷眼眶里渐渐染上血色，他一字一顿地问：“你们把她的尸首弄去哪里了？”

“鬼知道她尸体跑哪儿去了！”麻脸男人突然激动起来，“我们什么都没拿，别说红玉髓，她身上压根儿没东西，真邪门！”

宋瑙认为今日之事也很邪门，且心酸。她原本应该在街上嘬竹蔗水，结果却出现在这儿。而且这人说话便说话，口水喷她一脸不

说，匕首也拿不太稳了，随着他喉结上下滚动，逼得她可劲向上抬下巴，妄图远离那把匕首。

“你们干掘人坟墓的勾当，贼不走空，现在又挟持我的人，我凭什么信你们？”

宋瑙的专注力霍然从匕首上挪开，一脸呆若木鸡，豫怀稷其余话都很正派，唯独当中戳出来多余的半句，什么叫——他的人？

尽管宋瑙内心已然惊涛骇浪，但她分得清轻重缓急，纠结不过三秒，继续梗着脖子与那把匕首周旋。

“我们只求出城保命，字字属实，不敢欺瞒王爷。”

高个儿男人信誓旦旦：“只要我们平安离开帝都，会立刻放了宋姑娘，作为交换，我还可以告诉王爷一个秘密。”

“秘密？”豫怀稷冷笑，“哪种秘密，是你得了痔疮，还是你兄弟身患隐疾？天底下多的是不能与人说道的隐秘，你的秘密又值几分钱？”

宋瑙险些忘记当前处境笑了出来，这堂堂大将军说出的话，怎么又损又刻薄？

麻脸男人被激怒：“你休胡说八道！”

“你匕首拿稳！”

紧挨他话尾，豫怀稷一声呵斥直直压过他回荡在山洞的余音。

他横，豫怀稷比他更横：“她是我在这里听你们放屁的唯一筹码，你心里没点数吗？”

宋瑙微微一愣，倒不是被吓住。她本以为豫怀稷应该一门心思应付眼前的局面，山洞这么暗，他似乎一眼也没再朝这边看过，却奇异地分出了一部分心力给她。

甚至，可能不只是一部分。

高个儿男人向后使了一个眼色，双管齐下，总算治住了麻脸男人动不动便手抖的毛病。

“我要说的与八公主有关。”

随着他话音落下，山洞陷入短暂的静默。

石壁上不断洇出潮湿阴凉的水汽，直往骨头缝里钻，在宋瑙快冻成一根冰柱子前，她听见豫怀稷说：“信口开河要有个限度，她与我是血亲，有什么是你知道而我不知道的？”但他松了松口风，“我可以保你们性命，前提是你的话够分量，给我斟酌好再说，不是随便编点什么都能活命的。”

高个儿男人权衡须臾，终于点头：“好，我说。”他不再藏掖着，“葬在华阴坡的不是八公主。”

豫怀稷几不可见地压了压眉心，他用余光扫向宋瑙，恰好撞见她双眉蹙起。

高个儿男人口吻笃定：“那日我们在棺椁中找寻红玉髓，意外发现里头躺的那具焦尸与寻常人不同，右脚有六根趾骨，是天生畸形。”

“完了？”如同听见一件再普通不过的事，豫怀稷面不改色，“我还当是什么，小八的身子有什么异样，我比你清楚。”

他毫不在意，一副已经摆好架势你却给我听这个的姿态，猛地打乱了两人的阵脚。

宋瑙抬眼，拧起的秀眉并没舒展开，似乎没有从疑惑中走出来，便与豫怀稷对上眼。原本这也没什么，但错就错在她唰一下别过脸，脖子差点儿蹭到麻脸男人的刀刃，这就耐人寻味了。

此事她日后一记起就想抽自己嘴巴子。

豫怀稷抽回视线：“我现在只想知道，背后是谁指使你们？”

“是个年轻女人，不知道什么来头底细，但出手还算阔绰。”

高个儿男人尽力回忆什么能换他们性命的信息，明明宋瑙还在

他手里，他却止不住地犯怵：“对了，她给了我一支发簪做定金，说事成后会再奉上黄金百两。”

他忙不迭地从怀里摸出簪子，玉簪白如羊脂，唯独顶端缀有一粒殷红，像针扎破指尖冒出的血珠，在月色下清透见底。

随着这支簪露出全部面貌，如同附着了某种力量，将宋瑙脸上的血色一点一滴地抽走。她一眨不眨地盯了玉簪良久，中间恍惚听到豫怀稷说什么“一问三不知，留你们还有什么用”。她抬起头，似乎这一恍神错过了挺重要的过程，而豫怀稷已经出手钳制住高个儿男人，并向她喊了几个字。

应该是一瞬间的事，急乱中麻脸男人没来得及做出应对，刀也向下偏离几寸，落到她锁骨处。

宋瑙脑子里乱哄哄的，电光石火之际，纵使她半个音节都没听清，也不好叫豫怀稷重复一遍。故而她只好从豫怀稷的口型上分辨，再添入一点合理想象，便当机立断，撞开匕首铆足劲儿向前冲。

可当她依稀看到豫怀稷露出疑惑且难以置信的眼色来时，心扑通一沉，大约明白她猜错了。

几朵乌云晃晃悠悠遮住月盘，挡去了洞里仅有的几束光亮，加之宋瑙心态略有些崩盘，一不留神踩到半块石头，只听见脚踝处嘎一声，她以堪称惨烈的姿态摔飞出去。

像一颗小钢珠，砸进豫怀稷胸膛。

麻脸男人紧追其后想拽宋瑙回来，手差点儿要挨上她肩头。豫怀稷一只臂膀环住她旋身躲过，另一只手呈鹰爪状往麻脸男人的腕上扣去，似轻轻一握，腕骨就折断了。

料理完这两人，他低头去看宋瑙，小姑娘眼睛发直，疼得一脸汗，明显是崴着脚了。

豫怀稷无奈，伸手给她揩了揩汗：“跑什么，不是叫你别动吗？”

“是、是别动吗？”宋瑙呆住，“不是快跑？”她哭丧着脸，活像个做错事的孩子，双手绞在一块儿，“我听岔了。”

“猜到了。”豫怀稷轻声喟叹，“怎么这么笨啊？”

借宋瑙十个胆子也不敢回嘴，她酸涩地想，若王爷执意要她回话，她只能出言附和了：王爷英明，我确实是从小笨到大的。

但幸亏豫怀稷点到为止，粗略检查了一下她的伤势，见没伤到骨头，就去处理另一头。

他用一根草绳捆住那两兄弟的手：“敢来跟我谈条件的，无非两种——艺高人胆大或者无知者无畏，你们没叫我失望。”

高个儿男人方才被踹中肋骨，忍痛说道：“是那个娘儿们说的，只要挟持住准王妃，你一定不舍得拿她冒险。比起爱人性命，我们出城只是件小事。”

“她是你姘头，还是老娘，在你耳边吹口风你就信？”

宋瑙竖起耳朵听，巴巴地指望着豫怀稷骂完顺带澄清一句准王妃的事，可他转头便走了，将绳子另一端递到宋瑙掌心：“拿住了。”随后绕到她身前单膝蹲下，“上来，我背你下山。”

宋瑙内心是拒绝的，且不说绳子末端是两个亡命之徒，就是面前的豫怀稷，她也不随随便便敢爬到他背上。

她字酌句斟：“我怕他们中途逃跑，我可能拽不大住，不如……”

“他们想跑就随他们去，别硬拽伤了手，也不必留到官府了，直接宰了便好。”

豫怀稷漫不经心，说完微一侧头：“哦，你刚才想说，不如什么？”

自然是“不如你先押他们下山，再通知爹爹派人来接我”，但

宋瑙已然被他的狠话震慑住，一言不合便要宰人，这谁受得住，怕不是杀鸡给猴看。她将头摇得如拨浪鼓："王爷想得周到，我没什么要说的了。"

她哆哆嗦嗦地攀上豫怀稷后背，趴稳之后一动不动，月光下宛如一只死狗。

华阴坡山道险阻，不太好走，可豫怀稷不愧功夫高深，驮一拖二仍走得稳稳当当。

下到半路，宋瑙渐渐适应此间氛围，心思又活络起来，认为这是个拆穿谣言重新为人的好机会。她鼓起勇气，问："王爷可有听说近来坊间流出来的一些传言？"

豫怀稷眼尾一挑："比方？"

"比方说，我是您未过门的媳妇。"宋瑙一张尚未完全长开、稚气犹存的脸蛋浮起红晕，"王爷军务缠身，恐怕是不太知道……"

"我知道。"豫怀稷非但不按常理出牌，还加了句，"挺好的。"

宋瑙生生哽住，她书读得少，这话，她没法儿接。

哽了老半天，她怯怯地小声说："王爷，谣言猛于虎。"

"嗯。"

"但也别太猛了，我害怕。"

她无助到几乎要哭出来，豫怀稷却当她面笑了。

而不可思议的是，那一霎她想的不是这人真过分，而是他笑声真好听。如暮鼓晨钟，有历经世事的厚度，也有少年颗粒分明的透白。让她除却脸红，其余什么都不记得了。

待宋瑙平安归家，宋家上下早已乱成一锅粥。椿杏哭得上气不接下气，眼睛肿成两颗大核桃，宋瑙仿佛看见了哪天自己不幸归西，椿杏给她扶棺哭丧是个什么样子。

今夜总归是有惊无险，可该她头疼的还在后面。经此一事，莫要说帝都城内热衷家长里短的大昭百姓，连她爹娘都开始暗暗怀疑，她跟豫怀稷有一腿。

次日午后，宋瑙躺在榻上喝完一碗猪脚汤，手刚探出去，她娘亲便用筷子死死按住盘中的猪蹄，慈眉善目：“瑟瑟，你老实跟娘亲说，你与虔亲王处到哪一步了？”

宋瑙瞅一眼猪蹄，又瞅一眼榻边妇人：“我若说我们压根儿没处过，娘亲可信？”

“没处过？”宋母手下用力，筷子噗一声，直接扎穿猪蹄，“那怎么不见王爷跟旁人走在一道，偏和你这个小丫头片子，那么长的山路背你回来？”

“这不赶巧了吗？”宋瑙小声辩解，“天要下雨娘要嫁人，我有什么法子？”

宋母只当她是死鸭子嘴硬，白她一眼，继续问：“王爷有许你名分吗？”

她叹口气：“虽然你爹同我一直想挑个不必太显赫的，怕你嫁过去不好拿捏，但既然王爷心悦你，你又是他府中头一个，纵使是以侧室身份嫁去，时日长了，总有机会抬为正妃。”

眼见母亲越扯越远，猪蹄也凉了一半，宋瑙急了：“娘，我跟王爷当真毫无瓜葛。”

她说得掷地有声，余音未散，门外突然传来小厮急报，慌里慌张地说了一通话，总结起来无非一句：虔亲王造访，指名要瞧她，老爷叫她快些收拾干净了，莫让王爷等。

宋母略含责备地瞧了下宋瑙，像在说：看，都这样了，还说没瓜葛！

宋瑙一时有口难言，却也有些狐疑。昨夜分开到现在不过大半日，豫怀稷这时登门，若只说是来看她的，恐怕她自个儿都要想一想，他们怕别真是有点什么。

宋瑙被母亲强压着拾掇了片刻，涂抹完脂粉，她坐上一把软椅，由两个小厮抬去前厅。

豫怀稷不疾不徐地在那儿啜茶，宋瑙神思一恍，记起西亭台见第一面时，他也是这样。跟她曾经以为的武将不大一样，他总是极沉得住气的模样，饮茶喝酒都是慢条斯理的，倒有文人风骨。

“我可是打扰宋姑娘用饭了？”

“没有的事。”宋瑙忙摆手，觍着脸说，“我昨日受了惊，加之这腿伤，胃口本就不是太好，吃几口素菜便饱了，谈何打扰不打扰。”

豫怀稷点头：“是吗，但我似乎闻到一股肉味。”他甚至精准地指出，“不是红烧，像白灼的。”

宋瑙心一紧，她分明擦了不少香膏，没道理会闻出来。

她咳嗽两声：“不知王爷今日前来所为何事？”

或许是见面次数多了，宋瑙没起初那样怕他，甚至敢转移话题了。

见她如此，豫怀稷郁结在胸口的情绪没有来由地纾解开去，来时眼底盛着的一些冰冷冷的东西被焐化了，他不轻不重道：“也没什么大事，一来是瞧一瞧你的腿，既然能吃得下……素菜，应当没有大碍。”

他重音落在“素菜”二字上，宋瑙的脸唰地红了。幸亏她脸皮比一般女子厚上一些，仍旧能不动如山地听他往下说。

“二来，关于昨夜提起的八公主墓一事，我想听一听你的想法。”

此言一出，宋瑙反倒心落到实地，至少捋清楚了，原来是在这里等着她。

虽在情理之中，却实在不怎么好答，宋瑙半晌没吭声。

豫怀稷化去的寒气又在眼中结起来：“别揣测我想听什么，只管说实话。”

宋瑙颤了颤，印象里豫怀稷待她总归是温和地戏弄居多，还从未像他前一句话这样生冷。她其实也知道，事关重大，他难免把惯用在旁人身上的语气安到她头上，但她不知为何突然就委屈得一塌糊涂，眼眶飞快地泛红，蓄满的眼泪欲滴未滴。

她嘴一撇，竟也没尊他一声王爷，说出平生最为放肆的一句话：

“你这么凶做什么？”

豫怀稷诧然：嚯，胆子大了？

随后她那不自觉露出来的小女儿情态叫他心上某块地方软了软：“我不是要凶你，我是当兵的，跟一群糙老爷们儿厮混惯了，说起正事来会严肃一点，我下次注意。”他声音放轻了，“你说什么我都不凶你，好不好？”

豫怀稷不常这样耐着性子对谁，乃至每个字都像缀了深意。宋瑙呆了呆，在他一片不能深究的柔和里收回了自己逾越的情绪。

她低头怔忪片刻，再抬头，轻声道：“如果他们所言非虚，那墓中人确实不是八公主。”

“何以见得？”豫怀稷拇指抚过杯壁，“皇室出身的孩子就该身骨康健，没个病痛差错？”

“不是这样的。”

宋瑙眼波淡淡流转，是藏在平日恭谨自持下，不与人见的清透明白：“八公主虽受母妃所累，一生困于冷宫，但她并非没得过先

帝恩宠。尤其是出生头两年，姝太妃正值盛宠，八公主也是一时风头无两。”

她委婉道：“民间以六趾为不祥之身，先帝信奉阴阳风水，若八公主当真天生异骨，任凭姝太妃再得宠，恐怕先帝也不会太看重她。”

豫怀稷静静看了她一会儿，忽然出声：“你跟我想得很不一样。”

宋瑙是个有觉悟的，立马顺杆往下：“我大概比王爷想的要聪明一点。”

豫怀稷轻叹：“何止是一点。”

宋瑙瞬间睁大眼睛，饶是她再有觉悟，也不曾想到她在豫怀稷心中居然蠢到一定地步了。

她艰难一笑：“那些全是我小女子的浅薄猜测，若非王爷问起来，我是决计说不出口的。”

言下之意，哪怕她洞察到什么，她也不会向外传。

豫怀稷没说话，只从袖口拿出一张纸，摊平放到她面前。

“你看看，认不认识这个图案？”

宋瑙凑过去，纸上几根线条弯折相连，跟个鬼画符似的，没有章法，也谈不上好看。她第一反应是，这是什么玩意儿，她拿崴伤的脚作画都要比这强。

但转念再一想，兴许是豫怀稷在考她，若此时她败下阵来，岂不坐实了她早先在豫怀稷心里愚钝的印象。所以她皱眉琢磨良久，豫怀稷也不阻她，任凭她直到歪向一侧的脖颈微微僵硬，终于沮丧地认命，羞愧难当道：“这画得太写意了，我看不懂。”

“巧了。”豫怀稷应声，“我也看不懂。”

宋瑙惊呆了，白净的脸庞缓缓流露出猝不及防被喂了一口死苍蝇的复杂之色。

“好了，我不扰你休息了。”豫怀稷收回纸张，站起来，“你腿脚不便，不必相送了。”

他制住宋瑙企图起身的动作。

豫怀稷手长脚长，几个迈步已走到门槛处。

似想起什么来，在即将踏入庭院之前，他突然站定，侧过大半边身体向着她，面含轻笑。

“宋姑娘，我发觉，你算是把我的弱处摸透了。”

宋瑙迷茫地仰脸，便听他叹口气：“知道你一哭，我就拿你没辙了。”

倘若他先前的话是藏了一截线头，那现在他是把线头拆解开，摆到台面上。

宋瑙看他气定神闲地往她身上点了一把火，施施然离开了，留她在原地心如擂鼓。

一下又一下，重重跳动。

椿杏找来时，宋瑙轻微涣散的神志才重新聚拢，她淡淡吩咐：“去，把剩下那些公子小像都拿来，我想再看一看。”

椿杏向外望一眼，豫怀稷没走太久，整个宋府总还有他的气息没散去似的。

椿杏下意识地问：“小姐还需要去相看旁人吗？”

“为何不用？”宋瑙抬脸同她对视片刻，平静地笑开了，“连你也以为，我能嫁去虔亲王府吗？

“皓月高远，别只顾仰头去够。忘记脚下正在走的路，可是要跌跤的。”

别人不知道，但她应该明白，维系他们的不过几句虚无缥缈的谣言。

豫怀稷说下次注意，可人生没有那么多下次，他不来，她不去，不见便不见了。

她已经及笄了，那个下回，她未必等得到。

第二章

入眼

豫怀稷一出宋府，戚岁立即吞下满嘴的花生糖，撒丫子迎上去。

“爷，问清楚了，他们死前没来得及说别的。”

豫怀稷沉着脸，一言未发，他是大清早收到的消息，昨夜那两个盗墓贼，死了。

那时离他们收押下狱只过去两三个时辰，豫怀稷也才稍作休憩，拿起兵书翻了几页。戚岁是提着一口气，外加三个大肉包壮胆，才敢进屋同他说这事。

“我亲自把他们捆了送去刑部，这才一个晚上，人就死了？”

豫怀稷把兵书拍在桌上，冷笑道："我们大昭层层选拔上来的官员，脑子里装的怕不是圣贤书，净是屎坨子吧。"

戚岁压低嗓音："他们无能是无能，但这次的事也不能全赖他们，是皇上欲连夜提审那两人，派皇城军去收人，两方交接时被钻了空子，在祥明街遭到暗箭伏击，他们是当场毙命的。"

"杀手呢？"

豫怀稷其实已有答案："跑了，还是死了？"

"服毒自尽了。"戚岁翻出一张纸，递上前，"时间太短，刑部没问出太多东西，只一点，据这二人交代，雇他们去华阴坡掘墓的女人年纪不大，虽蒙面看不见样貌，但右耳挂了一只做工奇诡的耳坠，是他们走南闯北，在别处从未见过的。"

"依他们描述，刑部给画了个大概。"戚岁一手挠下巴，"姑娘家戴这种耳饰，阴阳怪气，不明所以，是蛮少有的。"

"很奇怪吗？"豫怀稷接过来看了些许时候，平静出声，"明着敢掘公主墓，暗地里豢养死士，杀人如宰鸡的女人，本就不是循规蹈矩的女子，她就算耳坠上雕个棺材，我都认为很合情理。"

"也是。"戚岁仰头望房梁，嘀咕道，"爷现在除了宋府大小姐，是哪家姑娘都入不得眼的。"

豫怀稷没搭理戚岁，将纸收入袖口："再去打听一下，他们死前还吐出什么跟八公主有关的，还有……"他敛起眉眼，"此事皇上不喜他人过分插手，你须得掌控分寸。我是想捋干净小八的事，但碰上御前的人，当避则避，懂吗？"

戚岁应声退下，豫怀稷重新拾起兵书，却是半天未翻一面。

他常年铁马冰河锻造出的一身机敏，叫他始终在意那轻飘带过的几个字眼：皇上欲连夜提审。

一晚都等不起，急慌至此，所求为何？

宋瑙养伤的那段时日，她费尽口舌，好说歹说，最终急了，拿宋家祖宗八代上下九族赌咒，被母亲一巴掌打断，这才勉强叫他们相信她跟豫怀稷之间从始至终是一场意外。

转眼夏尽秋来，豫怀稷也没再找过她。

而帝都南来北往天下客，今儿个哪家公子被人套麻袋胖揍一顿扔到风月巷，明儿个哪两个门派因口角月下斗殴，为首的衣衫被撕裂了露出一截红裤衩。这样时新、火辣的谈资太多了，渐渐便很少再有人提起那些捕风捉影的谣言。

一小段时日后，终于来了个内阁中书家的小公子相看上宋瑙，他长相清俊，几次交道打下来，虽无甚才智出息，但贵在赤诚良善。他全然符合宋瑙曾经对未来夫君的一切期许，可她竟没分毫欢欣，对着那人的时候，平静又迷惘。

说不上来是什么缘由，她婉拒了小公子同游乞巧庙会的邀约，一个人领着椿杏，漫无目的地顺着喧闹人流从城东走到城南。她过去很喜欢这样热闹的场合，看什么都欢喜，而今是入眼不入心，怎样都提不起兴致。

东想西想间，忽闻身后有人声声高呼“宋姑娘”。

她回过头去，远处一个玄衣男子冲她奔来，右臂在半空中左右挥舞，生怕她没注意到。

宋瑙停下步子，看他如一条蛇，破开人群挤到她跟前。

宋瑙认得，他是豫怀稷的近身侍从。

“我眼神果然没错，远远一瞥像是宋姑娘，可是人太多了，害我追出几条街。”

戚岁眉飞色舞，仿佛干成一件大事。宋瑙探究地多看他两眼，确信他闲来无事，纯粹是来打声招呼的，便含笑捧场：“嗯，戚公子

好眼力，非常人所能及。”

这话正面听是一回事，反过来听则变成：一般人谁会干出这事，追出大老远只为寒暄个一两句。

但戚岁听得受用，一高兴话又多起来：“我家爷这不刚回帝都，手头要梳理的事务太多了，近来城中也不大安稳，林林总总凑到一块儿所以总不得空来见您，宋姑娘可别生爷的气。”

这时，自他背后踱来个年轻公子，衣着考究齐整，一双漂亮的丹凤眼斜挑向鬓角，他在戚岁身边停住，看似是一道来的。大约戚岁跑得太急，他稍稍落下一段路，跟上来时恰巧听见这后半截话，眉心猛地锁紧了，眼尾平添几道凌厉细纹。

“戚公子这话不合当。”宋瑙面露窘态，“我哪敢跟王爷置气。”

毕竟，这世上没有无缘无故的频繁往来，于他们，不见面方才是寻常。

可戚岁不管这些，他略微不满道：“那宋姑娘怎么还去相看别家公子？”

宋瑙缓缓眯起眼，很想问他：这个你是如何知道的？

但戚岁摆明有一肚子鬼话搪塞她，为避免自讨没趣，她只好把话生吞了回去。

“别人不清楚便算了，可戚公子应当明了，我跟王爷一路是怎样结识到现在的。”宋瑙生疏有礼道，“既是由误会来的，无关姻缘，各自嫁娶也是再平常不过的事。”

这话原没错处，可戚岁听得不乐意了，他压低嗓音，忧心忡忡地问：“宋姑娘莫非是害怕跟我家爷扯上干系，会遭人非议？”

话音钻入耳底，引得宋瑙太阳穴突突直跳，跟这一根筋硬把他们撮合到一块儿的二愣子实在讲不下去了。

正当她言语卡壳，不知如何脱身之时，旁边突然传来一声冷哼。

那个与戚岁同路的公子下巴微扬，目似寒霜地瞪她一眼，再也不耐烦般拂袖离开。

宋瑙猝然受人眼刀，不由得迷惑："我得罪过这位大兄弟吗？"

戚岁立刻解释："他姓陆，名秋华，是爷手底下的副将，别看唇红齿白，其实凶着嘞。"

话入正题，他悄声附耳："陆副将下头有个正值婚龄的幺妹，以前总想将自家妹子嫁给王爷，这不回到故里才多久，姑娘便捷足先登了，他是气不过。"

嚼人舌根，戚岁还不忘表态："但姑娘放心，我是跟您一边的！"

宋瑙胸口闷了闷，深刻体会到何为人在府中坐，祸从天上来。她不过走错一回亭台，彼时该付的代价，该丢的脸她一样没落下，后来分明什么也没做，怎么还遭人记恨上了。

戚岁不知她所想，热热乎乎地挥手离开，转身拔足去追陆秋华。

"我还当有多少姿色，半大点的小姑娘，偏性子还胆小怯懦，一股小家子气，将来如何能当得虔亲王妃？"

陆秋华向来心直口快，在谈事间隙，当着豫怀稷的面，他仍是一句不饶人。

豫怀稷面色如常，稍一抬眸，眼光扫向的却是另一侧的戚岁。

多年当差下来，这一眼是何意味，戚岁霎时便读懂了，整张脸白了白。

他跪到堂下："是属下嘴碎了，还请王爷责罚。"

豫怀稷淡淡吩咐："去领五十军棍，下不为例。"

鉴于全帝都曾谣传过他与宋瑙缠绵悱恻的小段子，陆秋华听过宋瑙其人，这并不奇怪，但他搜罗过一众民间话本，多是些喜闻乐见的好话，陆秋华却知她胆怯，哪个大嘴巴说出去的可想而知。

见戚岁领罚退去，陆秋华气急反笑：“怎么，她是什么宝贝珠玉做的，说都不能说一下？”

“不能。”豫怀稷干脆利落，“且珠玉俗物，何以拿来跟她相比？”

陆秋华欲拿话回敬，豫怀稷冷言警告：“再多一句嘴，我连你一道打。”

他徐徐补充：“扒裤子的那种，但凡你不嫌丢脸，我也无所谓。”

到底自幼相识，知他是嘴损心毒言出必行的主儿，陆秋华腾地起身，下意识攥了攥裤子，再一次气怒交加地离开亲王府。

娘的，无事称兄道弟，有事便拿身份压他。

以至于二十余年，打嘴仗这件事，他从未赢过豫怀稷这厮。

乞巧庙会从来是赶晚不赶早，非得要月上柳梢头了，越晚才越热闹。

离水湖的正中央搭了戏台子，请来城中顶好的班底来唱几出应时讨巧的戏，湖岸旁站满了人，临湖茶楼也座无虚席，一来看戏听曲，二是等后头的焰火大庆。

宋瑙也杵在人堆里，卑微地从前方两人后脑勺儿间隔出的一丁点空隙里往前看。

湖心离岸边本已有些距离，再被重重叠叠的人隔开几米远，她望出去的戏台宛如浮萍一朵，眯着眼睛盯了许久，一出戏临近尾声，她才堪堪辨别出台上的生旦净末是哪个跟哪个。

椿杏倒看得如痴如醉，宋瑙估摸她是品出点门道了，拿手肘碰一碰她："这演的是哪一出，鹊桥相会还是牡丹亭梦？"

椿杏短暂的迷茫过后，洒脱地摆手："管他呢！"她快活道，"小姐快看，烟花可要开始了。"

宋瑙负手身后，年少老成般长长叹口气："真是孩童心性，稚嫩，着实稚嫩。"

但花火升空爆开的刹那，夜幕被绚烂铺满，世间一隅亮若白昼，她不由得松开故作老成的双手，呆乎乎地仰头凝望。直至左手臂被一撤身而走的人撞了撞，脚下略略趔趄，未听得半声道歉，那人已退到外圈。

宋瑙皱一皱眉，扭身循迹望去，便见撞她的是个姑娘。

背影窈窕瘦削，一身夹竹桃花色的别致夏衣，街上百姓都拥向湖畔，那女子独一人逆光站在空荡檐下，像根淬了冷月寒气的针，直愣愣扎进宋瑙眼底。

那女子似有意无意地站停片刻，然后提起裙边拐入小巷。等宋瑙从大片混沌中清醒过来，她已身体先行，挤出簇拥人群，追着对方跑了出去。

回过神后，宋瑙其实本可以停下，但无形中总有点什么，不遗余力地在推她追上去，跑过七拐八弯的路，到了一处荒败宅院前。

女子似足下生风，宋瑙渐渐跟不上她，便在老宅边上彻底跟丢了。

宋瑙环顾四下，她记性还算好，尚且记得，这是前翰林院侍读学士莫恒的老宅子。

自莫家满门抄斩之后，她再也没踏足过这一块地。

因跑动的缘故，她浑身微微发烫，可沁出的薄汗却冰冷黏腻。天边的烟火未有止歇，还在不断攀升、炸裂，金粉一样细细散落，同为帝都脚下，与眼前萧瑟却是两重光景。

宋瑙闭了闭眼，想到什么旧事，许多画面，久远的，近来的，乱糟糟地鱼贯而入。

她往后跌退两步，听见烟花将尽，盛大的爆燃声在逐渐变弱。

宋瑙不再逗留，欲转身离去。而此刻，辅道一头拐过来一对陌生男女。

男人面颊酡红，喝得醉醺醺，靠身侧女子搀扶才走得直。借了月色，宋瑙眉头微蹙的清冷模样落入他眼中，朦朦胧胧像隔了层纱雾，不知是酒劲，还是平生妄为惯了，男人忽地就迈着醉步上前，扬手想去摸她的脸。

他张口酒气冲天，左一句“小娘子好标致”，右一句“跟爷回去，爷讨你做八侍妾”。

宋瑙原意是大路朝天，各走一边的，男人华袍加身，想来也非市井宵小，身侧又有女眷同行，便失了提防，对他的突然发难顿生惊惶。

他拽上宋瑙衣衫，幸亏那女眷不是糊涂人，及时出手挡了挡，宋瑙才得以脱身。

宋瑙一个猛扎朝反方向逃去，起先那人还追赶了几步，很快便没了声息，但她不敢停下，慌不择路地往空阔的地方跑。

不记得过去多久，一双手蓦地抓住她肩头，硬把她逼停下来。

宋瑙埋头剧烈挣扎，上方响起熟稔的安抚声：“是我。”

乍然听见这简练到没有累赘的话，宋瑙来不及抬头，泪花便开始打转，内心那个思维复苏的小人儿在跟她悄悄地咬耳朵：你看呀，是豫怀稷，他来了。

可她心里莫名拧了一股劲，始终压低脑袋，面朝大地，不肯去看他一眼。

豫怀稷没法子，拿手挑起宋瑙下巴，一张额发汗湿、惨白受惊的脸撞入眼帘。他一怔，之前被人打晕绑去华阴坡，她都还算兀自镇定，胆子小归小，爱躲事避麻烦，但真遇到什么要紧情况，也绝不是个六神无主的人，怎么今天吓成这样？

“是狼狈了点。”豫怀稷抬起袖口，轻轻擦拭她额头上的细汗，“但还是很好看。”

宋瑙轻咬下唇，摇一摇头，她此时恐怕连“得体”二字都够不上，谈何好看。天下这么大，她能在同一个人面前，把这辈子的脸面都丢光了，每一回都状况百出，滑稽又难堪，也是她过人的本事。

想到此处，难受一寸寸地淤积，压得她喉咙发干，讲不出话。

“发生什么事了？”

豫怀稷眺了一眼空荡荡的巷口，以他的内息早已探寻到周遭没有生人。

宋瑙强忍住想哭的冲动，瓮声瓮气地反问：“王爷怎么会在这里？”

她四两拨千斤地回避掉豫怀稷适才的问题，手段并不高明，但豫怀稷是个识趣的，温柔地顺意而下：“你的贴身丫鬟，那个叫椿杏的，她跑来府上找我，说她家小姐又丢了，话都说不利索了，哭得差点儿没晕厥过去。”

一个“又”字让宋瑙脸颊噌地烧红起来，嗫嚅地抱怨：“她是越大越没规矩了，不回去找爹爹，倒来叨扰王爷您。”

“不怨她。”豫怀稷说，“你们走散的地方离我府邸最近，她是担忧你，不敢误时辰。”

他徐缓说着。

话已至此，宋瑙再迟钝也必须承认，豫怀稷待她极好。

不想说便不说，刻意避开便由她避开，如果她真是个愚钝的也好办，就坡下驴也不会有什么愧怍，但她偏是谨小慎微的性子，在

世情人意上比较敏锐。

垂落身后的手指用力蜷缩再张开，反复几次，宋瑙视线虚无地落在他襟前织就的一团紫气祥云纹饰上：“乞巧焰火刚开始的时候，我好像看见一个人，一个故人。”

宋瑙向他解释：“我追着她出去，兴许是晚饭食多了，身子重，没追上。”

“故人？”豫怀稷迅速抓住重点，“男的女的？”

宋瑙一蒙：“是个少时有些交往的姐姐。”

豫怀稷满意：“那你实在想她，我可以帮你找一找。”

宋瑙仰头问他：“若是男的……”

“那没追上便没追上吧。”豫怀稷立场分明，“没缘分，莫强求。”

“不找了，太多年没见了，没什么非得打扰叙旧的理由。”宋瑙终于笑起来，而笑容与平常不尽相同，总似藏了些什么，“我一时惊讶才追出去，看走眼也未可知。”

晚间风凉，将她身上的汗吹干不少，豫怀稷怕她风寒入体，不再多说便护她回去。

他走在宋瑙右后侧半步远，刚好可以看见一小截女子白皙修长的脖颈。

他自认不是个好耐性的，除母妃和四皇妹，他不太与女人相处。军营又是纪律森严的地儿，淬炼出一肚子强硬坚实，何时能容下有人在他眼皮子底下藏掖躲闪，顾左右而言他？

不过因人而异，既然有心纵着她，便是什么都随她意愿去了。

说穿了，他自个儿愿挨是他的事，不图什么，但小姑娘领他心意，知道回过头来跟他解释两句，他难免贴心地暗叹一句：还算这丫头有良心，不枉他调拨大半个将军府去寻她。

尽管，她的话里掺了水分。

至少不是全部实话。

宋瑙回去时途经亲王府，将痛哭流涕的椿杏一道带走。

戚岁提前为她们备下马车，宋瑙疲乏极了，未做推辞道了声谢。

踩上马凳前，她注意到什么，疑惑道：“戚公子腿怎么了，走路不太稳当的样子？”

戚岁正一脚高一脚矮地指挥车夫，俨然是短暂忘记了由五十军棍支配的恐惧，而现下，他不仅想起来了，双股还条件反射地紧了紧。

“他在路上跌了一跤，不慎扯到胯骨。”豫怀稷走过来，一手扶住宋瑙胳膊，淡淡道，“不用管他，他这毛躁大意的性子也该磨一磨了。”

宋瑙有些意外：“这么不当心呀？”

戚岁沉痛地点头，可不就赖这张臭嘴，不当心说错话了嘛。

宋瑙投以大片怜悯，为免触人痛处，她没再多问，矮身进入马车。

小臂残留了豫怀稷扶她时掌心的余温，她拢一拢袖子，掀起侧边一小片车帘布。

两个车夫训练有素，待她坐稳，车轱辘滚滚向前。在平稳倒退的街景里，她每每偷眼向后回望，豫怀稷都站在原处，目视她的车马驶离。直到车子隐入一旁小道，巍峨的亲王府消失在茫茫夜色中，她才将身子扭回来。

帘布没有放下，她斜倚在车壁上，敛眸凝望前方某一点。

椿杏也随宋瑙向外看，乞巧庙会已近尾声，与往年一样，街头只剩下散走归家的百姓。

她忍不住问道："小姐，你在看什么，前边有什么特别的吗？"

宋瑙平视远方，默然良久，才应了一声："不知道。"

黑夜里弥散开灰白色的雾，有卖花老妪走进雾里，有小摊贩推车自雾里走来。

她不知道这片薄雾后头有些什么，但经此一夜，她可以确信，前方一定有什么在等着她。

一定有。

当晚的事宋瑙没再跟人提起过，即便椿杏问起来，她也不肯多说一个字。

"你非要问的话，我只能扯谎骗你了，我已经备下十几种说辞，不知道你想听哪一种？"

简而言之一句话：别问，问便是谎话。

椿杏以为，她家小姐已然处在搪塞人的最高境界，有什么比极真诚地传达给你"我确实在搪塞你，但谁叫你问的，你活该"这样的信息，更能噎人的呢？

椿杏略微怅惘，她家小姐到底是个大姑娘了，是该成婚嫁人的年纪，都有自己的小秘密了。

可往往想要在一处遮掩的东西，总会在旁的地方显露出来，是防也防不住的。

那时距离乞巧庙会过去七八天，宋瑙甚少出门，大多时间拿来绣一块红被面子。

宋家二老觉察出她没什么精神头，终日蔫头耷脑，越发不爱走动，便想劝她出去沾一沾地头烟火气。

宋瑙刚听出点苗头，立刻往床榻一躺，四仰八叉，挺尸似的双手死攥住被单，毅然决然："上回爹娘赶我出府，我折了一条腿，差点儿把小命交待在山里头，可见外头世道凶险。爹娘若还执意要我出门，就这么原样连铺盖与我一起扔出府去吧，命都要没有了，要脸面也没多大用处。”

宋沛行拿她的泼皮样儿没辙，探询眼光转向椿杏：又怎么了？

椿杏同样迷茫地摇一摇头，宋沛行正欲再问，府外传来一阵杂乱脚步声，起先隔着道府门听得并不真切，但那些个响声很快便穿墙破府，在堂前掀起一重大过一重的喧闹。

宋沛行被引了过去，宋瑙不是个太爱给自己找事的人，在哪里躺下，便就在哪里多躺一会儿。直到在由远及近的哄笑中听得有人高喊什么宋大小姐，她才一骨碌从床榻爬起来，盘腿吩咐椿杏：“去，看下怎么回事，青天白日闹得慌。”

椿杏腿脚麻利，抄近路直取前厅，不多时便狂奔归来，慌张中遭门槛绊了绊。

“我、我听老爷喊那领头的国舅爷。”

“当今能称得上国舅的，唯有皇后娘娘同父异母的庶出兄弟了。”宋瑙没多想，同一姿势坐久了，尾椎骨硌得有些疼，她探手揉了一揉，顺口问，“他来做什么？”

“他说七夕夜与小姐偶然一见，倾心难忘，要……要讨小姐做八侍妾。”椿杏吓出眼泪，“国舅带来一帮人，可能是家仆，样子不三不四倒像地痞打手，还哐哐抬来好些箱子，横七竖八扔在前院，落脚的地方都没了，说是下聘来的。”

听完头一句时，宋瑙脑袋嗡的一声，被一股邪火驱着，差一丁点儿冲出去跟放话的人理论。

——你才是八侍妾，你祖上全是八侍妾！

但她那颗胆子称一称也没几两重，待椿杏把话说完，那簇小火苗差不多也被雨打风吹去了。

取而代之的是几天前那沾带酒气的夜风，像陡然穿过白日天光，扑向面门。宋瑙左右一联系，即刻就将两处连接到一块儿。她连滚带爬下了床榻，迈过椿杏向厅堂跑去。

尽管那时天迟露重，又相隔多日，但宋瑙仍然一下子认出那张脸。

五官是好的，可流气过甚，常年地寻欢作乐把身体底子掏空了，长相倒成其次，谁见他第一面都会想问上一声，这个未上年纪已压不住猥琐劲儿的富家公子是谁?

宋瑙躲在廊上，听爹爹语气逐渐冷硬："多谢国舅爷抬爱，可惜老臣家中子嗣单薄，只这一个掌上明珠，不求嫁个权势滔天的，但断不可能去做人第七、第八房的侍妾。"

哪怕宋瑙从前不了解国舅其人，但今时观之面相，便知是刁钻狭隘之流，不论她嫁与不嫁，话说到这份儿上，梁子怕是结下了。

左思右想间，她不当心自圆柱背后露出颇凝重的小半张脸来。

宋母余光瞥见了，掩在袖口下的手朝她轻轻摆了摆。

记忆中，母亲上一次这样看她，眼底掺风带雪，忧思浮动，还是莫家获罪斩首的那段时日。因为宋氏与莫家的一些渊源，宋母常说，他们不怕受牵连，但就她这一个女儿，做梦都担心护不周全。

宋瑙退回红柱后头。

堂前的气氛越发胶着，国舅手底下那群喽啰干惯欺男霸女的活儿，说出的话也一句赛一句粗鄙。宋瑙反手掐住柱身，指节根根泛白。她在原地站了会儿，似痛下什么决断，忽然松开手往马厩跑去。

偏门外飞起遍地轻尘，一辆马车绝尘驰远。

车夫在虔亲王府前喝停马车，宋瑙走下车去，还未自报家门，守卫们对视一眼，便将她请进府去。到底是将军府的守卫，人稳话不多，径直将她领进书房。

同她见过的所有内室都不一样，一呼一吸间是别处没有的兵戈气息。

豫怀稷今日穿了件淡青色便服，却仍旧能与锋利的空气交融一体。他向宋瑙勾一勾手，笑道：“过来。”

宋瑙依言上前，他递去一盘零食：“刚差后厨拿来几样点心，不知道你要来，没备什么好东西，当个小零嘴吧。”看她的眼神亦是一贯温煦，“大早上的往我府里赶，遇到难处了？”

他这一问询，似把软刀子，精准割开了宋瑙的泪腺，她吧嗒吧嗒往下掉珍珠粒子，抬手抹泪的途中顺手取走一块咸桃酥，一面哭，一面鼓鼓囊囊地往嘴里塞。

落泪之迅猛叫见惯她红眼眶的豫怀稷也为之一怔，旋即无奈：“好端端哭什么？”

哭什么，宋瑙也讲不明白，是哭国舅求娶这桩事吗？似乎也不全是。

来时这么长的路她也没落泪，可见不是非哭不可的，大约是豫怀稷太好了，好到她小哭包的内核无处可藏，就像猫咪摊开四肢，向疼惜它的人露出柔软肚皮。

“你这个哭法太伤精气神。”豫怀稷徐徐引导她，“要不先歇会儿，咱们讲讲话？”

宋瑙点一点头，乖顺地抱住食盘坐到一边，啜声从乞巧节说到今早的事，咬一小口说一句，满盘吃食就这样见了底，她的情绪在一声饱嗝中趋于平稳。

听完前因后果，豫怀稷垂下碗盏，看似轻手一放，可案几登时陷下去碗大个坑。

他冷笑："徐斐这狗东西，他当我是死的？"

话落时，案几裂开一道道细纹，自碗边一圈向四周蔓延。

"徐斐"这个名字于宋瑙而言过于陌生，反观豫怀稷，张口即来，像是交过手的。宋瑙惴惴问道："我曾听闻，国丈的正房夫人育有二女，唯独侧室生下一个儿子，是宠惯着长大的，想要什么没有拿不到的？"

"嗯。"豫怀稷的手指顺着碗沿缓慢摩挲，宛如手下的不是碗，而是徐斐那颗狗头，"早些年前见过一面，后来据说他爹嫌这孙子总惹是生非，赶他去郊县待了几年。"

这骂人的话乍一听挺畅快，仔细一想略有些差辈分，把宋瑙听笑了。豫怀稷见她一双兔儿眼弯了弯，语气也松了些："他现在长什么熊样？"

尽管王府是个没人敢听墙脚的地方，但宋瑙仍掩了掩唇，颇有背地里论人长短的自觉："书里说，女子是水作骨，男子是泥作骨，可国舅不一样，他怕是拿猪油捏的身子，浑身上下没有一处是不油腻的。"

"没错了。"豫怀稷面含轻笑，"他诚然是块猪油，还是块富贵有权势的猪油，被他盯上的不脱层皮也得恶心好几年。倘若你想一两年内成婚，嫁去一般府宅是拿捏不了徐斐的。"他中指屈成爪状，扣向碗壁，"你不辞辛苦跑过来，可见有些想法，需要我协助一二？"

宋瑙的下巴因骤然受惊往里缩了缩，细瘦的脖颈上生生挤出了两道颈纹。

豫怀稷前半段说得在情在理，所谓一般府邸拿捏不了，不正暗示他能拿捏吗？按正常思路，随后不该是主动解围，提出娶她过门吗？怎的语意一拐，把话抛回给她了？

宋瑙勉力保持镇定：“前段时间坊间传出一些流言，诸如准王妃之类的话，那次在华阴坡，王爷说有耳闻，又说挺好的。”她鼓足勇气，“时过境迁，如今吧，我也觉得……”

宋瑙豁出脸皮，艰涩地吐出两个字：“挺好。”

她只差明着说：求你娶我。

可豫怀稷似乎打定主意要将她按在耻辱柱上摩擦，身子微微前倾，轻笑间舌尖扫过后槽牙：“那我与你小像上那些公子哥，哪个好？”

宋瑙并不怀疑，她敢说豫怀稷更好些，这人便敢追问一句：好在哪里，请举例说明。

何况论平庸无能，他相较那些人是有不小差距的，宋瑙一时语塞，完全失去了适才说国舅坏话时的快活灵巧，唇舌僵硬，宛如被丢到了命运的十字路口。

“看起来，我是不如你相的那些个小公子了？”豫怀稷手扶碗盏，手骨微一使力，瓷碗“噗”的一声从坑里拔出，“他们能娶得你，我娶不得？”

他嗓音浮浮沉沉，细听之下不难听出一丝拈酸不悦，宋瑙一怔，因前头一通哭，眉睫上的猩红尚未褪尽。她看向别处，半晌，轻声说：“王爷会考量我，大约是与我身家有关。”

许多话原该看破不说破的，可人总有某一时刻，大脑十分叛逆，来不及多想便说出口：“我与文国公系出同宗，明面上的门楣不算太低，其实这些年养花逗鸟的不足与外人道。”她双手团成拳，垂在膝头，“而爹爹是个五品郎中，官居中游，离权位中心还很远。

“王爷如今地位过于显赫了，不想再娶个权臣之女，成为大昭的活靶子。”

说到这里，她撇了撇嘴，委屈地说：“而我恰好卡在王爷的标

准里。”

中规中矩，上不至惹人忌惮，下不至失了身份。

豫怀稷手肘支在案几上，指节虚撑着后脑勺儿，若有所思地听完这一大通。他这才直起腰板，总结归纳：“你怕我选择你，同你挑拣帝都那些公子哥是一样的，有所图，但没情意？”

宋瑙还未来得及反应，他又一连抛出几道灵魂拷问。

“可你相看那些人的时候，求的是他们喜欢你吗？

“他们瞧的不也是你的身家、样貌、性子，可都没见你计较过，怎么偏到我这里，开始计较起情意来了？

“是我与他们不一样？”

问及最后，豫怀稷黑夜似的眼底星星点点皆是笑，半似蛊惑，半是循循善诱。

可光凭前两个问题就已经考倒宋瑙了，现下若非她还记得此番是来干什么的，她很可能会朝豫怀稷拱一拱手，由衷道一声：告辞。

毕竟今日份的羞耻已逐渐满额，头顶似乎冒起青烟，浑身烫乎乎的。

她担心再待下去，将来墓志生平上便会刻了：终年十五，卒于羞耻。

可豫怀稷非但不打算放过她，甚至还想添把火。他起身走过去，锦衣长靴，每一步都像踏在通往她坟头的路。宋瑙一个不稳，险些从座椅上滑下来，而他赶在这之前横到她面前，双手撑住两侧扶手，躬身将她连人带椅环在一小方天地里。

她退后一厘，豫怀稷欺身一寸，很快把人逼到椅子边角扑腾不得。

滚热的鼻息呼呼而下，落在她珠玉似的耳垂上。

“当你说的都对，但权臣女到底是少数，撇去这些个，余下的可太多了。陆秋华的幺妹也二八年华一枝花，我怎么不去找她，非要跟你过不去？”

宋瑙此时脑子糊成一团，磕磕巴巴地问：“兔、兔子不吃窝边草？”

豫怀稷低笑一声，身体忽又沉下几分，声色喑哑：“我瞧她们都不如你，你说怎么办？”

纵然宋瑙大脑已浑如一团糨糊，太长的话左耳进右耳出，难以思辨，但这句她听得明白。她耳尖刹那通红，心想：你乃是成熟的将军了，遇事不该问旁人，要学会自己拆解了。

她一面腹诽，一面把头别开，侧脸晕开大片熟透般的红，落入豫怀稷眼底甚是艳丽。

他看得欢喜，便俯身多赏看了一会儿。就着这个姿势，他抬高声量朝门外道：“戚岁。”

被唤进来的人刚一迈入，立即如遭雷击，只见两人挨得极近，他家爷似一偏头便能亲到宋姑娘的耳郭。

他被迫看了这个职位不该看的画面，心中正惶惶不安，就听豫怀稷说：“去，带几个人陪宋姑娘回府，把徐斐下的聘都丢出去，给我腾个地儿。”

这句话信息太多，戚岁足足消化了十几秒，不由得叹服，他家主子确实厉害，这回来才多久，拿下人家黄花大闺女的速度堪比在边关攻城略地。

故而，这次不必戚岁出去乱传什么，有许多人亲眼见到宋瑙大白日从豫怀稷书房出来，拿手背贴住两颊，却挡不住溢出的绯红，步子既快又碎，而戚岁全程一脸姨母笑地跟在侧后方。

豫怀稷送走宋瑙，站到桌前，拿过一本空白奏折，铺开研墨。

思忖须臾，他提笔落下十六个疏狂大字：

先来后到，天经地义；半路截和，天打雷劈。

稍等墨干，他差亲信快马加鞭送去皇宫。

第三章 求娶

午时方过，内室的苏合香行将燃尽，徐尚若端来药膳，又往炉里添了一勺香。

豫怀谨屏退宫人，把她拉到身侧坐下："来得正好，给你瞧个折子。"

徐尚若刚探出手去，腕子忽地由人攥住，在恰到好处的力道里翻转向上，露出虎口的一小道刀口。豫怀谨眼色沉了沉："母后又为难你了，还是安慎？"

"是我不当心。"徐尚若赶忙澄清，"修理花枝时被剪子蹭了一下，跟母后、皇妹无关。"

豫怀谨淡淡哼笑："我自己的母亲、妹妹是什么样的人，我比谁都清楚。"

刀口已经结了一块血痂，他掌心覆在上面："她们没少给你使绊子，即便这回不是，还有下回，你得跟我说。"他满目寒凉，"我是拿母后没法子，但安慎那小妮子我还治不了她？"

内室烛火荧荧，日光照不进来，卸去帝后尊荣，他们宛若世间最平凡的夫妻。

徐尚若回握住他，反过来好言安抚："母后中意娘家侄女，皇后的位置本该是她的，如今不喜我也是应当。"她温和惯了，对谁都存着三分体谅，火光里的侧脸恬静含笑，"比起以前过的日子，嫁你的这几年已经好得不可思议了。"

"不，不够，光是好一些还远远不够。"豫怀谨与她十指交扣，咬住牙关往外挤道，"我要的是没人再敢折辱你。"

他抬眼望向横陈在雕花笔架上的一支善琏湖笔，末端以隋珠为缀，本是华美异常，但笔身有一处拿翠玉色的布条缠了缠，因颜色相近，不细看倒也不容易发现。

"否则，当年文韬有六弟，武略有三哥，我费劲当这皇帝又有什么意思？"

他从不忌讳提当年，可徐尚若听来总是心惊，生于帝王将相家，回忆往往不会是件多好的东西。她忙不迭拿过奏折，笨拙地截断话头："对了，你要给我瞧什么？"

一本没什么花头的折子，她慌忙地拨弄了几下才打开。豫怀谨轻笑摇头，尽管世事多变幻，他们已今非昔比，但他的皇后老实巴交，藏不住心绪的模样始终没变。

"三皇兄的字迹？"

徐尚若手执奏折，目光迷惘地从那十多个大字上挪开。

“是了。”豫怀谨思绪回笼，跟她说起这段时日的事来。

“皇兄看中宋家丫头，是要娶她当正室的，可这徐斐想讨她做妾，他是个什么货色，谁的人都敢抢？”豫怀谨拂开桌上药盏，几点褐色汤汁溅上案台，“要真退回个七八年，三皇兄还没带兵常驻边疆那会儿，在这大帝都里头，经他手揍过的没脸没皮的达官贵胄，没有几十也有十几，这回是顾念你我的面子，没直接动手。”

“徐斐……”徐尚若眼里闪过一丝异样，捏住折子的手骤然收紧，“他大约是为我寿辰回来的。”

“这傻子确实才回帝都，没怎么听说有什么事儿。”豫怀谨嘴角浮出一丝冷笑，“他去宋府下聘，身旁竟无一人提醒他宋氏女同三皇兄的渊源，指不定背后还有人挑他去捅蜂窝，想来树敌不少，都在等着看他这出笑话。”

听到这里，徐尚若越发不安起来：“徐斐他到底与我……”她一句话未说完，又顿了下，“同父异母，如今这样跋扈，也有我的责任在。”

“你有什么责任？”豫怀谨反驳，“他混账妄为的做派不是一两天了，和你不相干。”

徐尚若望向红烛上那一粒火光，跃动明灭中，她恍惚摇头：“他早该千刀万剐了，算是我救下他一条命，这些年又不知在何处做过多少荒唐事。”

豫怀谨身子一僵，目光不由得落向桌角几张薄纸，里面是他遣人搜来的有关宋氏三代以内，不论直系旁支的一份详细族谱。

与宋沛行并列的，是他的兄长文国公宋世朝，其膝下有一子，名字上被朱笔圈了圈。底下写着：曾与莫恒长女定下婚约，后莫家因文字谋逆，蛊惑天下人心，满门抄斩。

另有一行：宋世子至今未有娶亲，不知缘何。

几张纸他翻看过许多遍，一些边沿已微微卷曲。他呆怔片刻，随即冷冷笑开。

他这一笑似点醒了徐尚若，她忙将药膳端到近处：“熬了一早上的，再放下去要凉了。”

豫怀谨没说什么，掀开碗盖，滚热的水汽扑向半空。

隔了这层水雾，徐尚若看不清他的脸，那水汽仿佛不断在往眼里蹿，少顷便濡湿眼眶。

她比谁都清楚，这个年轻君王的一笑里包含了些什么。

他是在说，徐斐该死，那他呢，他就不该死吗？

纵使没有说出口，但在那一刹那，她仍然锥子刺骨般疼了一下。

另一边，戚岁挑了十来个膘肥体壮的大汉，把陈列在院子里的聘礼悉数取走，一行人扛着箱子浩浩荡荡往左都御史府去。

徐恪守提前收到消息，早早将儿子捆了个结实，罚他跪在堂下。

戚岁见状故作惊讶：“徐大人这是何意，小公子身娇肉嫩的，可别捆出个三长两短来，身子糟践坏了还怎么跟人抢媳妇去，往后长日漫漫的岂不憋得慌？”

他笑得客客气气，露出雪白的八颗牙齿，不等徐恪守回应什么，挥手招呼在门外列队的两排壮汉把箱子扛进来，同时高喊着：“都往主道上摆，给徐大人看一看小公子的手笔。”

戚岁的言行是受谁的意，徐恪守心知肚明，他臊得面上红一块白一块：“怪我教子无方，把这孽障养得胆大妄为，我正准备押他去给王爷赔罪。”

戚岁摆手：“这倒不必，我家主子杂事一箩筐，怕是不得空见徐大人。”

他似不经意将话锋转了转：“不过，爷说了，小公子风流成瘾他多有听说，今日一见，不愧为花间老手，但宋家小姐年纪小，没经什么事，可被这阵仗吓坏了。”

徐恪守混迹官场数十年，话中隐意他一听即懂，二话没说，亲自将儿子捆去宋府，当着宋家老小的面将其踹翻在地，狠狠收拾了一通。

他下手相当狠，徐斐满院躲闪痛呼，最后好巧不巧摔倒在宋瑙脚下。

一双白底绣花的缎面鞋霍然入眼，想来除去乞巧节的匆匆见，他又喝得迷糊，全靠搜来的画像吊着胃口，其实并没在白日里仔细看过宋瑙的样貌。他心思微动，眼神顺势向上，刚攀到女子膝盖处，冷飕飕的耳语声贴着他鬓发飘入耳中。

戚岁不知何时站过来的，如他肚里蛔虫，精准指出：“小公子，眼珠子是样好宝贝，让它老老实实安在眼眶里不好吗？别逼我家爷动手来挖，那多伤和气，你说是不是？”

徐斐经他阴森森一吓，整根脊梁像被瞬间抽走，上半身一软，宛如一摊烂泥。

宋瑙瞧徐斐挨揍正瞧在兴头上，只差去跟戚岁要一把瓜子，边嗑边看戏。而他猝然摔过来叫宋瑙也吓了一跳，幸好今日她双腿争气，生生屏住没撒开了往父亲身后蹿。

倒是宋沛行，眼见徐斐遭了不少罪，他站上前来打圆场，顺势将女儿往后头挡了挡。

“徐小公子年轻气盛，行事难免不够周全，稍作劝诫即可，勿要太过严厉了。”

徐恪守好不容易等到个台阶，立即捉住机会顺阶而下：“宋兄

宽厚，我回去一定将这逆子严加看管，再不会犯今日的事了。”

他手一挥，几个家仆走上前来，架住已然不大能独立行走的徐斐，与其一起退了出去。

戚岁目的达到，抖去一身瓜子皮快快活活回去复命了。

待几拨人彻底离开，宋家瞬息陷入莫大的沉寂中。

今日的事一茬接一茬，宋瑙蔫了吧唧地倚在角落。算起来徐斐是她招惹来的，余光窥见宋沛行似要发难，她飞速抬头，先发制敌：“爹爹，您知我胆小经不起呼喝的，再骂可是要傻了，你们总不好将个傻子嫁去虔亲王府吧？”

宋沛行气到吹胡子瞪眼：“你如今倒会拿王爷来压我！”

他甩袖回屋，宋母埋怨似的拿手点一点她，也跟回后宅。

宋瑙这才从墙根的阴影里小心挪出来，前院经人洒扫，先头的狼藉一片已清理干净，没剩下太多痕迹。她踩过那条看上去一切如常的步道，在拐弯处停了停。

她侧身望向空落落的小径，眼光虚虚实实，与七夕当夜坐在马车里，投向茫茫薄雾时的目光一模一样。

前方椿杏轻声唤她，她才举步离去。

当四处静下来，许多画面不断被记起又飞速掠去，像一块又一块的碎片，彼此间毫无牵连，却隐隐相关。她有些捋不清楚，便又回屋静坐了会儿，直到晚些时候，豫怀稷差人送来书信一封。

宋瑙打开一看，纸笺之上只有一句问话：解气否？

墨迹洇透纸背，笔力颇重又恰到好处，少一分不够大气，多一分怕是要穿破纸张。

她的手抚过干透的墨色，笑了起来。

原来身后有靠山，是这么好的一件事。

可解恶气，可撑天地。

前院刚空出来，豫怀稷的聘礼便接踵而至，从堂前一路堆叠到厢房，礼单展开来足有丈把长。这一场动静宛如平地一声雷，将八公主墓的事整个替下了，一夕间飙至民间话头榜首。

紧接着千秋节到了，又是一年里极热闹的日子。

约莫未时三刻，陆万才躬身走来，豫怀谨抬眼问他："可是虔亲王到了？"

陆万才摇头："皇上，虔亲王要先拐去宋府接宋姑娘一道，怕没那么快。"他一顿，"门外是二王爷请安。"

豫怀谨视线向下移了一点，恰好落到笔架上。帘布罅隙间透来幽微的光，打在那支善琏湖笔的笔身上，留下道道光斑。他向后一倚："就说朕在休憩，让他们候着。"

陆万才退下传话，这一等便是整整一个时辰。

未时日头毒辣，豫怀谨踏出御书房时，二王爷一干人已浑身犹如水洗，脸面晒得黑红，一些衣料遮挡不到的地方发出芝麻粒大的水疱，狼狈得一如多年以前的他。

豫怀谨缓步踱过去，叙旧似的说："今日不知怎的，朕午憩时梦见一桩许多年前的旧事，同今儿个一样的烈日，二王爷与朕玩闹，把先帝御赐的一支湖笔抢去了。"他笑起来，笑里没有温度，"又不说丢在哪处，叫朕好找。"

这件谈不上顶贵重的东西，却是先帝生前赏予他的唯一物件。

他记得当日寻过的每一条小径，他与宫中年迈的老太监，沿二皇子玩乐之处伏地翻找。

本是一次寻常嬉笑，与以往没有两样，除去他某次回头，豫怀稷蹲在身后。

两人四目交接，他吓得一趔趄，豫怀稷出手如电，把他生拽回

来，语气闲散。

“一老一小的找什么呢，蝈蝈？”

豫怀谨不吭气，暑气将一张尚未长开、稚气未脱的脸熏得灰白。他起身拿袖管揩了一把脸，但仍有大把的汗往身下淌。

他与豫怀稷并非一母同胞，在那之前，交集也少。

那日，豫怀稷将二皇子胖揍一顿，走前慢悠悠地赠他一句：“今儿个叫你瞧一瞧，什么叫欺人者人恒欺之。”

他曾以为，似他这样嘴笨寡言的皇子，母妃又飞扬跋扈，他受气是应当的。

但豫怀稷向他伸出一只手，提起他后脖领，自落满枯草的井底一路拖到阳光下。

眼下与二王爷心境类似的，还要数被迫入宫的宋瑙。

她行到半路已心如死灰：“国舅因我遭了一通罪，我现下进宫去，大抵是送到皇后娘娘跟前挨打的。”她连下场都想好了，“我肉薄骨头轻，宫里刑罚花样多，我挨两下可能就去了。”

她每根发丝都散透出哀怨：我当你诚心娶我，你却想要我的命。

豫怀稷无奈，将瑟缩在马车角落的女子提溜到身侧：“皇后与徐斐不同，虽为正室所出的嫡次女，但自幼体弱送去黔南休养，直到先帝赐婚才接回帝都，是难得温婉的女子。”

可不论他怎么说，宋瑙始终僵如一块冰坨子，颓丧地等待命运大刀霍霍向她。

兴许是备下过最坏打算，真见到帝后那刻，远没有她想的那样糟。

豫怀谨稍稍问过她几句家常话，她便被徐尚若领去后庭赏花。

起初她还有些拘着，全凭了徐尚若一句话冲淡不少：

“幸好没许给徐斐，这么灵气一丫头配他太糟践了。”

这话说到宋瑙心坎上，见皇后没偏向徐斐，不由得松了一口气，平日里的机灵劲儿便回来了。诚如豫怀稷所言，皇后是个过于温和的人，说话轻言细语，连眼里的光都细细碎碎，不至于耀人眼目。

她们转完小半个宫院，越聊越投机。徐尚若正想带她去唱曲的楼阁走一圈，对面却远远走来一拨人。打头女子很年轻，锦衣华袍，周遭有十数宫女围簇，发间一支步摇描金画凤的，流苏缀满珠玉，荡在风中几步一脆响。

徐尚若几乎本能地向后撤去半步，但基于皇后身份，她硬是站定了。

待女子走到跟前，徐尚若微笑地引荐：“这位是九公主安慎，与皇上一样，同为太后所出。”

宋瑙躬身行礼，而她注意到，九公主并未按规矩向徐尚若行礼，连她手边几个宫女也纹丝不动，心中便生出些考量。

果真，她刚直起身，头顶传来阴阳怪气的笑语声：“我听宫人说起，三皇兄把未来皇嫂带进宫了，还以为是多么惊世绝艳的女子，原来小门小户出来的，不过尔尔。”

宋瑙向前一个万福：“九公主说的是，臣女没什么好的，时常惶恐，怕担不起王爷厚爱。”

她低眉顺眼的，大有随你怎么说，但凡别要她的命，说她什么她都认的态势。

安慎一拳打进棉絮里，便狠狠剜她一眼，调转矛头冲向徐尚若：“皇后今儿寿辰，怎的有空带人逛园子。不过依我说，这寿宴就不该办。”

她羽扇轻扑："劳民伤财不说，最近出的岔子还少吗？"

徐尚若僵在原地。

宋瑙深吸一口气，朝前一步，敛首恭声："臣女记得，去年公主寿宴，正逢九江洪涝，可见灾祸连年有，日子总还是要过的。"

安慎手中的羽扇忽停，她仔细端详宋瑙几秒，冷笑着："那怎能一样？皇后向来自诩端正贤淑，却赶在这个节骨眼儿上大摆宴席，想来平日里什么戒奢从简的，尽是假模假样。"

宋瑙多少描摹出个大致来，九公主为人这样厉害，皇后往常一定没少迁就她。

既然出了这个头，再要明哲保身是不行了，宋瑙索性破罐子破摔，继续道："臣女听家父说起过，娘娘往年寿宴总是重热闹些，而意不在奢华，是皇上待娘娘的一片赤忱心意。"

安慎又看了宋瑙半刻："你倒会替皇后说话。"她笑得尖刻，"也对，皇后小地方长大的，没见过多少世面，怪不得能同你处得来。"

宋瑙皱眉，安慎一句话把两个人都骂进去，可见打小深谙此道。

正寻思如何挡回去，安慎已抬步站到徐尚若身侧，蓦地拽起她缠了绷带的那只手："有几家金贵小姐自个儿修花弄草，瞧把手给划的。"

讥笑间，安慎指腹蹭过刀口，徐尚若猛一吃痛，她宫里的人赶忙上前护主。

眼瞧着一阵骚乱，突然打旁边走出个小太监，他往空地上一跪，现身得恰逢其时。

宋瑙先前见过他，同陆万才一样都是御前的人。

小太监朗声道："虔亲王派奴才来问一问娘娘，何时将他夫人还回去？"

“虔亲王”三个字似比皇帝还管用，安慎听得一颤，悻悻道：“还没过门呢，也配称夫人。”她想来又气不顺，忍不住轻啐一声，“哪里来的狐媚子，真不要脸。”

宋瑙挨骂了倒也不气，口舌之快而已。

本在旁侧由宫人整理松开的绷带的徐尚若听得那些话，面容猛然一沉：“安慎，你放肆。”

她平素连高声说话都很少有，这声冷喝刚一掷地，当场所有人都为之一怔。

“堂堂大昭公主，说话却粗鄙得似个市井妇人，成何体统！”

安慎面子挂不住，欲要争辩，却被徐尚若一语截断：“你莫在本宫跟前横，你有能耐原话学给虔亲王听去，看他不掌你的嘴。”

几乎未曾见过她发怒的样子，安慎杵在那儿，张了张口，却没吐出半个字。

但宋瑙瞟见了，徐尚若背在身后的手微微打战，手掌间白布松散开了，边缘有一道猩红。

她们刚一撞见九公主，豫怀稷就得了消息。

湖心水榭，他同豫怀谨面对面而坐，右手侧坐了才从蜀地赶回来的文亲王豫怀苏。

“敢跟安慎对垒的，这位三皇嫂胆量可不算小了。”

豫怀苏五官温雅，偏向斯文书生。他端起一杯酒，敛袖敬向豫怀稷。

他们三兄弟过去十年里大半时间都在各自奔忙，难得能聚齐一块儿喝酒谈天，却被这桩插曲搅了兴致。

豫怀稷手拈玉杯，新添的酒一动未动：“有一说一，论胆子，你三嫂是麻雀胆没错，但要叫她吃亏就范，也不是太容易的事。”

他轻叹："她往日里是收着的，今日是我借她的胆子，那爪牙才敢往外露一露。"

可他留了半句没说：只怕借来的胆子维持不过一时半刻，现时已吓得够呛了。

豫怀苏玉面含笑："不能吧，虔亲王妃都敢当得，还会怕别的？"

提起这件婚事，豫怀稷眺向旁处："多亏徐斐要强娶。"他啜了一口酒，"她不过是在徐家八侍妾和亲王妃中，两害相较，取其轻。"

一个不防，豫怀苏呛了一口。

他忽然很想知道，他三哥跟宋姑娘都经历了些什么。

到底是同一母妃生的，精准觉察到他的意图，豫怀稷厉眸扫过：不，你不想。

豫怀苏还年轻，没有活够，识相地点到为止："话说回来，安慎做得太过了。"

坐在主位，大半天没吱声的豫怀谨突然抄起酒壶，朝亭柱砸去。壶身应声四裂，浓烈酒香顷刻间混入湖风，一半甘洌，一半寒彻。

"皇上，臣不大放心，先去看一眼那丫头。"豫怀稷道。

豫怀谨目色阴晦："朕去趟后宫，与你一道。"

豫怀稷走在后头，路过前来通风报信的小太监，他随手抛去一锭碎银。

小太监忙不迭地接住，俯身向走远的男人道谢。

偌大的水榭只余下豫怀苏，他淡笑摇头，执杯的手微倾，与桌上两只空酒杯碰了碰。

徐尚若的伤处需上药包扎，半途与宋瑙分道而行。

适才头脑一热与九公主争辩，此时冷静下来，宋瑙每走一步腿上都犹如灌铅。

诚如豫怀稷所料，找到她时，她膝盖骨一软，不受控地向他扑倒，泪珠子在眼眶打旋：“我把九公主开罪了。”不由得悲从衷来，“若她要扒我的皮，王爷可拦着点。”

豫怀稷钳住她后腰，以免她往地上滑，冷冷吐出两个字：“她敢。”

他话不多，却似一颗定心丸，宋瑙攀住他缓了缓。

可这一缓，竟缓出些异样来。事后宋瑙痛定思痛，认为她当日一定是吃了熊心豹子胆，否则怎会前脚怼完九公主，后脚又三分小心七分胆人地将下巴搁到豫怀稷肩头，双臂一厘一厘地收紧，由虚拢着，到把自己嵌入对方怀里。

豫怀稷微怔，她这样子主动，是头一回。

“怎么，”他沉沉笑开，“占我便宜？”

语调既慵懒又无赖，宋瑙头顶徐徐浮出一个问号。

她臊红了脸想推开这个人，刚一向外挣，便被抱得更紧了。

听他犹带轻笑，自问自答：“我允了。”

他周身滚热，暖意自每一寸相贴的布料传来，宋瑙暖和地眯起眼睛：“那，将来若有别的女子想占王爷便宜，”她手又紧了些，“还允吗？”

豫怀稷半含揶揄：“要看人品高不高贵。”

这话听得耳熟，宋瑙回想了一下，记起来那是在西亭台将他错认成小缪公子，她斩钉截铁提的一句：纳妾当以人品高贵优先。

往昔画面涌入心中，宋瑙已似煮熟的虾子，脸上无一处不红。

但话说到这个份儿上，她索性一不做二不休：“倘若是个品性纯良的呢？”

“姑娘家家，占便宜的事都能做得出，除你以外，还有哪个纯良？”

一席话说得慢条斯理，翻来倒去的，居然还无懈可击。

宋瑙下巴仍轻轻点在他肩头，眼里泪意退去，美目晶亮。

仿佛一整日的提心吊胆，都渐次消融在这个怀抱里。

时值深秋，天暗得越发早，成排宫灯依次点燃，明亮火光泼向暗蓝色夜空。

宋瑙还未与豫怀稷行礼成婚，按礼数来，只得挨坐在宋父下首。

但她毕竟担着准王妃的头衔，过往活在市井话本里，好不容易见到真人，引来一水朝臣明面上佯装听曲看戏，实则上百双眼珠子暗戳戳瞟向她。

宋瑙没受过此等瞩目，为排解心头尴尬，她十根手指抠住凳脚，生生抠下一块漆皮。

她握住那块漆，暗自为自己打气：没事，稳住，你可以。

豫怀稷坐得离宋瑙远些，但一贯是知她心性的，便冷淡抬眸，向下横扫一圈，目光所及之地，众臣顿感遍体生寒，纷纷赶忙飞快将脖颈转回原处，再不敢随意乱瞟。

豫怀苏看不过去：“瞧两眼又不会少块肉，至于吗？”

“我夫人矜持，受不住他们一窝蜂往上凑。”豫怀稷凉飕飕地说，“哦，忘了，你还没媳妇，你不懂。”

三言两语间，几排舞娘鱼贯而入，琵琶声起，豫怀苏这才从上句话的打击中回神，深感他皇兄为人残暴，对待亲兄弟有如战场对敌，丝毫不予活路。

闷头赏了会儿小曲，豫怀苏忽然轻笑：“旁的我不懂，但三嫂很漂亮。”

像是一句毫不相干的话，他望向某一处，意味深长地添了句：“可要看紧了。”

豫怀稷顺应他略抬一抬眼皮，见到下头坐的一位公子哥，面似冠玉，人很瘦，眉心总似微蹙着，但不妨碍他通身的风流气韵。男子案前吃食一口没动，他隔了些距离，穿透水袖轻展的舞娘，眼里似有无数流光，始终定定粘在宋瑙身上。

豫怀稷不动声色，手一招，叫来一管事太监。

“第二排第四个，白袍青腰带的是谁？”

太监思索分辨了须臾：“回王爷的话，是宋国公家的公子，宋晏林。”

他说：“听闻国公爷身子欠妥，怕把病气带到宫里，就遣小公子来替他尽一份心意。”

豫怀苏恍然：“原是堂兄妹，那必然打小亲厚。”

豫怀稷转脸与他平视，数秒过后，冷淡地轻呵一声。

在这个短促音节中，豫怀苏偏听出一句脏话来：你放屁。

太监答完话退回一旁。

此时宋瑙的尴尬也缓了七八成，趁众臣注意力自她这头调开，她筷子一伸，霍地从父亲碗里夹走最后一块排骨，边偷眼环顾四周，边迅速放到后槽牙下咬了一小口。

刚咂出味儿，一曲清音接近尾声，众舞娘随音律旋身而走。

陡然撤出的大段空当里，不偏不倚，恰巧将边角上的宋晏林衬了个清楚明白。

没了歌舞障目，男子举杯同宋瑙招呼。宋瑙执筷一怔，半块排骨滑入碗底。

许是迟疑得有些久，她来不及同男人点一点头，已有一拨又一

拨朝臣抬上贺礼，呈到帝后面前，视线再度被遮挡，宋瑙眼光左瞄右晃的，却始终无法越过人群看清他的脸。

直至徐斐随七八个奴仆呈上一只大半个人高的青龙木箱，不断有白烟从镂空的雕花木缝中袅袅探出，箱盖敞开，她心思瞬息被吸引了去。

箱底陈放着一座冰雕，冰体完整莹润，一斧一凿镂刻出凤凰于飞的情态。

这个工艺，放眼整个大昭都难出其右。

听见众臣窃窃议论，徐斐已经从之前的小伤中恢复过来，眼下得意非常：“这是凿取寒潭百丈处的冰，整块雕成的，不可错一处，非十数个老匠人做不下来。”

徐尚若坐在高处，疏淡一笑：“国舅有心了。”

“娘娘尊贵，实非一座冰雕能够配得上。”徐斐献宝似的取过一柄小榔头，“还请娘娘移步，敲开冰层，里头自有乾坤。”

徐尚若微一蹙眉，徐斐图的是个噱头，但这工艺难得，轻易毁掉有些过于奢靡。

豫怀谨知她所想，手在桌案下同她交握，轻声耳语：“随他去吧，生辰不过一年一次，我回头去敲打下徐斐，叫他以后不可再这么铺张。”

群臣都在等她回应，徐尚若叹口气：“本宫前些日子伤到手，不宜用力。”她提议，“不如，由宋姑娘代劳，替本宫看一眼这冰里头有什么宝贝。”

似乎终于捕获一个正当由头，众人目光如刀，齐刷刷飞向宋瑙。

关注来得太猛烈，引得她头皮一阵发麻，本能地往豫怀稷在的方向巴巴张望。

男人远远朝她微一颔首。

夜色深沉，宋瑙只能瞧见他的大致轮廓，但他在那里，心中就踏实有了底。她福身领命，抬起步子朝徐斐走去。

这回徐斐学乖了，他目不斜视地将榔头双手奉上，可等了半天不见宋瑙伸手来拿。

他不由得生出点胆量，偷瞧过去，只见女子离近了，宛若沾惹到冰面寒气，脸白如霜雪，呆愣愣地盯着青龙木箱的底座，分明是个普通底盘，她却像见了鬼。

徐斐轻声喊她：“宋姑娘。”

宋瑙闭上眼，再睁开。她探过手取来榔头，朝凤凰挺阔的腹部敲了下去。

第一下，她手劲小，加之有点心神不宁，只敲开一道冰缝。

她又抡起榔头连续砸了两下，冰层应声碎裂，绽开的冰雕里并没现出什么稀世奇珍，却有一团黑影，破土而出般穿过破损的冰面，以晃人眼目的速度摔了出来。

腐败的腥风冲涌而至，尽管闹不清这是什么鬼东西，可大剌剌地砸过来，宋瑙感觉要想活命，非得抱头蹲下不可。但一思及要在群臣跟前抱头鼠窜，会折损豫怀稷颜面，倘若再没蹲稳，往后提起今日，众人只会记得：虔亲王妃为求保命，蹲在地上，并滚了一圈。

思绪像扯碎的棉絮，糊了她一脑子，而一切又发生得太突兀，由不得她仔细琢磨，黑影差点儿要摔到她身上，突然间一只手掌扣住她腰腹，猛地朝后一拽。

跌入那个灼灼怀抱前，宋瑙被旋过半边身子，眼中景致高速变幻，腐烂与狼藉落向身后，她面前是华灯宫柳，延绵不尽的桌案、酒席与夜光。

而此刻，豫怀谨也闪身护住徐尚若，仓皇间袖口带倒酒水、菜肴、稀汤，洒落一地。

豫怀苏则与御林军飞身护驾，场面登时混乱不堪。

“怕不怕？”

豫怀稷冷眼瞧尽这一场闹剧，声音落下来，却极尽温柔。

宋瑙闷闷摇头：“没瞧清楚什么。”

“那就好。”

在他面前，徐斐栽倒在地，吓得手脚并用往后爬，一具陈年焦尸静静倒在空地中央。

月光下，他明白地看见，尸体右脚，六趾并拢。

而这些世间丑恶，必不能脏了他家姑娘的眼。

第四章 相护

没有一年寿宴如同今夜，在人仰马翻中戛然而止。

皇上体恤宋瑙受到些惊吓，特意收拾出一间厢房供她休整。晚来风疾，她裹了件狐肷大氅，慢吞吞地啜完两杯热茶，血气却不见回笼，肤色仍旧苍白得近乎清透。

御医在院中候着，她隐约听见二王爷在隔壁可劲地闹人，似是太医久等不来，他自称撞见冰下的脏东西了，突发心悸。

宋瑙循声向外探头："二王爷听起来怪难受的，要不先叫太医去把下脉，开些药方子。"

豫怀稷铁青着脸："凭他这个中气，能有什么事，让他干号去。"

他挥手唤来御医，坐到对面，“那个大冰棍，应该叫老二去砸。”他直言不讳，“吓死他活该。”

宋瑙惊愣：倒也不必如此直接。

好在御医是宫中老人，且不提言语冲突，单算虔亲王动手将哪家爷给揍了，他半夜被拉去出诊已经两只手都不够数了。在虔亲王手底下历练的二十来年到底不是白混的，御医平稳地把完脉，开出几个调理方子。

待他退出后，宋瑙想到什么便说：“我宴上似乎没见到太后与九公主？”

“安慎选在今日闹事，我能饶过她，皇上也不能饶，估计关禁闭了。”

豫怀稷猜个七七八八：“太后疼女儿，一气之下也必不会来。”

宋瑙还想问什么，还没张开口，院外径直过来一个清朗公子。他今晚的座次排在豫怀稷手边上，宋瑙蒙也能蒙出此人是谁，起身要与他行礼，他立马制止：“使不得，三嫂，我现在受你一拜，改日都要还的。”他耸肩，“信不信三哥肯定变着法子从我身上讨回来。”

豫怀稷不语，听他六弟求生意识颇为浓烈地在那儿说：“我今日回来晚了，三嫂在跟娘娘游园，没见着面，该是我来跟嫂子打声招呼。”

豫怀稷赞许他：“懂事。”

宋瑙面皮再厚，也比面前两个薄一些，听他三嫂长，三嫂短的，迟迟未能回春的脸上终于爬上些绯色。

屋内只有两把凳子，豫怀稷坐了一把，宋瑙此时站在桌边，想着将位置让出去，不仅礼数上周全了，又能借此客套一下。

但构想与现实当中，始终差了一个豫怀稷。

她尚没开始实施，便被握住腕子，拽坐回去。

她藏在大氅里，极小声地问："文亲王地位显贵，我坐着，他站着，不好吧？"

"不然？"豫怀稷思索，"他躺着？"

宋瑙噎住，豫怀苏即刻表明心迹："三嫂应该是误会了，地位这种东西，我没有。"

"出去闯荡几年，说话越发中听了。"豫怀稷倒了杯新茶，抬袖一挥，似道银光掠过。

豫怀苏反手抓住，滴水未洒，终于听他三哥问道："徐斐如何了？"

"暂时下狱被收监。"他一改玩笑之色，沉下脸，"徐斐打包票说了，那冰雕之内原是尊成色罕见的送子观音，至于怎么换成一具焦尸，他完全没头绪。"

宋瑙正在吹开茶沫，唰地抬起头，满脸惊愕。

"尸体？"她又艰难地重复，"焦尸？"

豫怀苏心下一咯噔，小心询问："三嫂亲自砸出来的，怎会不知道？"

这话倒真冤枉了宋瑙，当时事发突然，那东西裹挟着碎冰摔出来，还没沾到她衣角，豫怀稷已将她掉过头去。她在失控的场面中被安置到这儿，没有劳烦任何人，乖巧地啜完两杯茶，等着豫怀稷稳住局势后来接她，便一直没机会问这件事。

而目前，宋瑙心情很复杂，甚至有些想哭："那个黑不溜秋的，我猜到是有环节出岔子了，不是什么吉利物什。"越说越悲伤，"但我眼神不好，说是木桩我也信。"

追根溯源，她但凡眼神好一些，脑子再多装点事，也不至于在西亭台把豫怀稷给认错了。

豫怀苏有些慌，看向兄长：你媳妇好像要哭了。

豫怀稷把外袍脱下，抖开披在宋瑙的毛皮大氅外头。他身高体阔，外袍包裹住厚重大氅都绰绰有余。他温声道：“等我一会儿，送你回家。”

嘱咐完，他转头面对豫怀苏：“出去说。”

但豫怀苏听其言，观其色，得出另外一层意思：出来挨打。

皇宫内院，灯火通明，不是动手的好地方。

且豫怀苏嘴快，先抛出一个正经话题：“三哥，你要我查的那个图案有些眉目了。”他赶紧道，“原先想等寿宴过去，明日再去三哥府上细谈。”

两人立于修竹僻静处，豫怀稷面向别院入口，看见不断有宫人进进出出，院内燃起十数盏长明灯，火光映亮半边宫阙。记忆似陡然烫出个口子，与多年前的一夜模糊交叠……

那年，他还是一没正行的半大皇子，临时起意，领着老五、老六去掏鸟蛋。

豫怀谨没干过这事，脚一滑踩断枝干摔下来，他慌忙接住。豫怀谨只受了些惊吓，但冲力让豫怀稷背部撞上树干，突起的坚硬枝杈险些伤到脊椎。当夜先帝把整座太医院搬去妧皇贵妃宫里，一样是亮了彻夜的灯火，宫人们匆忙出入。

当着先帝的面，他撒谎不打腹稿，声称是练功时弄伤的。

豫怀谨缩在柜橱旁，手死死攥住衣带，唇上没一点颜色。

先帝待到后半夜再走的，走前经过柜橱，却一眼没瞧过豫怀谨。

妧皇贵妃是在豫怀苏口里知道的事情经过，她坐在床沿叹口气，挥手招来角落处整晚没说过话，也不肯走的豫怀谨。女人握住他的手，随后一巴掌削过豫怀稷的后脑勺儿：“有你这么混账的吗？干点什么不好，非得去掏鸟窝，你一人去便算了，还挑唆着弟弟们一道。这次是接着了，若没接着，怀苏就罢了，伤着谨儿我如何跟他母亲交代？”

豫怀苏听着哪里不对，抗议道：“母妃，我干什么了，怎么到我就罢了？”

女人的手骨细软，覆来的温度正好，豫怀谨预想中的责骂并未出现，他愣愣地站在床边，看三皇兄龇牙咧嘴捂住脑袋，他认真地摇头：“没有关系，我额娘不管我的。”

炕皇贵妃一怔，趴在床榻的豫怀稷也停止龇牙，凝住片刻。

这时候，四公主昭兮蹦跳跑来，指尖捏着一颗葡萄，汁水溅了豫怀稷满脸。

“让你们不带上我，吃苦头了吧？”她大大咧咧，“五弟，再有好玩的事你记着我，皇姐护你。”

豫怀稷淡定地抹脸：“你顶屁用。”

几个兄妹闹成一团，他还清晰记得，昭兮扮作鬼脸躲到豫怀谨背后，冲他嚷着“伤到腰，将来没姑娘嫁给你”，他拿什么话回敬的已不大明晰，但长夜火烛里，他看到豫怀谨笑得安静腼腆，像那个年纪该有的样子。

日后他们总厮混在一块儿，小到掏鸟蛋，大到习武围猎，豫怀稷总会带上豫怀谨。

昭乾十四年，八方不宁，豫怀稷初至西南平乱，同年边疆诸国多有来犯，先帝下旨令四公主昭兮出使和亲。圣旨下，豫怀谨不顾母亲阻拦，在先帝寝宫外跪了整宿，听见豫怀苏在里间跟先帝争执，气晕栽倒下去的时候，他没哭。

醒来时昭兮站在他床侧，手拧帕子擦拭他额头，同他笑：“多大点事儿，不至于。”

他握紧双拳，也没哭。

而次年豫怀稷从沙场上疲惫归来，他终于绷不住，高筑起的城墙轰然倒塌，显露出最真实的脆弱。他抓住皇兄衣襟，哭得蜷缩在地，一遍又一遍地重复："我没能留住四皇姐，我留不住……"

豫怀稷蹲在他身前，听他号啕，哑着嗓音告诉他，不是他的错。

生在皇家，做不到的，留不住的，何止于此。

"我结交过一名江湖侠客，打听到他多年前在淠庄斩杀了一强盗，此人曾为十两纹银而去屠村，一直是朝廷的通缉要犯。他耳后就有那枚印记，几条直线弯折连接，因为奇特，我朋友印象深刻。"

"可能是某个民间组织。"豫怀稷拉回目光，"还有别的吗？"

豫怀苏踟蹰片刻，又压低音量："我碰到好几茬皇帝派去探查的人。"他有点疑惑，"三哥，皇上这回未免太过急迫。"

豫怀稷只在给他的信中提到这个图饰与动八公主墓的人有关，现在见到面了，才把其余细节简述告知。豫怀苏先是愕然，然后反应极快："那刚才那具尸身……"

"嗯，是六趾，没有错。"

豫怀稷明白他在想什么："她是埋在小八墓里的人。"

今夜以前，豫怀苏没把事态想得这样复杂，只当是一群急红眼的亡命之徒。

他背过手，低头在原地焦躁地踱步，一个转身，他突然定格："皇上知道吗？"他又道，"小八被调包的事。"

豫怀稷没正面回应，只说："我没提过，那两个盗墓贼死得太快，也没提。"

至于皇帝知不知道，或者从何处知晓的，那就两说了。

豫怀苏沉默不语，那两个蠢贼显然是受三哥忽悠，以为墓中人没问题，自然也没有特意提来的必要，但豫怀稷不提，即便他总话说三分，棋留半着，但豫怀苏哪里会看不出，他是对皇帝设防了。

“雇佣盗墓贼的女人你继续留意，再碰上皇帝的人机灵些，别露出马脚。”豫怀稷叮嘱他两句，“还有，你三嫂那头……”

话锋忽变，豫怀苏耳朵也随之竖起，听他皇兄一字一顿：

“你再吓她一回试试？”

这顶帽子扣下来，豫怀苏死活不能认：“天地可鉴，是三哥先提的徐斐。”

顶嘴之前，他是做好挨打准备的，但豫怀稷没有动武，淡淡应声：“这个是我的疏忽。”可他又紧跟着说，“以为你成年了，该懂得如何挑拣着说话。”

离开时，他深深看一眼豫怀苏：“怪我太高估你。”

一连三句，层层递进，字字往豫怀苏心上扎。

事实证明，来自他三哥的中伤可能会迟到，但是永远不会缺席。

长街的打更声一慢两快，划破空阔黑夜。

时过三更，宋瑙坐上归家的马车。

她私以为论曲折多灾，在她由豫怀稷护着离开皇宫时，今日已然达到登峰造极的地步，但当她梳洗回来，发现豫怀稷坐在她房内，正翻瞧着一沓她忘记处理、压在几本闲书底下的公子小像时，她才深刻领悟到：一日未竟，人可以倒霉到什么程度，还不足以下定论。

宋瑙急退两步，一口气没提上来。

她捉住椿杏：“王爷是如何入我屋来的？”

椿杏也是蒙的：“原本王爷坐在院子里，我不过客气了一句，

外头凉，要不进屋暖一暖。”她似乎也不敢相信发生了什么，“我话还没说完，王爷抬腿就往屋里去，我拦也拦不住。”

宋瑙按揉眼眶，她实在累极了，没力气跟椿杏解释，她未来姑爷不是一般凡夫俗子，你只要敢同他客气一小尺，他便敢顺杆爬上一丈高。

这时，有小厮端来药盏，是按太医的方子拿药熬的。宋瑙接过手，转身跨过门槛。

豫怀稷抬眼，见她卸去妆发，人越显清瘦，初见时脸上还有几两肉，现在下巴都削尖了，药气熏在眼睫上，宛如一只幼兽，似乎谁能忍心说句重话，谁便是畜生。

宋瑙放下药盏，指尖捏住他袖口，轻晃两下："我一会儿就烧掉，你别生气。"

"罢了。"豫怀稷看她片刻，收起画像，"别浪费，留下当厕纸吧。"

宋瑙扑哧一笑。

见她有些高兴，豫怀稷把人拉到床榻，拿厚被盖住，无奈地叹息。

"我算遇到小祖宗了，皇亲国戚有什么用，照样被你捏住七寸，拿捏得死死的。"

他把药吹凉递过去，宋瑙就这么一勺接一勺地喝，既乖又软和。

豫怀稷忽然发觉，她是个相当奇妙的女子。虽然眼泪不值钱似的，但崴伤了不喊痛，喝药不喊苦，被徐斐欺到头上，一句多余的求饶纠缠都没有，知道直接来找他。

明明是动辄红眼眶的丫头，却没有普通官家女子的娇气。

"你确实很聪明。"

想通一些事，豫怀稷送去她唇边的药勺往回一收，忽然道："你爱哭，大抵还有一个原因，是你知道哭有用，至少能宣泄情绪，示弱，乃至规避风险。"他挑起一侧嘴角，"一旦你预判到眼泪对当前困境无益，憋也会先憋回去。"

宋瑙不晓得他怎么说起这些来，但不可否认，他的话全说在点上。

她还没忘记，她此前在豫怀稷心中是挺愚钝的，这蓦地风向大变，总还有点一雪前耻的小激动。她手绞被面，脸微红，适时地谦虚着："是有一些，但也没王爷说的那样聪明。"

豫怀稷忍笑，又把药勺递上前去："那你说一说，今晚的事该怎么解？"

得意不出三秒，宋瑙刹那失去光彩，她艰难地咽下药汁，却也不敢装傻充愣，迟疑着说："我记得，八公主是死于走水，身子在大火中灼伤，文亲王口中的焦尸可与这个有关？"

豫怀稷挑眉看她，微点下巴，又摇头，托住药盏的手淡淡比出一个"六"字。

宋瑙一点即懂，他的意思是：有关，但尸首有六趾，非八公主其人。

"我找来仵作验过尸身，死去至少六七年，她身上也有药物浸泡过的痕迹，是宫中才会用的，以保尸身不会快速腐败。她衣物也相对完整，原是小八落葬时穿的图纹式样，有些地方与皮肉粘连已深，没有脱换过的迹象。"

豫怀稷舀起一勺药："大体都很吻合，除去那根异骨。"

要找一具年份相当的尸骸，再佯装成烧死的倒不难，但宫里自有一套处理遗骸的手法，难以仿照不说，其中几味药材也非一般人能够取得，光凭这点，想要如法炮制几近不可能。

而衣着无损，这方方面面叠加，基本排除掉是中途经人掘墓调包的。

宋瑙想明白后，皱眉轻喃：“她是在入殓前便替代了八公主，换上衣袍，用药草浸身，再以皇家规矩入棺落葬的。”

瞧她分心出神，豫怀稷拿勺沿点一点她的唇：“张嘴。”

宋瑙抿去药汁，听他说：“这些我本想等你缓够了，找个恰当时间再说，但老六口快，我就同你交个底。”他讲着正事，还不忘将药吹凉送来，“近来这阵妖风我姑且还能挡一挡，压住它不往别处刮，那仵作是自己人，该遮掩的都弄干净了，不会捅出去。”

换句话说，既然选择不去戳破，这具尸身大约仍然会以八公主的身份，葬回华阴坡。

豫怀稷见她听得细致，不时会停下来想一想，再凑近把勺子上的药吮干净。

一点药渣沾上她嘴角，豫怀稷抬手揩去：“会觉得我太凉薄吗？”

他动作亲昵，宋瑙本能地偏一偏头，却在这声轻问中愣住没动。

她似乎对于这种好好说着话，突然骂起自己来的行为感到迷惑。

“我明知小八尸骨存在问题，却装聋作哑，只顾着这事端能少一件是一件。”

“不是的。”

听他不断贬低自己，宋瑙莫名生起气来，彻底把头一偏，不肯喝他递来的药。

“且不论有人躲在暗处拿八公主的事做文章，对方的路数、用意，都还不太明晰。他们敢借皇后寿诞把尸首送回宫中，行事说猖狂也猖狂，但自墓穴被掘，皇上跟王爷肯定也派出不少人去探查，一直没能探到全貌，他们显然做好万全之策，说谨慎也谨慎。”

宋瑙细致分析，且略有些气鼓鼓地说：“谁晓得这些人还会做出什么，把他们查出来才是当务之急。”

换作从前，她为了少惹祸上身，这些话一定烂在肚子里也不会说出口。但此刻，她看着豫怀稷，这个男人的出现，无疑是将她胆子往肥里养了些。

即便宋瑙心底适时冒出个声音，捶胸顿足地训斥她：宋瑟瑟，你当真是飘了。

可她仍然义无反顾地往下讲。

“纵是八公主这一茬，不论生死，可以李代桃僵到这样精细的，这背后一定有前朝或宫中的人辅助，那牵扯得就深了。王爷是想维稳，又没撒手不管，暗查也是一种查法。”她越说越激昂，“在尚没弄清楚前贸然声张出去，便是把皇家颜面摔在地上碾几脚，又没有别的用处，傻子才往外捅呢！”

豫怀稷把她下巴扳正，将药喂过去，淡笑摇头：“你倒会替我说话。”

说来奇异，蓄积在心口的一团郁气居然缓缓散去了，看她这口喝完，青瓷药盏也见了底。

“好了，再熬下去该天亮了。”

搁置好药盏，夜近四更，豫怀稷替她放下床幔：“且好好睡一觉，我得空就来看你。”

宋瑙依言躺下，紧接侧过身去，霍地牵住他手：“王爷歇会儿再走。”

她料得豫怀稷一出宋府大门，必定连轴转地为这些事奔忙善后，往后几天恐怕连合眼的间隙都没有。她眼光炯炯，死死拉着：

"就一会儿。"

宋瑙手软，指节细白，两只手都无法将他的手完全包裹住。

豫怀稷将她看上半晌，本欲踏出的步子收回来了。他坐在床沿，没安静多久，便遗憾摇头："是该早些把你娶回府。"他思索着说，"否则多留一会儿，都像在无媒苟合。"

他半靠床榻，合眸轻笑："更何况，由得你这一回回地动手动脚，我也把持不住。"

宋瑙差点儿要松开手了，指责的话已涌到舌尖：这到底是什么得寸进尺的虎狼之词！

但此人向来激不得，讲不准还有更无赖的话在后头，她一时忍住了没回嘴。

"瑟瑟。"

休憩须臾，豫怀稷忽而出声，他没睁眼，语气散漫闲适："你还有什么想跟我说的吗？"

瑟瑟是她小字，豫怀稷极少这么唤她。

宋瑙平躺榻上，向后仰脸，豫怀稷分明在闭目凝神，却像身上长了眼睛，正沉缓地注视她。

几秒钟的沉默过后，宋瑙应他道："嗯，我反省了一下，大概是秋燥的缘故，近来的确有些色欲熏心了。"她承认错误，"我不是故意轻薄王爷的。"

她豁出去了，接着前头的几句调笑说下去，大有他说话不害臊，她可以更不害臊的气魄。

豫怀稷睁开眼，看了她一会儿，摇一摇头："说什么秋燥，什么反省的。"

他语调平和："馋我的身子就直说。"

宋瑙再一次深刻认识到，跟他比浑，无疑是以卵击石。

她一下子撒开手，绷不住似的拿被子将头脸蒙住。豫怀稷失去牵制，终于淡笑起身："睡吧。"他俯身将被角掖进去些，"我煞气重，这段时间我们过从甚密，你沾了我的气息，邪祟不敢入你梦来。"

他招来廊上打盹的椿杏入内伺候，走出院落，宋沛行已在外恭候多时。

两人边闲谈着，边朝府门走去，豫怀稷状似无意地说起："我今夜见到宋世子，是位清俊佳公子，你们宋氏虽然人丁单薄了些，但教出来的小辈倒一个赛一个地周正讨喜。"

"王爷谬赞。"宋沛行应道，"臣的兄长早年定居洛河，已经许多年没有往来，晏林是今日午后到的，样子变了好些，臣第一眼都没太认出来。"

豫怀稷问得婉转："瑟瑟上头就他一位堂兄，两人感情应当不错？"

宋沛行是实诚人，一五一十地说："小女十岁前在洛河住过几年，那时玩得是很好，晏林年纪大她不少，但也还是顽劣的岁数，走哪儿都愿意带她一个小尾巴。"他顿了顿，"连后来晏林去莫家下聘，小女都颠颠儿跟去凑热闹。"

听到此处，他们已临近宋府前门。豫怀稷的坐骑是一匹玉兰白龙驹，它等得不耐烦，在门外刨了一刨蹄子，豫怀稷似被吸引目光。

"小时候再亲昵都无碍，这大了可得有讲究。"他望向白马在夜空下泛出光泽的鬃毛，"宋大人你说，是不是这个理？"

宋沛行若再不明白豫怀稷的意思，便白在朝中摸爬半辈子了。他即刻出声担保："晏林待小女有如亲妹，小女更不必说，王爷大可放心。"

豫怀稷不置可否，但也没在这个事上多费唇舌。

他跨出门槛，以手势止住宋沛行："更深露重，宋大人回吧。"

他翻身上马，今夜黑云遮月，连星星都不见几颗，他在暗无天光的夜幕下策马奔驰，浮想起晚间，宋瑙立在冰雕前，还没取过徐斐手里的榔头，她曾有一段短促的惶惑失焦。

别人也许看不出来，但豫怀稷心力全在她身上，因而看得真切。

他走前最后一个问题，指的便是这个。

还有什么想跟他说的吗？

他相信，以宋瑙的心思剔透，她不会不懂，但她还是把话扯远了。

当夜，豫怀谨回得也晚，红烛燃尽，徐尚若差人再拿新的。

宫女劝她："娘娘，别等了，现在外头乱得很，皇上大概抽不出空当过来了。"

"不，皇上知道，本宫一定会等的。"徐尚若举起火折子，点燃烛心，平和地说，"所以，皇上再晚都会来。"

她语气绵长，仿佛是个约定俗成，长久养成的习惯，再寻常不过。

几个宫人相觑一眼，他们是皇后宫里的老人，眼看帝后成婚五年，皇上晨起早朝，落日而归，作息十分规律，没叫娘娘等过几回，便有些奇怪娘娘这心得是怎么来的。但他们为奴为婢的，不敢嘴碎，自觉地退到寝殿外候着。

待新烛烧去一小截，豫怀谨踩着宫灯的光影，姗姗而来。

徐尚若忙迎上去，把暖炉塞给他："累不累？"殿中有小火煨着的锅子，她揭开盖来，盛出一盅，"你席间都没吃什么，先喝碗热汤。"

在她没看见的地方，豫怀谨发过一通火，再把鸡零狗碎的事安排下去，走回寝殿时已经难掩倦容。他强撑着笑道："你怎么要紧的事一件不问，只管我累与不累？"

"谁说的？"徐尚若小声嘀咕，"我问的才是最要紧的。"

豫怀谨轻怔，在她稍带孩子气的反驳里卸去伪装，倦意似没了阻隔的屏障，缓缓攀上眼角。他低头有一下没一下地舀动着参汤："我已传旨下去，连夜捉拿那些冰雕工匠，不日会有结果。"他手上停顿，"不过多半是跟徐斐一样，遭人算计了，正主早跑得没影了。"

不可避免地，他提到今夜的事，徐尚若指尖一颤，终于轻声问道："他们到底是谁？想要什么？"

"难说。"豫怀谨端起半凉的汤盅，"只怕是来者不善，不过……"汤头清淡，映出他冷静面容，"我们这一路，不就是在荆棘丛里劈开条道来走的吗？管他牛鬼蛇神，我们本是从那里来的。"说着，他苦涩一笑，"怕事，我们哪还有今天？"

他提及过往，徐尚若神思轻微涣散，似在回忆里沾了沾，又极快地剥离开来。

她点头："那不说这个了，终归是不能一夜解决的事。"她换上个颇为苦恼的表情，"但有件事，我们得先说一说。"小声问，"我把安慎给骂了，你又将她禁足，母后该气坏了吧？"

还当她要说什么，听见这个，豫怀谨一愣，而后无声笑起来。

他且还年轻，生得也极为好看，这一笑又增添几分好颜色，在红烛光晕下，自是说不出的温柔多情。

"你别不放在心上。"徐尚若推他，见他笑得勾人，便红着脸抱怨，"你还笑，等母后过来兴师问罪了，可不像我这么好打发。"

"我已经想好对策了。"他手托住头，打趣道，"安慎是放肆、粗鄙，还豪横，不成体统，你骂得既准又好，甚得我心，母后来闹的

话，我重复一遍给她听。”

徐尚若信了他的，吸进一口凉气，慌慌张张道：“要这……这么硬碰硬的吗？”

她好骗已非一日两日，豫怀谨常取笑她，这鱼还要饵食才上钩，他娘子是空竿放线，一钩一个准。

“你呀……”他不由得一叹，“其实你凶悍一些，我很喜欢。

“三皇兄说了，宋姑娘是一向有爪牙的，只是不常亮出来见人，但你不同。”

豫怀谨望向寂寂深庭，却似另外长了双眼睛，能穿透她的皮相骨肉，看进她心里去：“你是感念皇兄对我的照拂，不愿他心尖上的人在你眼皮子底下受辱，才硬端出那张脸的。”

“你想我凶悍点，也不是不行。”半晌，她说，“你得先给我请一位夫子。”

徐尚若随他望出去，夜到浓时，庭院已完全漆黑，只有几步一间隔的地方竖起高杆有灯火，微暗的光闪烁明灭，如同他们来时的路，摸着黑，仅有熹微亮光。

“夫子？”话头转得突然，听上去毫无关联，豫怀谨下意识地问，“教什么的？”

“骂人。”徐尚若吐出两个字，继而自省道，“我这方面言辞匮乏，一张口在气势上就矮人一截。”她仔细盘算后得出结论，“要想唬住安慎，还须得在基本功上花心思。”

豫怀谨听笑了：“行，或者找个机会，把三皇兄请来宫里。”衷心夸赞道，“在这上头，他的段位高。”

女子双手交叠，撑住下巴，好奇道：“有多高？”

豫怀谨回想须臾：“据说有一年，他在处理边戎，阵前将敌军骂哭了。”似是觉得骂这个字不准确，他改口，“不，是羞辱。”

殿内安静片刻，两人忽然相视而笑。

像过去五年，他们独处的每一个夜晚，仿如一切都没有改变。

是夜，在安神药的作用下，徐尚若睡得很沉。听着她均匀的呼吸声，豫怀谨睁开眼睛，全无困意，尽是冰凉的清醒。他下床披了件外衣，悄无声息地推门而出。

陆万才在前面掌灯，穿过几间宫院，来到平日处理政务的御书房。

里边跪着三个侍女，她们脸上泪痕交错，豫怀谨走过时冷笑道："朕当是多难的事，这不跪得很好吗，怎么下午见到皇后反倒不会了？"

她们近身服侍安慎久了，也养出些刁钻的小性子，往常单独见到徐尚若勉强还懂些规矩，但跟着安慎走出去，仗了主子骄横，她们也敷衍了事。

其中岁数稍长一点的宫女哭着磕头："奴婢再也不敢了。"

"这声不敢，未免太没诚意。"豫怀谨坐上高位，自顾自地摇头，"朕再不找你们来，这公主身边的几条狗，都敢给皇后甩脸子了。"

他脾气一向不太好，朝臣都知他阴晴不定，只是他没纳妃嫔，后宫比起历代储君要清冷许多，又有太后坐镇，他很少插手。宫人们见到他大多时候都是同徐尚若在一处，永远温润耐心，久而久之便忽略掉他本不是善男信女。

"皇后大寿，不宜见血腥。"

侍女们先听闻这句，以为能有转机，而他后一句却是："但朕多容你们一刻，都如鲠在喉。"他指腹擦过椅子扶手上的兽首，淡声道，"那就等一等。"

几人瘫坐在堂下，在未知的恐惧中哭得越凶。除了陆万才，没人知道皇帝在等些什么。

豫怀谨由她们哭去，他闭眼假寐，屋内只点起一盏灯，他半个人隐没在阴影中。

当日晷的晷针指向某一刻度，陆万才望一眼天边，算着时辰禀报：“皇上，第二日了。”

看到豫怀谨睁眼的一瞬，她们明白过来，他在等，等皇后生辰过去。

没有吉凶避讳，可随意杀伐。

“既然膝盖不会弯，留在宫中也是废人，敲断腿骨扔出宫去吧。”

他的决断一出口，年轻女子尖锐的求饶声簇拥着响起来。

陆万才赶忙向外挥手，进来几个侍卫正欲把她们拖走，门外数米远，遥遥传来一记阻挠：“慢着。”

豫怀谨不动声色，来人疾步踏进来，他起身唤道：“母后。”

女人四十岁上下，满头珠翠环绕，她犹带薄怒，张口责问：“皇帝是想要干什么，哀家倒不明白了，安慎是做过什么挨千刀的事，皇帝罚俸禁足不说，还要动她贴身宫人？”

“对皇后不敬，不该罚吗？”豫怀谨坐回去，冷冷回应，“母后也说，只是罚俸禁足，若安慎做得过于出格，可就没这么简单了结的。”

太后心下不满：“她是皇帝亲妹妹，哪里做得不规矩，关两天就罢了，至于要禁足一个月再杖杀近身侍女这样严重吗？”

“朕就敲断她们几根骨头，怎么叫杖杀？出宫后或生或死，全看她们自己的造化。”

豫怀谨向侍卫抬手轻挥，也不废话，直接道：“拖下去。”

“不许！”皇帝当众拂她的意，太后面子抹不开，她大喝，“哀家看谁敢！”

但御前侍卫都听豫怀谨号令，只稍微一踟蹰，见豫怀谨没收回命令，便上前抓住人向外面拽。太后气急之下使了个眼色，跟随她的太监立即出手跟侍卫抢人。

念着他们是太后的随从，侍卫不好硬来，正拉锯般僵持着，豫怀谨霍地跃下高位，顺手抽出横架在案上的剑，手起剑落，径直削去为首的太监头颅。

血如井喷，斜溅到太后的前襟上，宫人尖叫着向后躲，她也吓得头脑瞬间空白。

几个待处置的宫女登时吓晕过去，银剑在冷夜里反射出血红色的光，豫怀谨一手执剑，咬着音节重复："拖下去。"

此时没人再来阻拦，侍卫把她们同太监尸首一起抬出去。

豫怀谨随手扯下一块窗纱，低头擦拭剑身，声色纹丝不乱："说句不中听的，朕是孝顺，才对母后多有忍让，却惯得一些阉人都敢不听天子令。"

简单擦干净，他抛去脏污的窗纱："母后与安慎一条心，朕权当你们是一个人，往后母亲给皇后脸色，朕就找安慎晦气。若皇后在母亲宫中伤了碰了……"他满身血气，缓缓道，"朕不论其他，全算在安慎头上。"

太后本就是个没经过多少事的妇人，方才的一连串事情都叫她无法置信，直到陆万才用水将地面擦洗一遍，血腥散去许多，她才稳住身形，后知后觉地回想起豫怀谨的话，讽刺道："皇帝当真孝顺！"

她嗓音打着战，远没有刚到这儿的中气足。

豫怀谨摇头冷笑，磋磨了这么多年，他从皇子到君主，他母亲也摇身成为一朝太后，性情却丝毫没变。

明明惧怕，却绝对不能吃丁点儿亏，不管好看难看，能在口头

讨回一星半点儿的都是好的。

也是这一点，最招先帝厌弃，她却不自知。

他就着太后的讥讽，恭声回应：“朕生为人子，不能跟母后置气，但作为安慎兄长，训诫胞妹是情理之中。”

当惊惧与怒火消退一些，太后咬牙，冷不丁问他：“皇后，值得吗？”

豫怀谨恍惚片刻，轻手把剑搁在窗沿，然后开口：“朕从来不是母亲喜欢的孩子，安慎尚能当您的长矛，在后宫帮您扑咬其他嫔妃，而朕生性木讷，不能替您挣到脸面，在很长一段时间里，也没能得宠于先帝。”

听他猝然说起那些过往，太后脸白了白，她本能地想反驳，却说不出一个字。

“母亲想要的太多，朕做不到，所以您不喜。”他自嘲道，“母亲应该也没想到，过去那个百无一用的孩子，现今连人都敢杀了。”

“但尚若……”豫怀谨停顿下来，又扯来帘布，把染血的手指一根一根擦干净。

他动作细致，似礼佛之人，只是提到那个名字，都当焚香洁净，方不算玷污对方。

“她让朕知道，朕不必做到什么，不必成为谁，朕也配得到爱与尊重。”

太后素来听不惯说徐尚若的好话，跳起脚来骂：“她是皇帝登基以后入的宫，一来就过上好日子，她哪知哀家跟皇帝过去受的苦！”她恼怒道，“这小蹄子一招锦上添花耍得极好，心机重得很，她能骗得了皇帝，但休想骗过哀家！”

这些不掩恶意的话她颠来倒去说了不下百遍，但这次，豫怀谨直视着她，腥风吹过他微扬的嘴角，在他逐渐放大的笑容里，装满极为平静的嘲讽。

沉寂须臾，太后猛地生出一个荒唐念头——他们的交集，可能远在徐尚若入宫之前。

一干与徐斐牵连的冰雕工匠连夜被押入宫中，据两个老匠人交代，同一样式的他们接过两笔单子，是徐斐先找上门的，敲定细节后半个月，有个女人也寻到这间铺子。

“她是入夜才到的，斗笠遮面，也说是为家人祝寿用的，挑三拣四闹了小半宿，这个不满意，那个不对眼，逼得老匠人把徐斐订的那尊已具雏形的冰雕搬出来，她是一眼相中，要拿这个当模子赶工一座中心镂空，形态几乎完全一样的。”

戚岁吐沫横飞地学给宋瑙听，二郎腿抖得飞快，活像个菜市口说三道四的中年大娘。

“唯一的差异是她要工匠先别封底座，待她搜罗到合适的珍宝再自行填进去。按她的需求，老工匠调整了底盘，做成可以拆卸嵌入的。而徐斐派人把观音像送去，直接封死了。”

而后来的事也有迹可循，徐斐的人在运送途中要下榻几处驿站，都是些鱼龙混杂的地方，应该是那时候被调了包。

宋瑙揣着手炉一点一点地听，戚岁说的女人她知道，此人也曾出现在盗墓贼的叙述里。若仔细推究起来，大约是从那次开始，她接触到一些隐秘，才使得她跟豫怀稷从无关痛痒的小交集，到实打实地缠绕到一块儿。

豫怀稷忙得分身乏术，还记得差戚岁过来和她唠一唠，也算没当她是外人。

宋瑙保持微笑：“戚公子来便来了，带什么……猪肉啊？”

地上齐齐整整码放着少说几十斤猪肉，戚岁兴高采烈地说：

“这猪可不是一般的猪，膘肥体壮，在山里吃果肉、五谷长大的。”他继续道，“爷说了，姑娘日常吃的猪肉可能不大实在，否则怎么吃不胖，抱起来硌手，要我挑肉头紧实的送来。”

宋瑙的微笑终于僵住了，在他细数这头猪如何好之前，赶快找个托词将人送走了。

他一条腿刚跨出门去，宋晏林的软轿便停到正门，由守卫通传之后，下轿入内。

昨日座次离得远，夜色模糊，宋瑙看得不如眼前清楚。

宋晏林的样子跟少年时有所差别，但宋瑙可以在人堆中把他认出来，可见轮廓眉眼变得并不多，仍是一副老天赏饭吃的好皮囊。

他骨相未变，气质却差了十万八千里。

听他沉着谈笑的某些时刻，宋瑙几乎不能将他与当年洛河那个张扬的少年郎联系到一处。正暗自乱想的时候，她听到宋晏林说，多年不见，想跟堂妹单独聊会儿。

宋瑙神游得有些远，等反应出这声堂妹喊的是谁，厅堂只剩他们二人了。

宋沛行记着豫怀稷的顾虑，特意放他们在待客的外间厅堂说话，正对大敞的庭院，有下人洒扫走动，也显得落落大方。

可将近五年没见，赫然要他们聊一聊，宋瑙都找不出能说的话。

她装作垂头饮茶，实则脚趾蜷缩，边思索，边来回抠着座垫，忽然间，一声轻笑伴着风漏入耳底：

“瑟瑟这是，不认识哥哥了，也不吱个声。”他桃花眼里似嗔似怨，“婶婶啊，叨起来可真要人命，说得我口都干了，你也不帮着挡一挡。”他语态懒散，“过来，给哥哥倒杯茶。”

他使唤得顺口极了，宋瑙坐在他对面，瞥了一眼他只消一勾手便能碰到的茶壶。

宋晏林注意到宋瑙的目光，伸手把茶壶推得老远，面不改色："啧，壶太远，我够不到。"

宋瑙气笑了，咻地便想通了，不论宋晏林变成什么样，骨子里仍是只骚孔雀。

一旦找回些记忆中的影子，如同打破冰层，后续就自然许多。宋瑙过去为他斟茶，走得近了，惊觉他瘦得厉害，全靠他骨架高大勉强把衣服撑住了，问："堂哥怎的瘦了这么多？"

宋晏林轻拢袖口："为兄貌美，瘦一些不影响。"

宋瑙瞟见，他手腕枯瘦，闲谈之间，已不留痕迹地缩回袖子。

见他有意回避，宋瑙没再追问，把茶端给他："老实说，好些年没见了，堂哥这趟过来，也没给我捎个什么礼物。"她颇为不满，"当真越老越抠。"

宋晏林折扇一展，苦恼似的拍一拍脑门儿："你误会了，为兄不是抠，是穷。"

为了证实这话，他当场掏出钱袋，拈住一角，倒过来开口朝下甩了甩，一小把铜钱滚落掌心。他寒酸地捡出五枚，不舍道："罢了，拿去买根糖葫芦。"

宋瑙倒吸一口冷气，宛如受到什么冲击："你这几年都去做什么了，穷成这样？"

瘦倒也算了，偏他还穷，除去一张脸，又身无长处，兴许是靠出卖色相活到今日的。他虽正值壮年，却也经不住这么以色侍人，长此以往，难免精血不足，怪不得榨干成这个样子。

宋瑙简直找不出更完美的解释来串联所有疑惑，她缜密且合理地推断，没有联络的那些年，她堂哥一定过得特别苦。

宋晏林见她脸色瞬息万变，再瞧自己的眼神都不一样了，便知

她铁定没在想什么好事。

他以扇面压了压抽动的嘴角：“你还小，不晓得这世间钱难赚，屎难吃。”

宋瑙偷瞄他眼下的淡淡乌青，不知多少个晚上没睡好觉，结巴道：“再、再难赚，也要爱惜身子。”生怕堂哥拿她当小孩儿，听不进她的话，宋瑙强调一句，“我也不小了，过几个月都该成亲了。”

闻言，宋晏林摩挲铜币的手指一顿，他收敛起适才叙旧时的吊儿郎当，沉默良久，他看向宋瑙：“瑟瑟，听我一句劝，回掉这桩婚事。”

宋瑙愣在原地，恍惚察觉到，宋晏林今日说过这么多话，现在才真正切入正题。

她牢牢盯着宋晏林那双艳丽的桃花眸：“为什么？”

“你会被虔亲王连累的。”他移开眼，不去直面宋瑙的目光，只说道，“昨天那样的无妄之灾可能会有一百次，他能护住你一回，可剩下的九十九回难保不会失手。”

宋晏林侧着头，折扇轻扑：“别让自己成为那种男人的软肋，要命的。”

经他提起来，宋瑙才想到昨日寿宴他也在场，约莫是出自兄长的关照才来劝她的。

她歪一歪头：“我这么惜命的人，不是没求过一个安稳日子，可说到底，哪个女子不想长在夫君心上，成为他的软肋？”她打个哈欠，“何况这门亲事已板上钉钉……”

“你非要回绝，王爷乃忠正大将，”宋晏林横插打断，“不会过分为难你。”

他似有备而来，噼里啪啦地一通说：“万一将来有点什么纰漏，皮肉伤还算轻的，倘若伤及……”

“堂哥，”这回换作宋瑙出声截断，她再次平视这个男人，“这么束手束脚的，可不像你入世当尽欢的作风。”她终于坦言叹气，“你怎么都——变得我快不认得了。”

除却骨缝里的一丝丝骚气，使得他不断在熟稔与陌生间反复切换。

宋晏林挥扇的手顿住了，良久，他垂眸否认：“我没有，我不是，别瞎说。”

宋瑙扫一眼宋晏林腰间酒囊，这是宋晏林横行洛河时惯用的，虽已洗得发白，但依稀可以认出上面的飞鸟纹路。

她忽然开口：“替我倒杯酒吧。”

宋晏林怔了怔，却也没拒绝。他解下酒囊，倒满半杯。而宋瑙只抿了一口：“烧刀子。”她淡淡摇头，“都开始喝烧刀子了，还说没变。”

她幼年时随宋晏林满洛河乱跑，早早知道他是个没谱的，打小便时刻记着要去看护她这不成器的大堂哥，生怕他喝断片了，找不到回去的路。

有一年，宋晏林在春风楼跟他一帮江湖朋友吆五喝六地喝酒猜谜，楼外天光晦暗，宋瑙担心他会误了时辰，就动手去扒拉他的酒壶。

但宋晏林一只手高举玉壶，另一只手“哗”的一声抖开折扇，抵住宋瑙的扑腾，他笑看边上拢成一堆的水果皮：“瑟瑟呀，你这样可不行，用着哥哥的银子，只管自己吃饱喝足，快活无边，哪有这么狠心的道理？”

对于他的控诉，宋瑙充耳不闻，手叉腰上，反过来指责他：“堂哥若喝得烂醉，一会儿倒在半路上怎么办！”她据理力争，“我才七岁，驮是驮不动的，要是再遇上个歹人……”

宋晏林斜挑着眼角，微醺中带笑："继续。遇到歹人，然后呢？"

宋瑙想了想，握拳道："然后堂哥生得艳丽，实在危险极了。"

她说完，那些个跑江湖的拍桌大笑。宋晏林无奈，抬手弹她一个脑瓜嘣："这下不说自己了，什么天杀的好事，净往我身上扣？"

宋瑙捂头，委屈道："我是姑娘家嘛，要名节的。"

"你要名节，哥哥不要？"宋晏林眯眼问她。

"那、那你要，可是，你吧……"她低头玩手指，声音越轻，"本来也没有呀。"

宋晏林额角突突跳了几下，听见几个好友争相附和，历数他行走江湖闹出的糗事，以此力证名节这个玩意儿，他是真没有。在名声败光之前，他忍无可忍，拿根干净筷子，沾了一滴酒点在宋瑙唇心。

"哥哥这女儿红，喝的是风情，意不在醉人。"他满身风流意态，轻笑揶揄，"想要烂醉的，谁喝女儿红啊？"

宋瑙那时才懵懂了解，她堂哥纵马万里山河的日日夜夜，酒囊里装的都是女儿红。

而今，女儿红却成了烧刀子，人也同酒一样，许多变化不言而喻。

"哎呀呀，不能再待下去了。"宋晏林以扇代手，掩住口鼻，只露出一双美眸，半开玩笑地说，"我们家瑟瑟呀，什么都瞒不过，狗鼻子。"

再过个半盏茶时间就到晌午了，但他没有要留下用饭的意思，利落地收扇，刚走出几步，宋瑙在身后淡淡开口："昨日寿宴，徐斐呈上来的冰雕，装它的青龙木箱堂哥可看着眼熟？"

宋晏林背对她缓缓站住，他伫立在那儿，没有回应。

"木箱底座的一角稍有残缺，有点像……"她用听不出喜怒的语气回忆着，“像你当初，拿去向莫大小姐下聘的那只。”

似乎花了很长时间逐字逐句地听，宋晏林良久才转回身去，天生的艳色还挂在眼梢，唇线微弯，带笑似的：“你在说什么，我怎么听不明白呢？”

可他的假面并非坚不可摧，宋瑙依然在他面具的裂缝中，捉到一抹飞闪而逝的哀痛。

她读不懂这份痛楚，唯能感知，他如今大约是真的苦得紧。

那日的事再细查下去，与徐斐的干系便不大了，皇帝关他十日，以作小小惩诫。

徐斐出狱当天，宋瑙去到虔亲王府，在门口碰上豫怀稷从府里出来，与他并行的是乞巧节时同戚岁走在一起的那位公子，对方一看见宋瑙，出于先入为主的反感，控制不住地眼色一沉。

豫怀稷斜睨他一眼：“陆铁牛，你给我收一收。”

这个称呼宛如一颗炮弹，陆秋华立刻奓毛了：“我还什么都没说！”他有些绝望，嗓音压得极低，“那是几岁大的事了，你再拿来提有意思吗？”

严格算来，当年的陆秋华刚满六岁，眉眼远比一般男孩清秀。

上了几趟私塾回到家，被一些皮猴似的小公子笑话成没把儿的小姑娘。他彼时还没养出冷锐的性子，只会吧嗒吧嗒掉眼泪。

豫怀稷大陆秋华一岁，给他分析：“约莫是名字的问题。陆秋华，听上去像秋花，太女气，你得改个名。”

陆秋华用小奶声请教他：“改成什么？”

豫怀稷经过思考：“铁牛吧。”他点头，“陆铁牛，威武雄壮，铁骨铮铮。”

可怜陆秋华年幼单纯，信了他的邪，为此闹出不小的动静。末

了，事情传入宫中，妧皇贵妃把儿子打去陆府道歉，豫怀稷自知理亏，诚心跟他说："名字变来改去的麻烦，我教你习武，以后再有人埋汰你，就两个字——揍他！"

陆秋华原可以科考入仕当一介文臣，是豫怀稷一手把他领上通往武将的路。他稍大一点，雅俗美丑的意识渐渐觉醒了，便再也不准别人在他面前提那三个字。

"以前是没什么意思，但你如果一直是这个态度，那可有意思极了。"

豫怀稷的风凉话一套套的，宋瑙见陆秋华本就白皙的脸上又往上白了个色号，似乎气得随时可以晕死过去。她忙出手干预："王爷，其实我来，是想见一见徐斐。"

一听到宋瑙是为别的男人来的，豫怀稷拉下脸："你要见他做什么？"

陆秋华见他不痛快了，故意冷笑一声，并十分舒适地翻了一个白眼。

两人似乎又要杠起来，宋瑙又一次抢在他们火并前开口："我有些话想问他。"

没给他们反应和争执的空间，她马不停蹄地说："七夕当晚，我遇到徐斐的地方并不在主道上。那天大多百姓都去离水湖畔赏烟火了，我是眼花认错人，跟出去后迷了方向才到的那里，但从徐府去到庙会的几条主街，徐斐不论怎么走，都不该与我碰上的。"

宋瑙垂眼道："我就想问一问，他为什么会出现在那儿？"

可她贸然去见徐斐总归于理不合，豫怀稷心领神会，也听出她的言外之意。

"你怀疑有人成心引徐斐撞见你？"

陆秋华不咸不淡地哼了声："一个巴掌拍不响，他们引的恐怕不只是徐斐吧？”他挺不客气地又丢出个问题，“宋姑娘到底错认成谁了？”

宋瑙沉默了一下，忽然向豫怀稷身后躲去，两手攥住他后衣摆，眸中雾气蒙蒙的，朝陆秋华撇一撇嘴：“凶。”

这一招对豫怀稷向来是屡试不爽，他立即凶神恶煞地向陆秋华一横眉：“要你管？瞎胡猜什么呢，咸吃萝卜淡操心的！”他继续训斥，“张门闭口宋姑娘，下次叫嫂子听见没！”

“我喊她嫂子？”陆秋华怒问，“她小我多少你没数？”

“那又如何？”豫怀稷开始撒欢了地扯，“你是陆家长子，上面没有哥哥照拂，我拉扯你长大算半个兄长。俗话说长兄如父，那我怎么也能落个干爹当当吧。你喊她嫂子怎么了，喊声干娘都不过分。”

他越说越离谱，把陆秋华气得有点站不稳，宋瑙出来打圆场：“别勉强陆公子了。”

但陆秋华完全没料到，她后面则不无遗憾地说：“我也没当人娘亲的经验，突然要认下这么大个儿子，总怕照顾不周，伤了母子情分可怎么好。”

陆秋华头一次发现，在某种意义上，豫怀稷和宋瑙两个人简直般配极了。

“胡搅蛮缠也要有个限度。”他七窍生烟般咆哮，“你们能不能讲点道理！”

宋瑙怕他年纪轻轻气出个好歹，轻咳一下打住了。她看见王府门前有两匹大马，一副整装待发的样子，便问：“王爷与陆公子是有事要出门去？”

陆秋华缓过来一点，刚要说去点兵场，豫怀稷抢话道：“没有。”拍一拍陆秋华肩膀，“日头不错，陪他出来晒一晒，身上一股子

霉味。”

他吩咐戚岁：“去大狱外头候着，徐斐一出来，带他去福如酒家见我。”

戚岁离开后，陆秋华冷冷笑起来，大抵是担心多说多受气，他一声不吭地翻身上马，看豫怀稷把未来夫人送上马车，然后才跃上白龙驹。

福如酒家离王府只有半炷香的脚程，他们到得早了。豫怀稷头一件事便招呼店小二搬来一扇绣面屏风，挡在宋瑙与一会儿留给徐斐的空地之间。她的正面视野受阻，老老实实地说：“这个有点挡视线。”

“他在牢狱污秽地待了这么些天，脏得很，有什么可看的，不怕长针眼？”

豫怀稷目的明显，下手果断，宋瑙无奈地噤声。

会不会生针眼她不大确定，但此人心眼只有针尖大小，她却是深有体会。

徐斐午时出狱，过来也要段时间，豫怀稷点了一桌菜，全是样式精巧，吃起来不会太狼狈的。宋瑙闷头吃着，有一句没一句地听豫怀稷跟陆秋华闲话等会儿去点兵场的事。

忽地，一双筷子往她碗里放了两片糯米糖藕。这盘子是搁在陆秋华手边的，离宋瑙比较远，她一直没去动筷子，豫怀稷注意到了，给她夹来一些：“今日兴致不高？”

虽为疑问句式，但用的则是陈述语气，宋瑙的确还没从前些天宋晏林的造访中完全抽离出来，但她稍加掩饰过了，没料着豫怀稷会这么快瞧出来。

幸而她吃得认真，口中是还没咽下的素鸭，左手持勺舀满玉米，右手的筷子上已经火速叉起一块糖藕，一副腾不出口去回答他的无辜样子。

而眼见她前方那道青豆玉米，适才筷子一夹一个准，挑得只剩下青豆了，豫怀稷大方伸手，抽走陆秋华面前他正欲下筷的整盘卤牛肉，跟稀稀拉拉的青豆对调了下。

陆秋华惊愕：“你还是人吗？”

豫怀稷无视他，似不经心地想起什么别的，又问：“宋世子之后有来找过你吗？”

宋瑙僵了僵，一不小心，被刚咬下一口的藕间糖丝糊了一嘴。

听豫怀稷的口吻，非但一早知道宋晏林，应当还有一定关注。宋瑙费力地舔掉糖渣，异常小心地说：“是见过一面，聊了些近况，也没聊太久。”

这话过于笼统，鉴于这人在一些方面惊人的计较，她决定再多说点：“堂哥他有些担忧，王爷是干大事的，怕我嫁去王府不大能应付得好府中庶务，就多嘱咐了几句。”

一番话已经够婉转了，但豫怀稷仍旧透过表象，抓住本质。

“所以说——”他手指一捏，筷子裂成两段，“他想挖我墙脚。”

宋瑙一凛，坚决否认：“绝对没有！”她拍着胸脯保证，“我们老宋家的家风一向以老实本分见长，王爷看我便可知，谁能做出那事来！”

陆秋华本在一旁百无聊赖地吃青豆，冷不丁插嘴：“挖也无妨，有办法的。”他持之以恒地提议，“你娶我小妹，我没那些个顾虑。”

桌上另外两人整齐划一地看向他，豫怀稷预知后事般摇一摇头，原想再趁机问些有关宋晏林的事，可陆秋华这一搅和，给宋瑙拉开个口子，这丫头可不得以攻为守。

果不其然，并不了解自己犯下什么错误的陆秋华只见宋瑙眼中精光飞闪，他没来由地一抖筷子，青豆嚯地掉了下去。宋瑙已经垂

下头，手指对手指，尤为可怜地哼唧：“堂哥不过是出于兄妹关怀，提醒则个，陆公子却连下家都替王爷找好了。”她哀怨道，“王爷今日出言责怪，莫非是反悔了，不想娶我了，便拿堂哥当幌子。”

“哪门子的下家，这可别赖我。”豫怀稷含笑接招，“当中的来由戚岁那碎嘴可都跟你交代过了吧。”

“今时不同往日吗？”宋瑙迅速回应，“那时八字还没一撇，我当个话本听，如今王爷都下过聘了，以为陆公子应当死心了。”说着，又哀怨地瞟一眼陆秋华，“陆公子长得细皮嫩肉，令妹也必然是个美人坯子，我大概是比不过的。”

陆秋华听完她的形容词，手背青筋跳了跳。

“王爷跟陆公子是同僚，平常在一块儿的时间比我多，自然更疼陆公子一些。”她叹口气，“所以堂哥说几句关照的话，王爷便折筷子翻脸，陆公子这么明目张胆了，王爷都不舍得讲一句。”

原先是放手随她去发挥，这下豫怀稷也有些恶心到，寒毛陡然竖起。他看向罪魁祸首，冷冷道：“谁说我不讲他的，晚点到兵营，我不仅会讲他，还要揍他。”

陆秋华也恶心了一把，闭眼咬牙：“打死我算了。”

这时，外头传来叩门声，戚岁已经将人带到了。

豫怀稷先作罢，又气又好笑地说：“宋晏林这茬，我下回再问。”

宋瑙喝口茶，润了润嗓，乖巧地点头：“那余下的话，我也下回再说。”

听到她还有没放完的话，陆秋华好不容易夹起来的青豆再次滚到桌下，脑子一阵嗡鸣。

稍作片刻调整，豫怀稷才叫戚岁把人领进来。

徐斐畏畏缩缩地走在前面，身侧跟了个女子，她满面精致浓妆，一进门随之扑来厚重的脂粉味。他们行完礼，见徐斐抖索得厉害，豫怀稷淡然道：“慌什么，问你点事，仔细答便是。”

徐斐在牢里待怕了，拼命点头，恨不得把一家子的老底全都吐出来。

宋瑙坐在屏风后，开门见山道：“徐公子，我有些疑惑，还望公子指教。”客气清冷的话音透过绣布，传至徐斐耳中，“我初次见到公子的时候，地处偏僻，左右皆为普通民居，按说不是找乐子的好去处，这乞巧佳节，公子怎么想到要去那儿的？”

徐斐听她旧事重提，皮肉猛地一收缩，之前挨过的毒打又冲回脑海，顿时语无伦次：“那个，不、不是，我喝酒了，对，我……”

徐斐一慌，舌头便捋不直。豫怀稷沉下脸，在耐性快速消耗前，陪同徐斐前来的女子忽然俯身跪下，哭哭啼啼地说：“全是妾身的错，那天少爷多喝了几杯，原本不该出去的，但妾身伺候少爷时间短，只入府一年多，那时还住在沛庄的别院。”

她提袖子拭泪，哭得梨花带雨：“今年第一趟随少爷回帝都，又赶上节庆，妾身小县城来的没见过这么些新奇玩意儿，便缠了少爷去逛庙会。”

意料到会有这个说法，宋瑙垂落杯盏：“往庙会去，怎么走那条道？”

“这也怪妾身不好。”女人把一切都揽下来，“马车驶到北十街时，妾身听车夫说，只要直走往下，见到陈记当铺的招牌左拐，不出一炷香便到离水湖了。”她哽咽道，“妾身没什么见识，那北十街虽远不及主道人多有趣味，但街边十几步一小摊，也比沛庄热闹多了，想着便一路逛去庙会，这才弃车步行。”

宋瑙并无意外，淡淡替她说下去：“然后，走错方向，迷路了？”

女子怯生生地点一点头，不时掸落的眼泪把妆都洇湿了。屏风

隔断宋瑙大部分视线，但到底不是封死的，她依稀可以穿过侧面的间隙看见这两人，思索须臾：“是了，我记得你。”

女子是当晚与徐斐同行的女眷，宋瑙若有所思：“你那天妆容没这样浓，乍一眼有些认不出。”

女子一面抽噎，一面从袖子里拿出块干净帕子，按在眼周花妆的一圈，小心抹蹭。

“今儿是接少爷回府的日子，妾身特意装扮得鲜妍点，好给少爷去一去晦气。”

她每句话都回得合理，徐斐想不到什么可补充，只一个劲地点头附和。

宋瑙不再发问，而豫怀稷仿佛压根儿没在听女子说什么，全程专注于给宋瑙碗中埋荤菜。等她转回目光，赫然见到一只已经冒出尖角，肉叠肉的碗盏。

宋瑙看得发怵，悄声强调：“我饱了。”

“饱什么？”豫怀稷把碗推向她，“我没长眼？你那几筷子喂鸡都嫌少。”

宋瑙小声反驳：“王爷可能没注意，你跟陆公子说话那会儿，我一直在挑菜吃。”

“知道。”豫怀稷平静地说，“半天挑出三勺子玉米粒，是够多的。”

宋瑙哑口无言，终于认命地端起饭碗，在他的监督下夹起一块肉。

见他们旁若无人地腻歪，陆秋华右手握拳，放在唇下，对准豫怀稷重重咳了一声。但他并不指望一个被美色冲昏头脑的老男人会出来主持大局，他冷着脸，向女子抛去个问题：“夫人是哪里人？”

女子停下揩泪的手势，停顿片刻，开口说：“妾身温萸，甘阳人，自幼丧母，父亲是山头猎户。”

像是渐渐习惯了问话的氛围，她话音里已无哭腔，甚至带了些超乎寻常的平静。

宋瑙专注进食的动作一滞，肉在齿间还没完全咬碎，她定格几秒，没有咀嚼。豫怀稷也终于摆脱掉一点陆秋华眼中色令智昏的影子，淡淡向那女子翻了翻眼皮。

“前几年甘阳遭灾，父亲带我去别的地方讨生活，然而路途颠簸辛苦，不多久父亲染病去世了。我几经辗转到的沛庄，盘缠几乎用尽了，去变卖首饰时遇见的少爷。”她哀哀叹口气，“得天垂怜，妾身这才阴错阳差成为少爷的第七房侍妾。”

惊闻“七侍妾”几个字，宋瑙呛了下，想到自己险些与她成为同府姐妹共侍一夫，浑身便起鸡皮疙瘩。可温萸实属美艳一挂的，像在荒原上点燃一根火把，她是顶头跃动的焰火，这一点上，她们是全然不同的。

“原来夫人还有这么一段经历，是不容易。”

陆秋华似已有判断，温声道：“徐公子这些天受苦了，先回去报个平安吧，徐大人该等着急了。”

徐斐终于盼到可以离开，见虔亲王也没再留他，立即携温萸伏地行礼。

他们向外退去，即将踏出门槛，适才没怎么说过话的豫怀稷忽然问了一句：“七夫人衣料上绣的花头还挺少见，不知该怎么称呼？”

温萸止步于门前，微一抬头：“此物名唤茱萸。”她弯起嘴角，用不大的音量，似是缅怀般地说，“在妾身家乡，它呀，总是开得最好。”

“如此。”豫怀稷眼底微光一闪，“受教。”

他挥手示意戚岁送两人出去，雅间缓缓恢复到初时的清静。

豫怀稷执酒杯点一点陆秋华：“怎么看？”

陆秋华挑眉道：“我们之前判定，近期在帝都掀风起浪的幕后推手，她麾下或许有人已经混进徐斐身边，故而他每走一步，对方都能找准时机借此布局。”

话到这里，他摇一摇头：“这个温萸是有些古怪，但她的来历很难查证了。”

宋瑙不大理解：“难在哪里？”

换作以往，陆秋华何止不会好声好气地回她，还极有可能要出言嘲讽她久居深闺，不知地方疾苦。但这回一来是屈于豫怀稷的淫威，二来他开始意识到宋瑙也非省油的灯，为避免受到这二人的联手夹击，他沉默须臾，张口回答：“甘阳常年发生灾害，流民很多，官府难以管控。”又解释道，“她看起来十八岁上下，这十八年间，府衙官员都换过少说六七拨了。”

他的语气虽然还稍显僵硬，态度倒有明显软化，豫怀稷赏他一个孺子可教的眼神，接替他继续说：“甘阳三年前又大旱过一回，土地收成不好，本地百姓便更少了，多数出城投奔亲戚，或者去其他州府安家。要去核实一个几年前离开的女子，一无完善的官府名册，二无邻里佐证，几乎不大现实。”

宋瑙安静地听完，当这两个大男人的侧重点放在地理风貌上，她却另辟蹊径，有些困惑地提出一个问题：“茱萸性湿，多长于南方温热地域，可听你们说来，甘阳在北面，气候干旱，茱萸在那儿能长得好吗？”

豫怀稷与陆秋华对看一眼，对于花草一类的，他们能叫上名的撑死不过牡丹、芍药，再要往下探究这些玩意儿的习性喜热喜寒，长在南边北边，是有些过于为难武夫这个群体了。

涉及到认知盲区，两人双双咳嗽。豫怀稷表示："这个让秋华查去。"

陆秋华暗自冷呵，一个时辰前还管他叫陆铁牛，现下要他办事了，喊得可够亲。

指派完任务，豫怀稷对宋瑙说："等你吃完，回去早些休息，明日随我出去添置点大婚用的物什，再到浮屠寺见一见我母妃。"

妧皇太妃自先帝驾崩后便移居浮屠寺，多年来吃斋念佛，一则祈福大昭风调雨顺，二则为豫怀稷消解杀孽。明知她是出了名的谦和温厚，可赫然安排去见长辈，宋瑙一颗心仍旧猛地被抛得老高。

想到即将要去拜谒妧皇太妃，她却还坐在馆子里吃肉，顿时手脚拔凉："皇太妃可有什么喜欢的，我还一件都没准备……"

"别忙活。"见她忽如惊弓之鸟，豫怀稷安抚道，"你只消人过去，陪母后吃顿饭，保准她念一串阿弥陀佛。"

"这个不假，他这身臭脾气，难搞得很。"陆秋华绝不放过任何一个挖苦豫怀稷的机会，"能把这尊大佛送出去，老太妃倒贴多少金银家财都乐意。"

豫怀稷没有呛回去，平静地把脸转向宋瑙："他挤对我。"

陆秋华活见鬼似的看过去：出息了，还带向媳妇告状的？

宋瑙失笑，清一清嗓："陆公子成婚了吗？"

陆秋华一僵，宋瑙了然地点头："难怪了，陆公子的脾性也……不遑多让。"她真诚道，"王爷已经要上岸了，别忘记给还在远方的陆公子搭把手。"她腼腆一笑，"我以为，九公主尚在闺中，是个不错的。"

豫怀稷似茅塞顿开："有道理。"

陆秋华头晕目眩，心中狂飙脏话，作为豫怀稷的左膀右臂，他相当清楚九公主为人，压根儿不是宜其家室的。他硬邦邦地说："配

不上，心领了。”

“不要妄自菲薄。”豫怀稷和蔼地说，“你配。”

陆秋华暗骂：我呸！

他一时心肝肺都有点疼，过去跟豫怀稷干架，一来一往间哪怕从不占上风，也落个公平对垒，如今倒好，这狗男人开始携家带口地对付他，一点脸皮都不要。

所谓双拳难敌四手，他板着脸起身：“我出去透一透气。”

踏出雅间时，豫怀稷向他遥遥一瞥，嘴角噙了些堪称挑衅的浅笑，活脱脱在跟他炫：我有媳妇护着，你没有。

陆秋华更气了，腹诽着：狗男人！

第五章

同心

次日，宋瑙起个大早，去后厨备下一些新鲜素斋，装在食盒里预备带走。

一切妥当了，豫怀稷如约来接她。他们讲起来是即将成婚的人，但还没像样地一起走过帝都的烟火巷。起初他们只是挨得近，走起路来袖管擦过袖管，窸窸窣窣的，后来豫怀稷索性一把牵过她的手，没事人似的握在掌心里。

戚岁间隔一段安全距离，火眼捕捉到他家爷的小动作，仿佛顷刻嗑到什么带甜味的果脯蜜饯，口中发出嘿嘿低笑。

而宋瑙经豫怀稷这么一带，脚步轻微踉跄，朝他的方向扑了

扑，倒像主动抱住男人的手臂。面颊瞬间粉里透红，可她害羞没过一刻钟，在见识过豫怀稷败家爷们儿的做派后，她笑容逐渐消失。

整条长街几乎沾点红色的他都不放过，出银子跟丢暗器一样，快得令人眼花缭乱。终于在他企图拿下一只褐色风筝前，宋瑙及时摁住他的钱袋，急道："等等，这个着实无用，王爷你稍稍控制一下。"

豫怀稷举起它来："好看吗？"

宋瑙如实点头："好、好看。"

"喜欢吗？"他又问。他的手拿惯了刀剑利器，这换成女子柔荑了，捏在手里跟捏了一把筋道软绵的白面团子一般，大力都不敢使一下，他温声细语道，"成婚当日必要的物件有人会去采办，我只想买一些无用但能讨你欢喜还应景的东西。"

宋瑙仍然按住他钱袋，红着一张小脸，将人拖离摊子一点，越加老实地表达："因着也没有特别想要，所以不花钱白送的才会喜欢，要拿银子去换的，也会变得不那么喜欢。"她带着些小世俗，轻而坚定地说，"主要还是，贪小便宜使人愉悦。"

听见她一腔抠抠搜搜的言论，豫怀稷逗她道："你的意思是，别人家的便宜可以随便占，轮到自家掏钱了就得省？"他低声调笑，"行，有这个胸襟远见，以后王府交到夫人手上，我放心得很。"他跟着解下钱袋，放到宋瑙怀中，"给你管着。"

锦袋里有一沓银票，外加不少金银锭子，拿着沉甸甸的，瞬间将宋瑙的定力击溃，她不带一点推辞地抱住了，还颇为财迷地单手掂了掂，笑得像只偷到鱼腥的猫儿。

豫怀稷看在眼中，只觉心头一痒，忽然很想俯身亲吻她。

但他还没有昏聩到在大街上轻薄他家小姑娘，理智地压制住冲动，他口干似的舔一舔下唇，忍住没去当禽兽。而宋瑙对方才来去匆匆的危机一无所知，心思全在钱财大权上，有她把关，银票在兜里倒也渐渐揣热乎了。

临近浮屠寺，他们逛到一卖泥塑的摊子，板车正中有只小女娃，一张滚圆的包子脸，身着花红袄，双髻上绑着红绸布。豫怀稷拿它跟宋瑙比了比：“小模样挺像你，好看。”

他问：“买一个搁婚房里？”

宋瑙脸一红：“单数不吉利。”指一指边上的泥塑小男娃，“要成双成对的才好呢。”

豫怀稷同老板说：“这两个要了。”他又捏住泥塑女娃的脖子，“照这轮廓，再捏八个它亲戚，要一溜红色的，你慢慢做，我们晚点来取。”

“呀？”宋瑙掏银子的手一紧，咻地捂住钱袋，“这么多吗？”

豫怀稷理所当然地说：“凑个十全十美。”

彩头是好的，但听他一口气要买十个，宋瑙投过去的眼神，宛如在看地主家的傻儿子。

几米开外，戚岁立在隔壁铺子前，浑身挂满他们买的小零碎，继续溢出一串傻笑声。

打情骂俏什么的，实在好看得紧。

再往后离山脚越近，沿街的商贩越少，豫怀稷有钱也没处花。

他们一路溜达上山，在寺庙门口碰到收得风声，早已候在外头的妩皇太妃。

她衣衫简朴，虽已有些年纪，眼尾生出细纹，但她底子很好，且在佛前侍奉久了，少有嗔怒欲求，面容依旧秀美绰约，不难看出倒退个十岁，未卸凤钗绫罗之时，该是怎样的美人。

“山里风大，母亲怎么不去里头等？”豫怀稷上前扶住她，“儿

媳妇刮不走，着什么急？”

“又乱说。”太妃笑斥他一声，转眸去看儿子领来的姑娘，略微吃了一惊。

这也不能怪她，豫怀稷才回皇城的那段时间，不少官家太太携未出阁的女儿来寺里上香，想出各种法子与她打照面，明着是烧香偶遇，其实是把精心打扮过的女儿往她眼前送。

的确有些个不错的，太妃顺她们意同儿子提过几句，可豫怀稷说：“儿子在边陲待久了，喜欢女子壮实彪悍些，尤其是在马背上长大的，耍得一手好鞭子，那袖管撩起来，臂膀结实得堪比男子，那叫一个干练。”他叹口气，“而这南边姑娘，不大合意。”

太妃没有完全信他，但日子一长，他始终不做成亲打算，太妃难免联想起那些浑话，也不禁揣想他是否真的中意粗犷一点的女子。

可今日见到宋瑙，水灵细嫩得几乎能掐出汁来。

太妃一只手拉起宋瑙，面容和善，另外一只手却在豫怀稷胳膊上暗暗扭了一把。

他淡定地挨过母亲这一下，由于儿时在宫中没少挨，一半是为他打人的手，一半为他诓人的嘴，故而太妃的指甲刚一掐进他肉里，所为何事，他即刻了然。

后面进到寺中，太妃睬也不睬儿子，只拉住宋瑙走在前方温和地攀聊，问了一些她家中情况，话便转到儿子身上，叹言：“他一心扑在军营，对娶亲生子浑不上心，我一度以为他要么好男色，要么缺根筋。”

“母亲。”豫怀稷插话，“过分了。”

宋瑙忍笑，此时路过一株挂有祈愿红缎带的百年高榕树，树冠高耸蔽日，立在缭绕的香火之中，似有佛性。她不由得多看几眼，太妃见她小女子心性，便为她指路："那石台上有缎带与笔墨，你可以拣一条去，写点吉利话，叫怀稷挂上树去。"

这边平日普通香客是不许进的，宋瑙眼睛亮了亮，萌生出一丝近水楼台的窃喜。

"王爷。"她报备般唤了一声。

"去吧。"豫怀稷温柔地应她，"不急，小心看路。"

对这哄人的花头没多大兴味，他留在原地等宋瑙。趁这当儿，太妃靠近儿子，悄声笑问："哪里骗来的小囡？"

"母亲何出此言？"豫怀稷负手反问，一身正人君子的气概。

太妃瞥他一眼："以人家的品貌，不会缺人求娶，一般及笄前便该拣选起来了。"她呵呵一笑，"可为何没成，由你捡了漏，敢说没你从中作梗的功劳？"

可谓知子莫若母，即使她说的没全中，也中了八九成。

豫怀稷想起他故意落在宋府的剑穗，以及谣言发酵后，宋瑙由此搅黄的不少桃花。

"我是施了些小伎俩，但归根究底是她自个儿撞上来的。"他轻笑，"临到嘴边的一块肉，您儿子又不傻。"

母子俩心照不宣地对视一下，等宋瑙写完缎带，豫怀稷替她挂到最高处。

寺院的斋饭已准备齐全，他们在院中落座，豫怀稷对满桌子的清汤寡水提不起胃口，不过太妃也没打算要招呼他，只顾着给宋瑙夹菜。

他在亲娘的冷落中，倒生出几分追忆来："母亲的口味倒挺专一，从来只喜欢文气的。"他以茶代酒，自饮自酌地浑说着，"可惜肚子不争气，生出我们兄妹仨都太能闹了，所以三个加起来也不抵皇上一个招娘疼的。"

太妃才要去扯他耳朵，宋瑙手在桌子下拉了拉他，鼓着脸：“不好乱讲的。”

她说话总是软软的，听起来毫无威慑力，但豫怀稷还真闭上嘴了，反手捏一捏她手心。

见有人治他，太妃一口气算撒出去了，收手笑道：“他们三兄妹，昭兮鬼精，怀苏口舌伶俐。这个更不必说了，宫中军营皆是一霸。只有皇上呀……”

她轻微叹息：“不会讨糖吃的孩子总惹人怜些。”

豫怀稷没作声，他平静许久，忽然向她问起：“母亲，小八的生母，姝贵妃是什么样的人？”

他望向高榕树上随风飘摇的红缎带：“父皇把她打入冷宫的那一年，我还没多大，只记得她很美，但宫里年年添新人，从上及下美得千篇一律，年份长了，我也记不清了。”

太妃听得一愣，她来到浮屠寺以后，逐步与过去的宫闱冷暖割离开来，长久没再梦见谁了，可一个从前的名字，几句宫墙之内的事，却轻易地勾出无数记忆。

“她的姿容，是不可方物的，足以专宠。”太妃失神片刻，将眼光放远，“不然，先帝怎会提前结束南巡，不顾她已经定亲，硬是将人带回宫中。”

豫怀稷皱眉：“她定过亲？”

“若先帝晚几日到，她怕已大婚礼毕了。”

说起那个曾经占尽荣宠的女子，太妃没有嫉恨，眼色怅然：“她也是可怜人，冷宫的日子难熬，她一人不算，还带着八公主。后来的事你也清楚，小八与你父皇相继离世，我来山寺修行前找过皇上，希望姝贵妃余生可以过得宽舒一些，皇上善心应下了，但她……”

太妃轻微哽咽：“她身子在冷宫熬坏了，没撑多久，第二年也去了。”

母亲说的种种，豫怀稷只知个囫囵大概。

“就这些？”他又试探地问，“没再发生过什么别的？”

太妃沉默片刻，摇头：“她当了十几年废妃，女儿又走在她前头，到死都没出过冷宫，还能有什么事？”她转言，“你向来不关心后宫女人间的争夺缠斗，怎么想起问这个？”

“也就小八那事。”豫怀稷说，“我琢磨着，有无可能是与姝贵妃结怨的人干的。”

太妃皱起眉来，她虽已隐居避世，但对小辈的事仍有耳闻。她闭一闭眼：“不会，姝贵妃身家清白，入宫之后深居简出的，从不爱与人争长短。”她右手揉眉心，“况且她已故去多年，什么深仇大恨，非得去掘她女儿的墓？”

豫怀稷顺意而问：“那母亲以为，盗墓的瞄准小八，只是赶巧？”

太妃许久无言，再道：“这也未尝无可能。”

她仿若又一头扎回那座辉煌宫殿，耳边交错着女子撕裂的恸哭与求喊。

“她本无意为妃，可她一生都在赶巧。”太妃低眼，遮去一片淡淡湿意，“她呀，哪儿都好，唯独命不好。”

先帝的姝贵妃命不好，大起大落，大喜大悲，全天下都知道。

但从太妃口里说来，少了民间戏说时的隔岸观火，自有她的千钧力道。

那日用完饭，分别之前，太妃伸出手抱了一下豫怀稷。

女人在他耳旁轻声说：“莫学你父皇。”

就这几个字，豫怀稷却听懂了：“儿子明白。”

回去的路上，他少有地跟宋瑙讲起他的少年时期。

先帝很疼他母妃，有什么好的总会先紧着他们宫院送，当时皇后中庸，耳根子极软，纵得老大老二两个皇子不学无术，担不起大任。先帝便胡乱挑个由头，慢慢将后宫诸事都交付给他母妃裁度。

“说句大逆不道的，幸亏先皇后一生无功无过，否则废后另立父皇都能做得出。”

他搀住宋瑙走在下坡的山路上：“你肯定想不到，他们每回起争执，无外乎是父皇先低头服软。他们最长一次置气，是定下昭兮出使和亲后，母亲闭门不出，有月余没跟先帝见过面。”

后来发生的，全是在太妃那儿探听来的。

“先帝每日在寝宫外晃荡三个来回，终于有一晚没忍住，他闯了进去，伏在母亲膝头失声大哭。”

宋瑙影影绰绰悟出点什么，忽有酸意冲上鼻尖。而豫怀稷面色平淡，眺向山脚的贩夫走卒：“先帝后宫充裕，妃嫔很多。他爱我母妃，但他也爱年轻光鲜，爱天下桃李粉白。

“他很怕我母妃不理睬他，也怕今年的新人艳俗不出挑，笨拙不解意。

“他永远用七分好裹挟着，让我母妃扼住喉咙咽下那三分痛。”

一些人事混沌，作为太妃长子，豫怀稷比谁洞悉得都要早，也更明锐。先帝一颗心分给过太多人，他掰下一块大的给太妃，予她万人之上，剩余的拆成无数份。

如此荣宠，纵然不衰，却也无一日不残缺。

太妃是一路被疼爱过来的，才会与他说，莫学他父皇。

宋瑙不忍再听，偎在男人手边：“那四公主现今如何了？”

“昭兮？”豫怀稷依旧淡淡的，“哦，当时她的送亲仪仗刚一过境，恰逢那头发动兵变，原先的王被轰下台了，她改嫁给新王。”

宋瑙仰头看他，眸中水汽蒸腾。

豫怀稷掐一把她的脸，接着说：“我打完仗拐去看过她，她运气不错，赶上这老二比老大有种，人样也英气雄健，而且一根筋只想着上位当王了，后院空悬，我这妹子嫁过去是头一个。”

他想来不禁发笑：“她如今入乡随俗，喝酒划拳一把抓，耍得比我还溜。”

他派使臣将符节递进去时，已做好多手准备，包括被拒入内，万万没想到昭兮风风火火地出城来接他，如同发达了的大户在招待穷亲戚。

“见她换个地方作威作福，我也放心了。”

没想到事情会往这个方向发展，宋瑙微张着嘴，半天没合拢。

收回神志，她想起个事：“等我们成亲时，四公主会来吗？”

“她倒想来。”豫怀稷掀个白眼，“她怀孕了，第三胎，她男人不肯放人。”

关于这个，他并不意外。想他在那儿逗留过七日，新王总能见缝插针地把两个孩子从乳母处扔到他们亲娘身边照料，时刻感召她是个有家有丈夫的，严防她思乡情切，一走了之。

而宋瑙一念及四公主都要生三胎了，她两个哥哥还没成亲，突然捂唇轻笑。

豫怀稷气得牙痒痒，又要去掐她，但宋府已近在眼前，宋瑙偏头躲开。

听他坦诚相告地说了一程，天穹霞光横斜，宋瑙走在粉金色的石板路上，望着脚下，小声说：“我上回去浮屠寺向佛祖求姻缘，抽到一支上上签。可还没焐热呢，一出寺门那看好的亲事就凉了一半。”

作为亲眼在八珍楼内见证它凉掉的某人，很不给面子，“哧”的一声笑出来：“后来呢？”

宋瑙幽怨地瞟一眼他："我萎靡过一阵，想着佛祖那么大座金身，怎么还糊弄人呢。"

他们说着便走到大门口，宋瑙从与他并肩，到面对面站着："可现在，我觉得。"

她提起一口气，细声细气地说："佛祖诚不欺我也。"

红霞的余晖落满大地，旖旎得如同她说完话后，不断左瞄右看，不敢同他直视的脸。

离开寺院的这段路，豫怀稷虽面上不显，但说起过去种种，其实不算安乐。原本这一天会结束在这样未露声色的不安乐里，但宋瑙仅凭只言片语便把它化去了。

他只会记得，今天最后，他的小丫头，说过一句很动人的话。

"使坏是不是？"

豫怀稷无声笑开，低声问："咬死我在你府门口不能做什么，又撩拨我？"

宋瑙一紧张，张口要否认，而豫怀稷已经抛下定论，用只有他们两个能听见的音量，从上至下地，如虫蚁搔过皮肤，一寸一寸爬上她耳畔。

"算了，来日方长，有你哭的时候。"

很快，赐婚的圣旨传到宋府，由总管大太监陆万才公公前来宣读，日子定在腊月初一，倒真应验了早先民间口耳相传了几个月，造谣他们婚期时的那半句：早则年关前后。

入夜后，宋瑙坐在床幔内，腿上盖了一床厚被。她尚无睡意，怔怔地面朝月色泼洒的地方发呆。她还未酿出多少困倦，一道灰影倏忽乱入，投石入水般拨开了清白月光。

宋瑙一吓，不管三七二十一，便要扯嗓子喊救命，但影子落到床边，带起的风中飘来相熟气息，她猛地双手捂嘴，咽下满口空气。

半敞的床幔旁，月华把豫怀稷的五官淡淡晕开，没有白日里的刚硬，倒衬出少许轻柔。

宋瑙今日里衣穿得松散，她飞快地拢住前襟，艰难道："王爷这是？"

"翻墙进来的。"豫怀稷答得爽利，完全没有偷偷摸摸的自觉，并抄起把凳子，往她床头一坐，笑问她，"圣旨收到了？"

宋瑙老实点头，又听他徐徐问道："有何想法？"

思绪还未从冗长的神游中彻底拉回来，她脑中空空如也，唇舌迟迟接不到指令，便跳过大脑，自由放飞开去："圣旨它、它行文流畅，用词规整，笔力深厚。"溢美的词汇转瞬用尽，情急之下，她猛一鼓掌，"它，好！"

掌声落定，场面不可抑制地坠入寂静中去，宋瑙这才恢复神智，她不再说话，缓缓动手把被子拉高，直至盖住鼻梁骨，成功地将自己裹成一只大粽子。

仿佛只要裹得够严实，刚才的傻气就不会侧漏出去。

"我倒认为不大好。"豫怀稷打破静谧，低笑摇头。

"今早皇帝找我商议婚期，拟了腊月初一，上午还不觉有什么，前面忙完一堆事，有些累，偏又想你想得紧，所以晚归晚了，总忍不住来跟你说会儿话。"

他衷情诉到一半，宋瑙从被面底下钻出一只手，她贯会投桃报李，看在他心念她的份儿上，这做人也不好太小气了，便眼梢绯红，伸手暗示他：可以牵一牵的。

豫怀稷愣了愣，好在他领悟得快，含笑与她十指交握，又道："来的路上我就在后悔，我作甚去拟个腊月初一，下个月不好吗？"他叹道，"我若日日忙到这个点，兴师动众走正门是不方便了，要

见你一面不得多翻几十天的墙，我这缺心眼儿不是？”

宋瑙终于把被子自脸上挪开，绯色已经蔓到脖子根：“腊月初一也好的，娘亲找人算过，那天宜嫁娶，是年关顶好的日子了。”

这好是自然的，豫怀稷也是翻过老皇历的人，好歹今儿起个大早，在宫中连同皇帝跟豫怀苏，兄弟仨钻研大半天才定下的。他往里坐过去几厘米，挡住些秋寒，他看宋瑙里衣单薄，坐在床里，被褥滑到小腹。

豫怀稷忽然提议：“要不要靠我身上？我比被子暖和。”

宋瑙内心警铃大作，本意是想婉拒的，他们虽说在街上也手贴过手，可那时衣冠齐整，不似现在她只着一件单衣，但没待她讲出拒绝的话，豫怀稷蛊人心智地放低嗓音：“靠一下又不吃亏，正好凑近些，跟你说个事。”

他暗暗运起一成内力，俨然成为屋中热源，并一再哑声勾她：“真的暖和，试试？”

宋瑙自认年少，见识浅陋，还没到坐怀不乱的境界，她微一吞咽，身子拱了拱，已连人带铺盖一块儿拱到床沿。这开弓没有回头箭，她小心低头，便靠上男人胸口。

豫怀稷搂住她，又催动内力提高了点体温。她立时像晒在阳光下，尽管舒服极了，她仍保持了一丝清醒，问道：“王爷要说什么？”

“徐斐那小妾，查到点东西。”豫怀稷问她，“想听吗？”

宋瑙忽地抬头：“这么快？”

“别说一个女人，”黑夜中，豫怀稷出言逗弄，“就是你想查只赤麻鸭，我也会派人去扒它老子是哪条河哪道溪的野鸭子。”

“可不是说，她不大容易查吗？”

提出疑问的同时，宋瑙靠得也不够稳当，豫怀稷今日的衣服料子比较平滑，没什么纹饰花样，跟块光板似的，她时不时向下滑溜。为了稳固身形，她偷偷探出左臂，在揽住豫怀稷腰背的边缘不住试探。

“若主力放在甘阳，的确掘地三尺也找不出这个人。”

早发现她有贼心，但没贼胆，见她过分纠结，豫怀稷便不再等了，蓦地拽过她的手，环到自己腰间。

“你忘了，她故意留下一条线，不去探查，岂不辜负？”

他肌肉结实，宋瑙像摸到一块石头，烧红着小脸，接着之前的话头：“茱萸吗？”

“嗯。”豫怀稷将她的碎发掠到耳后，“我的人在甘阳一无所获，倒是秋华，他找到几方盛产茱萸的地儿，摸排过后，在往南的鹤唳山，还真发现个能对上号的。”

他不似在说什么正经事，轻慢得恍如夜半私语：“同个名姓，年纪也相符，一样母亲早逝，父亲以打猎谋生，但他并非病逝，是六年前掉落山坡，摔死的。”

“怎么会呢？”宋瑙惊讶，“既是老猎户了，靠山吃山的，那坡路很陡峭吗？”

“一个小土坡，地势稀松平常。”他说，“在山背面，方位倒有点隐蔽，他死后两天官兵才在灌木中寻到尸首。”

大晚上的听这些，联合窗外寒风呜咽，宋瑙不由得抱紧他：“是意外哦？”

腰上传来柔软的力道，豫怀稷勾一勾唇：“当年县令是这么判的，就当他阴沟里翻船，失足落下。”他话锋一调，“不过他出事之际，恰巧鹤唳山发生一件轰动上级州府的大案，倒是这个，我有些在意。”

这句说完，他霍地将嘴闭上，不再继续。

正听在酣畅处，人声戛然而止，宋瑙不解地仰头去看他：怎么停下了？

豫怀稷提要求：“亲一下。”他无耻地重复，“亲一下就告诉你。”

宋瑙再次惊呆，若她没记错，这人才引诱完她投怀送抱，现在居然变本加厉。

“你主动，还能选择亲哪里。”他像极了一坐地起价的奸商，讨价还价，哑笑道，“如果换我来，我下口没轻重分寸的，可亲到哪儿算哪儿。”

三更的更声自远方响起，也到宋府下人巡夜的点儿了，宋瑙生怕这一没遂他意，弄出大动静来可不得了。她一慌张，顾不上害羞，飞一般地仰起脸来，在豫怀稷下巴上啄了口。

虽似蜻蜓点水，不怎么过瘾，但豫怀稷深知这种甜头，需见好即收，再闹她得恼了，便勉为其难地罢手，继续说下去：“他摔亡当日，山里还拉出二十七具尸体，据说死于流寇之手。鹤唳山是富庶地界，百姓耕织不辍，从没一夜间死过这么多人。”

这哪怕安在帝都，也是桩大事了，宋瑙立马进入情境，皱眉问：“死的全是当地人吗？”

“怪便怪在这儿。”豫怀稷淡声道，“他们在鹤唳山没有亲故，无一不是流寇劫来的外乡客。”

他拈起宋瑙一绺乌发，绕在指节上把玩：“可实际上，鹤唳山近五年来太平得连普通山匪都抓不出一个，这么猖狂的流匪，像平地生出来的，忽然落到鹤唳山了。”

这细究起来，无疑是破绽百出，宋瑙才听个简述，已经觉出不对劲来：“二十多条人命，县令就当流匪处置的？”又诚心发问，“他是草包吗？”

她问得已是客气，若其中确有问题，那当初拉去斩首顶替的人是谁，只怕又是另一起冤案。

而这鹤唳山的县令，其心可诛，拿草包论他，都算大大抬举了。

但豫怀稷扯一扯她头发：“这你可想错了。当地县令顾邑之，任期内的政绩很不错，清廉不阿，是有口皆碑的父母官。”

宋瑙别过头，轻轻“嘁”了一声：“装的吧。”

看她鬼心眼儿不少，豫怀稷笑了。

“应当不是。”他解释说，“怀苏早两年途经鹤唳山，跟此人有过点交情，他曾在信中与我提过，说顾邑之有不世之才，做个小县令可惜了。”

豫怀稷不否认：“老六眼光高，他说好的，基本错不了。”

宋瑙低头沉吟：“可是，温荑成心叫我们挖出这些，她父亲又跟他们死在同一天里，估计大有蹊跷。”她问起来，“她是哪一年离开鹤唳山的？”

“两年前。”豫怀稷想了下，“她入徐府一年多，这个时间线也能对得上。”

讲到这儿，他缠绕发丝的指节一顿：“要说巧合，当还有一样。”

陆秋华本是冲温荑去的，顺藤扯出流匪旧案，而顾邑之作为主事县令，只顺手打听了一点，他原先没太注意，经宋瑙一提，倒叫他发现个重合之处。

豫怀稷在思索中顿住片刻，正是这似曾相识的停顿，将宋瑙完全带歪了。

联系适才的行为，她瑟瑟可怜地问：“又、又要亲吗？”

豫怀稷一怔，但快速认识到，这是天赐的甜头，他模棱两可地摸一摸下巴。

宋瑙一步走偏，后面越想越笃定，但有了之前的经验，这次便没做太多挣扎，她选择速战速决，噘起嘴在豫怀稷面颊上亲了亲。

这一回生二回熟，便连落嘴部位都更大胆了。

此等可塑之才，豫怀稷相当满意，再次继续说："顾邑之他辞官了，大约也在两年前，他不顾乡亲挽留，带着幼子搬离鹤唳山，去到汶都讨生活。"

宋瑙明白了："他是跟温萸前后脚走的。"

巧合是有限度的，若一再发生，便不能拿巧合说事了。

"另外，我还挖到，徐斐在渠州有座游憩用的园林。"

豫怀稷眼光一闪："这龟孙花大手笔造的，格局构建还挺精巧，可避暑气，御冬寒，等我们成完亲，腊月里天寒地冻，到时把那儿强征过来住上十天半个月。"

他摆出吃大户的架势，仿佛对方是徐斐，他做什么良心都不会痛。

宋瑙哭笑不得："渠州远吗？"

"近是不近，但胜在人杰地灵。"

豫怀稷漫不经心道："它南面接壤鹤唳山，向北穿过几个庄子，去汶都也容易。"

电光石火之间，宋瑙读出他的意图，他想用渠州打掩护。

帝都人多口杂，以他亲王身份，去哪里都会惹人注目，许多事不好亲自出面。但渠州天高皇帝远的，又有天然的地理优势在，届时偷溜出去，外人只道他们在园子里过冬，实则他们可以隐姓埋名，跑去其他地方。

宋瑙轻轻点头。

见她意会了，豫怀稷不再多言。

远天漆黑如墨，他扔出走前最后一问："这些天，宋晏林有再来过吗？"

上回他还装模作样叫一声"宋世子"，现在就连名带姓，直呼对方为宋晏林了。

可他不提还好，一说起这个，宋瑙眯一眯眼："堂哥是上过几次门，但回回我爹话没说两句，便可劲要给人家说媒。"她质问，"是王爷授意的吧？"

也不知宋老爷从哪里找来这么多未婚配的女子，环肥燕瘦，遍布五湖四海。

导致宋晏林严重怀疑："二叔近些年是不是在发展媒妁营生，从中抽取佣金？"

宋瑙干笑："哪、哪能呀，堂哥多虑了。"

宋晏林恍惚道："这几十幅小像塞过来，我算明白了，二叔大约没把我当人看。"

这话听着有点伤感情，宋瑙正欲调和，只听宋晏林痛苦道："是拿我当种猪了。"

冷不防地，她噗地笑出声。

末了，宋晏林嘴唇发白，反复叨念着："太吓人了。"

从此一别至今，他再没敲过宋府的门。

"我老丈人关心他自家侄子，干我什么事？"豫怀稷矢口否认，还辩言道，"宋晏林应当感激，莫说他府上无正室，即便有了，我老丈人体恤他如狼似虎的年纪，想为他添几房侍妾怎么了？"

宋瑙原本有些困了，这会儿活生生给他气清醒了："我爹活了半辈子，自个都没纳过妾，哪有闲工夫管人家小辈的事。"她义正词严道，"王爷英雄人物，怎么还学小痞子耍无赖呀？"

"给我扣高帽，嗯？"豫怀稷失笑，"你见过哪家英雄会半夜翻墙？"

他浑身写满：老子都这样了，你还想拿浮名制约我？

宋瑙声若蚊蚋，回他道：“我家的。”嘟囔完，她一头埋进男人胸口，颇有些撩完便跑，绝不恋战的意味。

豫怀稷轻抚她后脑勺儿，哄道：“再说一遍，谁家的？”

可宋瑙不肯再说，八爪鱼似的扒住他不动，开始专心致志埋头装死。

豫怀稷不再勉强，把她拽出来，塞进被褥里：“你不说，那我走了。”

他笑：“反正也听着了，此行不虚。”

宋瑙陷在被子中间，朝他挥一挥手，眼眸在黑暗中明亮生辉。

豫怀稷翻窗而出，椿杏照例在廊前打瞌睡，她是半路发觉小姐房中有人，略听了听，没有多话生事，反身退到廊柱下守着。

豫怀稷走向椿杏，免去她行礼：“你家小姐近来精神如何，经常发呆吗？”

他自带威压，椿杏不敢隐瞒，小心措辞：“以前不大会，约莫是从华阴坡回来以后，小姐独处时，偶尔会恍一恍神，有时我进屋来，小姐也不会立时察觉。”

“不止恍一恍神而已吧？”

他今夜进屋前，在宋瑙门外立了会儿，想她若是睡了，就不去打扰了。

他这一站，就站了将近小两刻钟，而宋瑙始终坐那儿神游，似有满腹心事。

“她这样的情况是不是一日比一日频繁，尤其在皇后寿诞过后？”

椿杏迟疑片刻，答案显而易见。

豫怀稷淡淡地说：“我知道了。”

“但小姐每回跟王爷见过面，她都特别快活，”椿杏认为有必要强调一下，“能多添半碗饭的那种。”

豫怀稷颔首：“我信。”又道，“我只是关心一下，方才问你的，无须刻意跟她说。”

椿杏应声，耳边呼地卷过一阵风，再一抬头，她家未来姑爷已不见踪影。

第六章 大婚

这之后，豫怀稷依然隔三岔五差戚岁送些猪肉上门，抑或天晚了，翻墙来与宋瑙私会。

而八公主一事上也捉到不少相关人员，包括当日偷换冰雕的十数人，可以肯定背后确有一组织，下线纷杂，处事隐蔽，但抓来的多为外围跑腿的，只交代些皮毛，还不能触其核心。

日子按部就班地晃到腊月初一。

帝都很久没这样热闹了，即便帝后大婚时，因先帝守孝期刚过，不宜大肆操办，只简单走了个过场。

而今日不同，来的全是大昭极有名望的皇亲重臣，连皇帝都摆驾莅临。场子又在虔亲王府，市口绝好的地儿，十里外都能听见锣鼓声，打眼望去遍地红。

只是物有两极，这太隆重了也有坏处，比方说宋瑙，经这阵势一唬，她新嫁娘的拘谨嗖地演化成真实的窒息。她如牵线木偶般由几个喜娘压在矮凳上一番捯饬，终了盖头一落，便要推上花轿。

她临到关头，向后一缩："我、我再回屋贴张花钿。"

喜娘没瞧见过这整装完毕，还想往回溜的新娘子。幸而宋母早在防她这一手，说时迟那时快，一把擒住她手关节，慈祥地笑："不用，该贴的地方都贴了，美极了。"

宋瑙挣扎："唇脂也可以添点的……"

"唇脂、香膏、水粉、铜镜，椿杏都备在那儿了。"宋母淡定地将她往前拖，"你缺什么，自个儿在轿子里补一补，去吧，别误时辰了。"

别人家嫁女儿，母亲都泪眼婆娑的，可到她这里却变成亲娘活活将她撵上轿的。宋瑙一面怒叹母女情薄，一面僵坐在颤颤悠悠的花轿中，听见路两旁十分欢腾，仿佛全城的人集体休沐了，只为来凑这天大的热闹。

她头顶红盖头，处身在这谜一样绵长的节庆氛围中，渐渐对时间的流逝失去判断，似乎走了很远的路，又像刚起步，这顶轿子忽地落停下来。

她还未有所反应，一只手已穿过轿帘，入眼的一截袖管宽厚红艳，将掌中红绸递向她。

宋瑙握住红绸走下轿，没挪几步，便听红绸一端的男人轻笑道："我倒不介意，但你确定要一路撇着外八字去拜堂？"

宋瑙定睛一看，如他所言，她双脚正无意识地摆出一标准外八字，碎步踏得别别扭扭。

刹那间，宋瑙感觉今日空气稀薄，呼吸略微不畅，她唰地一下收回脚尖，嗫嚅解释：“我平日不这样的，真、真的，我能走好。”

为了挽回颜面，她脚尖板正地快速踏出，刚想为这一步的完美喝彩，却听豫怀稷强忍笑意，提醒她：“娘子，顺拐了。”

宛若当头棒喝，好在霞帔层叠厚重，她的动作掩在里面，旁人也觉不出来什么。但宋瑙本人险些要羞赧哭了，企图推卸责任：“是盖头、盖头挡住视线……”

宋瑙还没将盖头与四肢笨拙的干系捋完，便觉身边一空，她大惊失色，这顺拐跟外八也不是多大的过错，豫怀稷总不会为这个悔婚吧。她胡乱猜想间，身子猛地一轻，双脚腾空，腿弯被两只大手环扣住，她整个人扑向一温厚脊背。

雷霆般的起哄声在耳畔炸响，宋瑙才反应过来——是豫怀稷将她背起来了。

府外挤满围观百姓，大多空暇时都传过他们的恩爱话本，今时赶来见真人，对这一幕满意极了，不少人拍手叫好，内心更坚信了那些香艳段子绝无水分。

“放心，待会儿你只需拜天地时下个腰，转一转圈。”豫怀稷背着她往堂屋走，低低一笑，“其余时候，随你是趴是躺，出力的事儿，我来。”

他的话瞬息淹没在漫天喧嚣中，宋瑙到底是长大了，懂些男女之事，以至于听人一句话，便净往些不可描述的场面上去发散联想，圈住男人脖颈的玉臂也逐渐发烫。

她眼中是无尽朦胧的红，如同那晚在华阴坡，唯有漆一样的黑色涂满大地，豫怀稷也是这么稳扎稳打地背她下山，归途再远，都好似没什么可怕的。

想到这里，她莫名便不慌了。

堂屋的主位上坐的是皇帝与妧皇太妃，后边依次为豫怀苏等亲王国戚，陆秋华与一众军中将领排在稍靠后些，除去徐尚若因身子欠安，没有一同随行，帝都里能叫上号的几乎都来了。

宋瑙心定之后，一切便顺遂起来。她在豫怀稷的牵领下，行完所有繁缛礼仪，就由侍女引去布置妥善的婚房中等候，留豫怀稷在堂前敬酒。原以为这一轮喝下来，总要个把时辰，但他回来得比设想中早许多。宋瑙正怀抱果盘，一瓣接一瓣地往红盖巾里送柑橘。

猝不及防间，盖头被人挑开，现出她叼了半截果肉、惊愣仰起的脸。

她本来都计划好了，要拿出端秀面貌去见豫怀稷，却不承想毁在半瓣柑橘上，顿时有些委屈："王爷怎的回得这么早？"

可怜她全然不知，她的端秀在这之前，便已经崩塌殆尽了。

若认真追溯，当要数豫怀稷迈进屋来，无声挥退婢女的一刻，时值她果子吃得不得劲，手鬼鬼祟祟落到盘子上，摸瞎似的抓了一把。

凭借手感先择出瓜子扔一边，食指继而弹开两颗桂圆，然后捏住粒花生犹豫须臾，仍旧挑出扔开，最终捻起一只大红枣，在衣摆上蹭一蹭灰，便拿进盖头里窸窸窣窣吃掉了。

豫怀稷是搬出他的自制力来，才忍住不笑场的，瞧她一副可人样儿，他难免生出点调戏的坏心，趁她正吃柑橘时，敛声息语地突然挑起她的盖头。

尽管她唇上衔个橘瓣，显得有些滑稽，但她精心装扮过的面容掩在淡淡的烛火光圈里，仍弥散出难以言喻的姣美，豫怀稷心头似"啵"的一声，撩起小束火苗。

与西亭台的初见不同，她一日日地抽条，长大，五官亦比当初长开一些，虽然还有少许稚态，但那根女人的媚骨已逐渐显现，使

她在娇憨与妩媚间来回闪现。

“嫌早？”敛藏起心绪，豫怀稷作势转身，“那我再回去喝几盅。”

“哎。”宋瑙忙去抓他袖摆，“来、来都来了，聊聊嘛。”

豫怀稷一身挺括喜服，耀目的红遮去他锐利棱角，凶煞退去了，倒突显出他平日里容易被忽视的俊美。

“我就陪皇上喝了半壶，其余人都糊弄着来的。”他暧昧道，“最能闹的那帮孙子全出自我手底下，他们知我着急去洞房，谁敢灌我酒？”

“其实聊天什么的，改日也可以。”宋瑙一听“洞房”二字，陡然改口，大度道，“还是宾客重要，不如王爷回去再喝点儿？”

但豫怀稷身体力行地教会她，何为请神容易送神难。

他抽走宋瑙怀中果盘，回身时手上多了一对琉璃杯。杯中酒光潋滟，她还未接过，脸就红透了，惹来男人取笑：“喝个合卺酒就脸红，这长夜漫漫，等我动起手来，你岂非头一夜都熬不过？”

听他说得百无禁忌，宋瑙突然咂摸出，这人以往还算收敛的，真要撒开了去，何止一个孟浪了得。自觉处境堪忧，她哆嗦着喝完交杯酒，便双目放空地坐在那儿。没一会儿，床铺忽而向下沉了沉，是豫怀稷挨着她坐下。

他调侃地问：“不聊了？”

宋瑙眼一红：“你别老欺负我。”

闻言，豫怀稷记起闲来逗趣她时说的一些荤话，眼光温软：“那怎么是欺负？”

他叹道：“是喜欢。”

后来，聊是没能再聊下去，宋瑙浑浑噩噩的，床榻上硌人的花生、桂圆是如何扫到地上，床幔何时落下，她全记不清明。身子似不断下坠，她只记得飘浮在冷月下的细白微尘，万籁俱寂，唯烛火噼啪作响。

以及豫怀稷伏在她颈边，时断时续的情话。

宋瑙当晚做了一场梦，梦中她被一扇飞天大石磨压来碾去，不论她怎样逃窜，这磨盘都跟成精似的，总能把她抓回来。她整宿游离在濒临沉溺的边缘，几乎以为就要这么与世长辞了，清晨的微光漏过幔帘细缝，她终于姗姗转醒。

听见细微响动，豫怀稷收剑入内，他起得早，已经换好常服，在院中松动筋骨一个多时辰。他原先有满肚子温存的话，奈何宋瑙刚醒来，人还迷瞪，陌生的酸痛使她脑中光速划过一道闪电：完蛋，莫非瘫痪了？

她把惊恐全摊在脸上，豫怀稷啼笑皆非，扶着她坐起身。

“还疼？”

良久，昨儿个洞房花烛的情景才开始回放显形，逐步取代了梦境中恐怖的大石磨，宋瑙的脸也由白转红，大脑疯狂调取记忆的后果，是使她无缝陷入与瘫痪同等级的冲击里。

豫怀稷也体谅她的青涩，便道：“你若实在不舒服，我一个人去皇宫，你用完早点再躺会儿。”

一听他竟有这样危险的念头，宋瑙立刻摆脱冲击，火速表态：她去，必须去。

原因很简单，虽然豫怀稷为人散漫，不爱墨守成规，他独自入宫皇上并不会介意什么。但落在旁人的眼中，虔亲王新婚第二日就不带上她，她好赖也是听过编排他们的民间段子，她今儿不去，天知道他们会杜撰出什么来，以百姓如今喜闻乐道的方式，没准儿会往新婚夜的激烈程度上引，相当惊悚了。

她二话不说，愣是把豫怀稷推出屋子，强撑着下床，让椿杏服侍她梳洗收拾。之后匆匆吃过早膳，她又重新拾起昨晚来不及展示的端秀，义无反顾地随同豫怀稷往宫中去。

但事态仍旧偏离了宋瑙的预想，他们的马车在皇宫正门外停下，需徒步一大段路才能到勤政殿，以往豫怀稷脚程快，且对皇宫地形了如指掌，总是三步并作两步的，引路的小太监经常跟不上他。

可这次因宋瑙身子委实不大爽利，走几步还好，一旦超出百步远，她就明显吃力了，似双腿扯不开来。豫怀稷便一改常态，耐心地从后面拥住她，陪她蜗牛爬一样往前走。过路的宫人看了，都抿唇而笑，仿佛她脖子上挂着大写的“圆房”二字。

她满脸羞红，拉扯下豫怀稷手臂，暗示着：你管管他们。

豫怀稷收到指令，立时配合地甩出去个责备的眼神，但宫里的人都极会察言观色，怎会瞧不出虔亲王今儿个有多春风得意，根本不怕他会真怪罪，反而笑得更灿烂了。

宋瑙气闷到说不出话，她花费老鼻子劲抵达勤政殿，还没跪拜，豫怀谨即刻止住她，表情与阖宫上下的侍从们如出一辙，含着笑：“无须多礼，赐座。”

陆万才搬来把椅子，外加两块几寸厚的软垫，好像生怕她不能领会什么叫“整座皇城都知道他们洞房完了，所以腿脚不利索，需特殊照顾”。

宋瑙麻木地坐下来，她在离勤政殿还有一半路程的时候，简直想剖开路过宫人的脑袋，看看里面都装了些什么，现在她不想了。

因为她可以断言，里头的东西一定很下流。

宋瑙对此百感交集，她一边小幅度地变换坐姿，试图减轻身体的不适，一边恹恹地听豫怀稷与皇帝闲聊。片刻后，豫怀稷接住某一段话头，自然地转向徐斐在渠州的园子：“瑟瑟体虚，千秋宴上受的惊吓还没完全平复，现下天也冷了，臣听闻徐斐在外有处园子，御寒养病再好不过，想借来带这丫头住段时间。”

宋瑙瞬间一怒，这拿她当借口，居然不提前跟本人通个气。可话虽如此，但她依然牢记她跟豫怀稷是一条船上的，绝不能拆她男人的台。

因此她果断点头，是，她体虚。

“那有何难，朕去跟徐斐说，叫他交出来便是了。”豫怀谨爽快道，“别说是借了，便是要他拱手相送，谅他也不敢说什么。”

宋瑙面部轻微一抽，对待徐斐，他们兄弟俩是高度一致，表现出秋风扫落叶般无情。

这事轻易地敲定下来，他们便转去聊别的，又说了会儿，豫怀谨忽似一个没忍住，话音里带出几声急咳。

“臣记得，上次跟老六在湖心小聚，就见皇上略有咳嗽。”豫怀稷不满地问，“太医院是怎么替皇上请脉的，这么久都不见好？”

“无事，朕的咳疾是老毛病了，年年入冬都要发作几回。”豫怀谨没把这当回事，轻描淡写，“等开春就好了。”

见豫怀稷还有话要说，他笑道：“皇兄在战场上，大大小小的伤受得多了，朕不过到这节气，喉咙发痒，咳上个几天，跟皇兄比算不了什么。”

宋瑙敏锐地抓住重点，忧心忡忡地看身边人：什么，你受过伤，大大小小，还很多？

豫怀稷立即将君臣礼仪抛诸脑后，用眼光扫射皇帝：当着我媳妇的面，你讲话注意一点。

这一眼像霎时穿回多年前，他以三皇子身份看护弟、妹，豫怀谨继位以后，他一直克己奉公，很少再以兄长自居，也正如此，豫

怀谨接收到他的警告，未有生气，倒是延伸出些许对故时的怀念。

豫怀稷偏头同宋瑙咬耳朵：“是有些伤疤，但不严重，昨夜不脱给你看了吗？”

他一句未尽，又开始不正经：“是你自己不肯睁眼，错过了怪谁？”

宋瑙闹出张大红脸，软绵绵地瞪他：你闭嘴！

念着场合不对，豫怀稷适可而止，他说回方才的话：“皇上别跟臣比，臣皮糙肉厚的，挨一棍子也不见得疼。”

他面无表情地道：“皇上得学一学老六，他领个督查使的差事，一年到头有十个月在外奔波，还把自个儿养得溜光水滑。我前日去他府里，他跟个小娘儿们似的在后厨熬菊花甜梨汤，说去冬燥用的，别提多会保养身子了。”

豫怀谨笑得以拳掩唇，咳了咳，立在角落的陆万才也跟着笑开来。

“好，朕尽量向六弟看齐。”他开玩笑地说，“但六弟的精致，朕撑死学个七八分。”

“够了。”豫怀稷摇头，“他小子是精致过头了。”

等他们对豫怀苏的品头论足告一段落，时辰也差不多到晌午了，豫怀稷便携宋瑙拜别皇帝。他们前脚离开勤政殿，徐尚若后脚就从后面的偏殿走出来。

偌大的殿宇只有他们两个，豫怀谨似没了顾忌，伏案剧烈咳起来。这一波来得尤其凶猛，徐尚若慌忙拍他后背。他往年天一冷也会犯病，但从没像今年这么严重过，经常夜不能寐，独自躲到外间，勉力压住一下强过一下的咳意。

他不欲张扬打扰，徐尚若便顺意装作熟睡，待他下榻走远，才静静睁开双眼。黑色的夜将听力一分一厘地放大，只听个半刻钟，就无端有水汽沾到眼尾，她稍一眨动，便汇成一滴泪，滑入墨发中。

身为他的枕边人，一些变故临近，她总会更快地有所感知。

眼下一顿猛咳后，豫怀谨缓和下来，他拉过徐尚若仍在为他顺气的手，平复片刻。

他昨日从喜宴回来，二更天将尽，好些话都未来得及去说，今时酒醒了，他想来还有点歉疚："难得有个光明正大出宫的机会，三皇兄手下去了一堆人来疯的，把场子撺掇得热腾十足，我一个人带着暗卫跑去看了，却把你留在宫里。"

徐尚若摇摇头，异常小声地说："我懂的，皇太妃在，我不可以去。"

停顿须臾，她禁不住问了问："就……昨晚，真有那么热闹呀？"她委屈地说，"你昨夜喝多了，洗漱完话没说上三句就睡着了，有什么好玩的，你再跟我讲一讲。"

她充满对未知的向往，豫怀谨喉间涩了涩，便从花轿落地开始，与她细细道来。

站满百姓的街巷，人手揣包果脯，宛如看戏。院中摆满酒坛，顶上的封泥一揭，酒香蹿入寒风，能把人呛出个喷嚏。还有成群来贺的将士，穿得人五人六，空有一颗想闹洞房的心，但三皇兄稍一威吓，立马乖如羊崽。

徐尚若听得津津有味，尽管宫中也有大小节庆，但条条框框的，全要依照规矩来。

她一生囿于宅院宫门，还从未看过这样欢闹不拘的场面。

"三哥成完亲，就该轮到六弟了，等那个时候，我想法子带你……"

豫怀谨话说一半，听见外头响起众多脚步声，一转眼的工夫，为首两人已踏入殿中。陆万才追着他们进来，一脸犯难，显然极力

拦过了却没拦住。

“哀家来看皇上，还需要跟外人一样往里通传？”太后挺直腰板，口气不可一世。

陪同她来的九公主也添了些底气，忘记禁闭时的种种，朝徐尚若翻了个白眼，骄纵道：“昨儿个虔亲王成亲，娘娘抱病未往，可这会儿瞧着气色很好嘛，难不成故意在找借口，不想去？”

豫怀谨摆一摆手，陆万才同其余侍从退出殿外。

他冷冷道：“皇后养了一夜才缓过点精神，你是嫌她好得太快，巴不得她多病几天是吗？”他淡淡嗤笑，“朕不怕你出去乱嚼舌根，你端看虔亲王他信不信。”

“母后。”安慎说他不过，转头拉扯太后手臂，使性子地喊，“您看皇兄呀，我说什么了，一上来就冲人发脾气。”

太后拍一拍她，极其不悦道：“皇上别光顾念皇太妃的几个孩子，安慎跟皇上才是至亲，她还未许人家，皇上该及早为她做打算。”又怪声怪气地说，“至于皇太妃家的老六，跟他三哥一样有本事，在外野惯了，这主意大过天，哪用得上皇上操心？”

她一向见不得别人好，纵使贵为太后，话里话外仍浸淫着端不上台面的酸臭味儿。豫怀谨屏蔽掉这些，只听她替安慎图谋的前半段话，淡然问道：“母后心中可有人选？”

太后佯装思索，便道：“哀家以为，内阁学士齐大人家的次子品貌俱佳，与安慎相合，倒也配得。”

豫怀谨端起润喉的茶来，搁到唇下，眸光坠入茶水，一闪即逝。

这齐二公子是今年秋试的探花，虽未拔得头筹，样子却极为出挑，确实可以招来作驸马。只是齐家乃太后母家，在朝为官者过半，其余又多数经商，暗地里官商勾结的，不知刮走多少油水。他虽人在宫廷，但有豫怀苏各地奔走，探看到不少齐家的蝇营狗苟。

他啜茶不语，半盏下肚，徐尚若便知他忌惮外戚，今日太后所求，必然是不行了。

她破开沉静，出声当这恶人："九公主年纪还小，不急于一时，再陪太后两年也不迟。"

"哀家跟皇帝说话，什么时候轮到皇后指手画脚了？"太后冷眉横对，猛一喝问。

本来徐尚若劝和似的一说，不必要发大火，但刚进门时皇上冲安慎说的几句，太后正愁没处排解，正巧她上赶着凑过来，自是要揪住了做文章："哀家还在这儿，皇后就按捺不住，说一句顶一句。"

她劈头盖脸地骂："可想而知，背地里是怎样挑唆皇帝跟哀家唱反调的！"

她声音响亮，殿外守卫都听得一清二楚，摆明在打皇后的脸，但徐尚若是听惯这些的，并没多少难堪，仍俯身回话。

"臣妾绝无顶撞之意。"徐尚若解释，"臣妾愚钝，想这齐二公子是好，但他上头到底还有状元榜眼在，况且今年并无三元及第的，可保不齐来年会有。既是给九公主选驸马，自当百样拔尖，多挑一挑总没错处。"

徐尚若的谦顺搁在太后眼中，与死皮赖脸无异，她不屑地望过去，似在看一只痴缠她儿子的癞皮狗。

"皇后晓得些什么，这只会死读书的能有何用？昱儿是哀家打小看到大的，他未来定能压过那劳什子的状元郎，必有一番大作为。"

安慎有太后撑腰，气焰大盛，亦眼神轻慢地说："昱哥哥师从大家，诗书之外，更通古琴音律，是一般就会作几篇文章，乡野来的村夫能比的吗？"

可饶是太后与她再看中齐昱，仍不能越过皇上，直接把自己嫁去齐府。

豫怀谨站起来，他转动一圈白玉扳指，似笑非笑地反问：“状元无用？”他一步一步走下台阶，缓缓道，“如今朝中三代元老，大半都是历年状元，巧也巧了，偏没一个探花出身的。照母后的意思，是大昭这些骨肱之臣无用，或者名次高于齐昱的，都为无用？”

他平稳的问句下滚起暗潮：“抑或是，除去姓齐的，今年科举场上乃至恁大个朝廷都再找不出个能人了？”

太后发觉失言，悻然噤声。安慎也有点怕了，退向母亲身后。但豫怀谨已逼到近处，眼中暗火跃动：“朕的舅舅厉害啊，一个二品官职还不满足，齐氏优秀至此，求个驸马屈才了。”他猛甩宽袖，“不如朕的皇位让出来，他来当！”

此话出自帝王之口，当中的分量了然，太后不禁浑身战栗：“哀家何曾有过这个意思？哀家兄长赤胆忠诚，恨不能长出三头六臂，举族报效，皇帝可切莫曲解了！”

豫怀谨擦过她袖臂，向殿门走去，只道：“朕有无曲解，全看齐大人怎么去做了。”他轻飘飘地说，“先帝在位时，齐氏在帝都的望族中压根儿排不上号，做人可不能忘了本。”

他双臂一振，打开殿门。

陆万才躬身走近几步，做好进去侍候的准备，但没人自大开的门里出来，皇上站在风口，侧身往后看：“安慎，母后记挂你来日婚配，想为你争个好驸马，这无可厚非。但你一个没出闺的姑娘，堂而皇之地跟过来，在朕面前大谈外男，满口昱哥哥叫得好不亲热。”

豫怀谨霍然抬手指向她：“先帝六个女儿，还找不出个似你这般不知检点的！”

他字字如刀，大门敞开下，声音顺风荡去很远，不只是太后与九公主带来的宫人，哪怕殿外纵横的几道宫街，伫立看守的侍从都听得清楚。

他措辞狠厉，把安慎骂蒙了，而对方是皇上，她不敢冲上去撕扯，羞愤地跺一跺脚，哭着跑出勤政殿。

这一出将所有人都镇住了，陆万才又退回原地。

徐尚若皱一皱眉，豫怀谨是与太后、公主多有龃龉，但都关起门来掰扯，即使为她出头，如此激进也是没有过的。

她忍不住开口："皇上……"

豫怀谨抬手阻断她，他走回惊怒交加的太后身旁，轻声附耳："母后，朕说过的。"

太后一愣，又听他道："帝王金口玉言，每个字都作数的。"

太后回忆须臾，蓦地想起不久前的夜晚，血气飘浮半空，豫怀谨提剑而立。

——母后与安慎一条心，朕权当你们是一个人。

——往后母亲给皇后脸色，朕就找安慎晦气。

——朕不论其他，全算在安慎头上。

她太后当久了，权柄在握，许多话左耳进右耳出，没太当真。

她也经过些人事起伏，年轻失宠时都没怕过，现今更不会为儿子几句话就夹起尾巴做人。但方才听豫怀谨一口一个齐氏，字眼儿咬得死紧，竟有阵阵凉气从脚底板攀援直上。

她突然发现，她母家一脉如一叶扁舟，皇上可以顺水推舟，也能翻手覆之。

齐氏也好，安慎也罢，只要皇上想，都能下得去手。

虔王府的马车驶出半路，街景逐渐开阔，路边支起柴火小灶，面点在熬煮好的高汤中滚了滚，鲜香气勾得宋瑙东张西望。

在馋虫一再地驱使下，她似腰不酸，腿脚也有劲了，拉上豫怀

稷去就近的摊子，麻溜地到长凳上端坐好，掰起指头开始瞎扯：“王爷，我出门前看过皇历，今日小寒，适宜吃胡麻粥、糖豆花、红油包面、片儿汤和八宝甑糕。”

无法领会娘子心思的夫君不是好将军，豫怀稷立即按她絮叨的，原封不动点一遍。

这家摊主的动作麻利，三两下便齐活了，然而宋瑙胃口小，每样只尝一小点，终究还要靠豫怀稷扫尾。他单手持碗，几下喝掉一碗胡麻粥，唇边粘了粒芝麻，他随手一揩，问道：“昨儿个怎么没见你堂哥过来吃杯酒？”

他口气倒还随和，符合闲聊的特征，但基于他对宋晏林一向不大友善，每次提及都像在预备搞点事情出来，宋瑙机敏地抬一抬眼，意图阻止他的无理取闹。

“我没别的意思，纯粹好奇。”豫怀稷端起糖豆花，扬眉，“我人都睡到了，还怕他撬？”

宋瑙脸忽地一红，赶在他说出更多恬不知耻的话之前，抢声坦白：“堂哥有事回洛河，一个月前就动身了。”她顷刻就把宋晏林给卖了，“他如今穷得叮当响，一文钱要掰成两半花，肯定买不起贺礼，但他还是个有骨气的公子哥儿，估计不大好意思来蹭酒喝。”

豫怀稷手一顿：“我听你父亲说，宋晏林变了许多。”他想了想，提起一件事，“他跟莫恒长女的婚约我听过一点，说起来，莫家出事后，他没再向任何人提过亲，人也大变样了，许是放不下莫家姑娘？”

豫怀稷并非第一个这么问的，连宋沛行都来套过她的话，而宋晏林几年来的变化似乎也印证了这些揣测，但宋瑙始终是否认的。

“没有。”她摇一摇头，坚定地说，“不是你们想的这样，堂哥只在提亲时见过她一面，他们是指腹为婚的，应当没什么感情。”

可她的话没人信，大家主观认定的事，不会为她的否定而改变，总当她在替宋晏林做掩护。只有豫怀稷，他喝完最后一口豆花，当即接受了她的说法。

他的理念很简单，他媳妇说没什么，那必然是没什么的。

宋瑙见他与自己不谋而合，宛如遇见知己，就多跟他说起一些。

主要因为宋晏林家住洛河，来帝都下聘那年，便在宋家住过段日子。

去莫府的前一晚，她三更起夜，经过宋晏林借住的别院，见里边光影憧憧。宋晏林没有睡，失神地坐在院中，面向一地堆叠起来的聘礼。

宋瑙迷迷糊糊地走进去，落过雨的夜空黑得严丝合缝，只有枝头挂上几盏油灯，飘出微弱光热。宋晏林先一步看见宋瑙，他们都以为对方会先开口，便谁也没说话，在难得的沉默中，她醒过神来。她端详须臾，忽然说：“堂哥，你快要成为有娘子的人了。”她比画一下，补充，“明年就会有崽子。”

她听见宋晏林隐隐笑了一下，似沉静湖面吹开的一线波纹。

他勾唇：“你懂得倒挺多。”

宋瑙歪一歪脑袋，惑然地问：“那你为什么还不高兴呢？”

油灯的光太暗了，她离宋晏林一臂远，却还是难以看清他的脸。

他良久没出声，是夜无风，他衣袍都没动一下，像极了府门外那尊巍然而立的石狮子。

宋瑙几乎要怀疑，宋晏林是不是坐那儿睡过去了，他终于开口。

他说：“瑟瑟，你不明白。”

后来，同样的话她在别处听过许多次，宋晏林一年年不着家，他无根似的漂泊与神隐，叫所有人都以为他必定是心系莫大小姐。

他说：瑟瑟，你不明白。

说她未经情爱，不解其中味。

“那时候，我的确不明白，喜欢它究竟是个什么样儿。”宋瑙回忆起当晚潮湿的风与宋晏林模糊的面目，“但我很清楚，至少不当是那样的。”

他们用完点心，起身离开路边小摊，两人相携走在熙攘的街头，豫怀稷眼中的宋晏林是寿宴上的匆匆一瞥，那个形销骨立的白袍青年。

“他既有不少江湖知交，性情必不会差，现在是瘦脱相了，但看着还丰神俊逸，若年少时添个十来斤，单凭他这张脸，在洛河大小也能算个人物了吧？”

宋瑙轻声应了应，搂住豫怀稷的胳膊。

午后的中央街与十年前的洛河一样，人潮来去，热闹非凡，百米外是家三层高的红楼艺坊，坊间姑娘气韵风流，正倚着栏杆说笑。

“那时候的堂哥呀……”宋瑙恍了恍，“骑马倚斜桥，满楼红袖招。”

她忽然想到，某年立春三月，堂哥带她行过长兴街，途经青楼歌舞场，有姑娘们高处凭栏，几方手绢悠悠飘落，堂哥闪身躲开，仰头见她们含羞带怯，捂嘴笑作一团。

香风吹过，宋晏林略微弯腰，含笑抬手，轻轻向她们作了一个揖。

时至今日，宋瑙出洛河，入帝都，也随父母去过些地方。

却再找不出一个风流胜他的。

初一过后，帝都的天逐日变冷，宋瑙回娘家吃完回门饭，便随豫怀稷启程去渠州。

徐斐提早安排人清扫园子，各院的床单褥子一律换新，寝室每日都拿名贵香料熏上一轮。他们一行人的车马抵达时，宋瑙推开主卧的门，顿有淡淡异香扑面袭来。

豫怀稷冷呵："这个徐斐，正事一样干不来，吃喝玩乐倒是专精。"

屋内干净整洁，他检查过一圈，见没有问题，就想把随行衣物放进柜子。

他拉开一格橱门，忽然身子一定，宋瑙本在摆弄墙上装缀用的弩弓，回头看他立在橱边，小半天没腾挪，当有什么新奇玩物，便跟过去张望。

抽屉里齐齐码放着一些花里胡哨的小瓷瓶，宋瑙举起一只："什么呀？"她天真地问，"梳妆用的头油吗？"

豫怀稷神色古怪地挑唇一笑："上面有字。"

宋瑙翻转过瓶身，当中用赤金粉镂刻了三枚小字：媚春闺。

她乍一下没反应上来，又拿来一瓶，上头刻写着：娇玉春。

几个字分开倒还好，合到一起看却没一个是正经的，宋瑙霍然联想到什么，豫怀稷的解说也随之而至，他哂笑摇头："恐怕是床笫间助兴用的。"

宋瑙寒毛一竖，跳脚丢开瓷瓶，像在扔件垃圾似的，撩起豫怀稷的衣袖疯狂擦手。她还有点凶巴巴地拍掉豫怀稷正放在掌心把玩的一小瓶，也替他揩了揩手。

力道之大，似要把他蜕层皮才罢休。

豫怀稷笑看她："怕我喂你吃？"

宋瑙气呼呼地说："脏！"

"确实，什么腌臜玩意儿。"豫怀稷抽出餐布，把格子间的瓷瓶都包裹起来，对角打结，随手扔到地上，"就算你愿意，我还怕给你吃坏了。"

宋瑙松了一口气，可她忘了，即使没这些下三烂的东西，他们赶了十天路，沿途的驿站比较简陋，豫怀稷还顾及她点，忍耐了一路。但这厢下榻渠州，园中配置一应俱全，可不得使劲折腾。

两人就这么幸福地度过三天，到了第四日，发生个小插曲。

豫怀稷独自在书房看书，有两个侍女手端茶点走进来，大冷天的她们身披纱衣，领口大敞，现出大片白生生的胸脯。

往常这时宋瑙该在房中陪同，但实在是来到渠州之后，豫怀稷活似只放归山林的野虎，夜里胡闹也罢了，居然还生出点白日宣淫的苗头，宋瑙被欺负惨了，不得已奋起反抗，这才没在一块儿腻着。

今儿个日光微煦，豫怀稷还寻思编个什么理由将人骗回来，再如此或那般地亲热个小半天，他一看这茬，立刻向门口的戚岁使眼色。戚岁领会，撒腿去庭院找他家王妃。

见她们大有利用价值，豫怀稷慈祥许多，出声道："几时来这儿当差的，脸挺生。"

一赭色纱衣的女子媚眼如丝："回爷的话，我们是今儿个大清早才入园的。"

"哦？"豫怀稷接过碗盏，手一收，避开女子朝他刮蹭来的指尖，"谁领你们进来的？"

另一嫩黄薄衫的为抢风头，立即插嘴，娇声回话："是吴叔买我们回来服侍王爷的。"

她口中的人是这间园子的大管事，建园以来全是他在操持内务，也包括奴仆采买。豫怀稷大致有数了，叫来门外侍从：“去把吴大管家请来，劳他费心了。”

这侍卫与戚岁一样，都是王府里带来的，跟了豫怀稷小十年。吴管家见到来人，以为是自己这事办得漂亮，兴冲冲地想要讨赏去。

待宋瑙去到书房，便见有三人跪在桌前，当中两个姑娘的确如戚岁所说，穿得格外清凉，上衣只到肚脐，露出一小截婀娜细腰。

反观她这边，穿多少都不嫌厚，裹得浑似一颗行走的肉汤团。

宋瑙解下狐裘，坐到豫怀稷边上，闷闷地还没张口，就听她男人以此为鉴，趁机道：“早说了，要你留下陪我，你不肯，叫人钻空子勾引来了吧？”

宋瑙皱一皱鼻子：“她们是从哪里买的？”迟疑须臾，又问，“能、能退吗？”

吴管事已挨过训斥，他急于将功折罪，忙道：“王妃放心，她们是我在相熟的老板那儿招来作婢女的，若粗手笨脚，不合王妃心意，自然要叫她们走的。”他辩说，“以往少爷来园子小住，总要添些仆人，这都成惯例了，怪我这脑子不知变通，只按以前的去办了。”

他唠叨时，宋瑙眼珠子滴溜溜地绕住女子的纤腰打转。她拿肉眼丈量，自认为她的尺寸并不比这两人逊色，只是为衣服所累。想着，她把手放在腰间，试图再脱件外衣，也好公平抗衡下。

但她方一抬手，豫怀稷便将她识破，及时按住她的手：“不许，一热一冷着凉怎么办？”他嗓音压到最低，“你跟她们较什么劲，有这闲情，不如多同我待一会儿。”

宋瑙嗔怒地瞪他一眼，满目指责：若不是你过于孟浪，我怎会避之不及？

可她刚从外头进来，内室的炉火给她蒸出一层水汽，脸蛋红扑扑的，使她的指控毫无力度。豫怀稷见了，非但不自省，还边跟吴管事说话，边淡定地在她后腰掐了一把。

“惯例？”他心不在焉地问，“徐斐不是许久没来这儿住了吗？”

宋瑙捂住腰上软肉，她红着眼，面对某人不断进阶的无耻，她越发不能招架了。

好在吴管家没发现他们的小动作，磕头答道：“少爷这几年住在沛庄，是没来过这儿，但往年是常来的。”担心豫怀稷不信，他摆出事实来，“最多一次，少爷在街口买下二十来个，回去时全带走了。少爷出手阔绰，他们能跟去伺候，也是这些人的……”

“多少？”突然，豫怀稷重复问了一句，“他买来多少人？”

吴管家一愣：“十几，不，二十多吧！”

“我要具体人数。”他冷下声音，“想好再回话。”

时隔已久，吴管家使劲回想，所幸他是经手人，在心中清点过几遍，才回道：“二十七个。”他自我肯定地一点头，“对，九个婢女，其中一人还带来两个孩子，我本不想招她的，但她绣活儿精湛，问过少爷，说咱们园子这么大，把小孩安置去杂院，别闹人就行。”

他继续数：“再有六个后厨帮工的嬷嬷，年纪稍大点，七个小厮，找的年轻勤快的，剩下三个守园侍卫，他们都是我挑来的，加起来二十七个，不会错。”

他伏身答完话，书房沉入某种难言的寂静，门外日光隐去，冬寒侵入房间。

二十七。

几乎在听见的瞬间，宋瑙耳边“轰”的一声，不可遏制地想到了什么。

当年的鹤唳山，死在流匪手里的，也是二十七人。

她刚想问吴管家，这是哪一年添的人，徐斐走时又把他们带去哪里。但斜刺里探来一只手，在她腰部按了按，不同于先前的轻佻，这一下传达给她许多隐于唇齿的讯号，包括她试图问出口的，那些问题的答案。

豫怀稷在告诉她：莫问了，是他们。

吴管事退出去不久，书房里发生一场激烈的争吵，大半个园子的下人都听见了，笔砚全部拂落在地，摔砸声不绝于耳。宋瑙夺门离开时，面上挂满泪水。没一会儿，豫怀稷也铁青着脸收拾出另一间厢房，进屋后就没再出过别院。

两人都像在赌气一般，很快便传开了，原是上个新来的婢女引诱王爷，想抬作侍妾，王妃这才大发脾气。

在众人都以为宋瑙把自己关在寝房中，为情垂泪之时，里头的人已换作椿杏，而本尊正坐在马车里，同豫怀稷自偏门出了园子，行驶在偷偷去往汶都的路上。

“只是叫你做场戏，拿本书撕一撕便好，怎么还真哭成这样？”

豫怀稷把帕子用温水打湿，轻轻擦去宋瑙脸上泪痕，怪心疼地看她哭得双眼红肿。

宋瑙温顺地仰起下巴，方便他擦拭：“一定要做得逼真些，吵得越凶，我们躲在院中不现身才越不可疑。”收拾干净后，她半躺在男人臂弯里，“哭鼻子是我的强项，看起来吓人，我其实用的是巧劲，不难受的。”

但她一出戏演下来，当真有点耗神，困意渐渐来袭，她脑中似真似幻地回放起遣走吴管事之后，豫怀稷同她说的一些话。

“不零不整的一个数，碰巧的可能性本身就很小。

“而且，那时死的人里头，的确有两个幼童，十男十五女，全都吻合。”

他摇头道：“再多的，这姓吴的只是个园中管事，不会太清楚。”

宋瑙睡去前，马车外北风大作，她隐约又听见书房中，豫怀稷最后低喃的那句：“是时候去一回汶都，会一会那个卸任县令，顾邑之。”

汶都离渠州不算远，他们沿官道走了四天，在城中一家老字号客栈落脚。

据陆秋华掌握的情况，顾邑之请辞之后，在汶都当了一个教书先生，每天白日固定会去宁远学堂讲学，而他住的地方，距这间客栈不过五条街。

大致的活动轨迹有了，豫怀稷并不着急去找人，待宋瑙从舟车劳顿中恢复些精气神，他才带人一路逛去学堂。汶都百姓好甜口，精于一些花式小点，走在街头巷尾，吸进去的空气中都沾有清甜气息。

宋瑙手拿一朵酥炸玉兰花，她自己吃一瓣，尝着味道好，就抬手送去豫怀稷唇边。这么一来一往的，不像查什么来的，倒似两个游山玩水的新婚夫妇。

如此拖拖沓沓，以至于走到学堂，已几近下学时间。

学堂的窗开在西南角，比邻一条堆放杂物的小土巷，穿过镂空的窗格，可以看见一个身穿烟灰色布衣的男子立于台前。

他皮肤很白，身体瘦削，稍显出点文弱，即使远观，也能探悉到浓厚的书卷味儿。但他手里没拿书，空手穿走在桌椅之间，口中却一点不打咯噔，说文解字，侃侃而谈。

豫怀稷负手立在墙边，听了一会儿，虽是些浅显普世的文理，但经他巧思拆解，倒别有一番开阔之貌。时而有人提问，都起身恭声唤他，顾夫子。

片刻之后，豫怀稷牵着宋瑙走出逼仄小巷，回到学堂正门。

“年龄，姓氏，谈吐气质，九成是他。”

豫怀稷抽走宋瑙手中吃得只剩秃秃一根的玉兰花枝：“这个顾邑之，你觉得如何？”

“看他方才讲学，简单的孔孟之道，却讲出大开大合的况味，可见功夫深。”宋瑙终于承认，“他嘛，这样看，确也当得起六弟远在千里的一句称赞。”

此时白日的课结束了，孩子们如雀鸟归巢，三三两两跑出学堂。顾邑之稍作收拾也向外走去，可他没有立即回家，在门口驻足张望须臾，便朝相反方向踏步离去。

豫怀稷摸一摸下巴：“走，跟去看看。”

而盯梢这种事，讲究眼如明镜，腿如疾风。宋瑙原先还担忧自己走不快，平白拖了豫怀稷后腿，但没多久，便发现她想多了。因为顾邑之作为标准书生，走路也文雅，街上人一多，他穿行得就更慢了，大半天后拐进一条阴湿的小道。

便见他找到一乞儿，似在打听谁：“六子还是没回来？”

“没见到。”那乞丐坐在几件旧衣服搭成的睡铺里，“他又没去学堂吗？不可能吧，六子可喜欢听夫子您讲学了，风雨无阻地去，大前天风湿犯了，拖条瘸腿也要去。我还笑他，咱们这是乞丐窝棚要出状元郎了。”

顾邑之摇头：“六子好学，我在宁远学堂教书两年多，他每日准点守在墙根，一次没落过。”他皱眉，“但那天之后，我就再也没见过他，这不正常。”

乞丐咂巴嘴：“嘶，这么说，我好像也整整三天没看见他了。”

顾邑之又问了些六子可能去的地方，然后留下一包吃食，转身走出巷子。

汶都依山而建，城池面积并不大，豫怀稷继续跟着顾邑之走过几处荒废的茅草瓦舍，发现他一直在找一个叫六子的乞儿。宋瑙耳力欠佳，顾邑之每停留一地，就由豫怀稷去偷听，她干脆离远一些，以免扎堆站那儿，徒惹过路人注目。

便这样随顾邑之走了一程，豫怀稷再次折回来时，宋瑙在一家包子铺门前移不开眼。

见她看得有滋有味，豫怀稷好笑地问："这包子是成精了？有这么好看？"

宋瑙闻声回头，正望见顾邑之没入人流，她轻声问："不跟了？"

"嗯，他在找人，就那么回事。"豫怀稷平淡地一语带过，他揉一把宋瑙额发，"想吃什么？"

宋瑙等的便是他这句，即刻将人拉进铺子里。她说饿也不饿，只是这汶都的包子实在花哨，每样色泽缤纷不说，还都给安了吉利名字，一水的好口彩。

左边一笼名为"金榜题名"，是面皮上刷了层槐花蜜，再放火里烤，故而黄澄澄的。

取名"花开富贵"的，则是拿时鲜的花骨朵碾出汁水用来和面，里头的馅也掺了糖花瓣。

豫怀稷沉吟须臾，忽然问道："有没有吃完能保佑生闺女的？"

宋瑙的脸红了红，才要驳斥他，谁会拿这个当寓意去做包子，但店老板唰拉一下打开一笼屉，蒸汽散去，码在白布上的点心外皮混有双色，一半正红一半金灿。

"这个取的是金龙赤凤的意思。"老板面面俱到，介绍说，"那半边甜口，是拿红蔗糖熬出的色儿，另外半边咸口，用鸡汁吊出来的。”

豫怀稷认真思索：“龙凤龙凤，一子一女，寓意是‘好’。但我就要个姑娘，附带个小子算怎么回事？”他跟宋瑙打商量，“这样，你只吃左半边，仔细别咬到咸口的，别姑娘没生到，生出个浑小子就麻烦了。”

宋瑙的重点从阻扰他在大庭广众下乱讲话，跑偏到生女孩儿，便道：“你不喜欢男孩？”

豫怀稷摆手：“倒不至于，只是比起儿子我更偏袒丫头。”他淡淡道，“这女子生产犹入鬼门关，是能少则少，以你的身板左不过一两回，要胎胎是儿子，我找谁哭去？”

店老板笑起来：“所以这龙凤呈祥，一胎双生是再好不过的。”

“罢了，双生胎对为娘的过于凶险，世人图他祥瑞兆头，却未必尽是好事。”豫怀稷便道，“拿十个包起来。”

他嘱咐宋瑙：“你只吃甜的半边，余下的……”他想一想，决定，“留给客栈掌柜家的阿黄。”

他口中的阿黄，是掌柜捧在手心里的，一只荤素不忌，爱啃菜花，也吃苞米的肥狗。

“什么阿黄。”想起掌柜把它当儿子养，宋瑙忍笑纠正，“人家有名姓的，大名‘黄八斗’。掌柜说了，等它再长几岁，还要找高人给取个响当当的表字。”

“……”

豫怀稷接过包好的一袋子点心，摇头点评：“汶都的百姓都这么会玩了？”

他们说笑间走出铺子。

豫怀稷把之前跟梢时听到的说给宋瑙听，宋瑙拿出只包子来，

精准咬在红糖面皮上，她稍感疑惑："顾邑之对待乞儿尚能如此，这样一个胸怀丘壑的人，不是可以轻易收买的，为什么会在鹤唳山的事上做出那种判断？"

豫怀稷耸一耸肩："这只能去问他本人了。"

"怎么问？"宋瑙有点犯难，"总不好冲去他家，就这么把人拎出来，突然逼问一件六年多前的事吧？"

豫怀稷一脸无所谓，仿佛她说的都不是事。

"搭个讪还不容易？"他一副土匪腔，"偷他一样东西，再给人还回去，就凭读书人的斯文，不定还要请我们吃杯茶。"

宋瑙尽管吃多了甜食，脑子转得没那么快，但依然没那么简单地被忽悠过去。顾邑之不是傻子，家里凭空丢点什么，还吃茶，不把他们扭去送官已经是客气的了。

但见豫怀稷用草叶三下五除二编出一只绿蚂蚱，尾巴处穿过根透明丝线，趁顾邑之还没回到家，把草蚂蚱丢在敞开的窗台上，丝线细微抽动，很快勾出个五岁的小娃娃。

宋瑙惊骇："你居然偷他儿子？"

"嘘。"豫怀稷食指竖在唇心，"借他一用，会还的。"

他灵活地拉扯引线，男孩撅起屁股，一扑一跳间，渐渐追着草蚂蚱远离家门。

"别说，顾邑之妻子是难产走的，辛苦他既当爹又当娘，儿子养得还挺好。"

男孩白胖，每次起跳再落地，都伴随"咚"的一声，像个小实心球。

宋瑙抽一抽嘴角，说出去大概没人信，那个曾经叱咤沙场万人莫当的魔远大将军，此刻手缠丝线，躲在灌木后专心致志操控一草蚂蚱，为的是诱拐别人家小孩儿。

顾邑之儿子五岁，兴许有六岁，不能再多了。

正沉浸在这巨大的落差中，突然有什么啪叽扑到腿上，不算轻，但软乎乎的。宋瑙低头一看，男孩已经穿过灌木，这么轻轻一撞，便晕头转向地趴在她脚下，瞅一眼草丛，又使劲仰头去看她。

他黑亮的眼珠眨了又眨，突然原地抱住她的腿，奶声奶气地喊："娘亲。"

宋瑙怔住，隔壁守株待兔的豫怀稷也一怔。

他眼尾挑起，勾起小指头掏一掏耳朵："你喊她什么？"

男孩刺溜一下爬起来，躲到宋瑙腿边，举起小肉手，持之以恒地晃她衣摆："娘亲！"他丝毫不理会豫怀稷，欢快中带点小委屈，"娘亲是回来找我了吗？"

豫怀稷磨牙："这小胖墩。"一个箭步过去抱起男孩，黑着脸跟他理论，"首先，她是我娘子；其次，你想喊她娘亲可以，但我必须是你爹。"他郑重地命令，"快叫人。"

"我有爹爹，"男孩极其有原则地把头一扭，"我只要娘亲。"

见他们一大一小还杠上了，宋瑙无奈地调停："他才多大，你跟他吵吵什么？"

豫怀稷不认同："岁数小怎么了？"他面无表情，"岁数小就能随便给人扣绿帽子？"

他威胁似的把男孩抛起来，再接住。估计顾邑之一介书生，小娃又重得很，没玩过这种游戏，一来二去的，小男娃反而找到趣味，笑得前仰后合。

豫怀稷也笑了，出手挠他胳肢窝："你这小孩，怎么油盐不进？"

小径一端树木婆娑，顶梢惊起几只飞鸟，干燥的阳光投射在大地之上，顾邑之背光走来，向茅屋方向走去。他的住所不大，进去

不一会儿，发现儿子不在，又焦急地奔出屋来。

豫怀稷与宋瑙交换眼神，抱住男孩往外走。

“我不跟你说，去找你爹，我同他说。”

他们间的距离本就不足五十米，因在视野死角，顾邑之一时不察，但豫怀稷拂叶而出，弄出窸窣响动，他立刻眼尖瞧见，加快步子迎上去。

先入眼的，是他家胖小子，趴在一男人的宽肩上，死搂住对方脖子，似乎说了点什么，男人一巴掌拍向他屁股，下手利索却很轻，隔了些距离还能听见小家伙的咯咯笑声。

他眼光旁移，再瞧见梳起妇人髻的宋瑙，轻抽一口气，头疼地在背后喊儿子：“槐生。”口气有点难以启齿，问道，“可是又出去乱认娘亲了？”

顾槐生唰地别过身子，一见自己爹爹，小短胳膊一张，喜笑颜开地要他抱。

豫怀稷顺势把男孩还回去，叹道：“你这沉的，家里的米油是不是都进你肚子了，你爹一点没沾到？”

顾邑之双手接过儿子，依旧沉甸甸的，一两肉没少，刚要道谢，眼光在触及豫怀稷的一刻，没有自家小东西的遮挡，他看清来人全貌，便轻微一愣。

他曾为官多年，打过交道的人如过江之鲫，多显赫的都见过，但气场这样强大的，区别于强装出来的花架子，是生根在四肢百骸之中，如山海压来的气势，这是独一个。

他收敛心绪，歉声说：“这孩子从小没见过母亲，凡是打家门走过的女子，他都要缠住问一问。”他微微弯腰，做赔礼状，“若有冒犯之处，还请二位见谅。”

“没事。”豫怀稷背手而立，一派从容大度。

宋瑙拿余光斜他一眼，不知是谁，片刻前还在逼人家小孩改口叫他爹，不听话便往天上抛。幸亏顾槐生是个心大不怕生的，换成哪家娇养的娃娃不得哭爹喊娘?

“两位看上去不像本地人？”顾邑之礼节性地开口攀话。

宋瑙微笑着说：“公子慧眼，我与夫君家住帝都，月初刚成的婚，正计划往东边游历，经过此地落一落脚。”她一顿，“公子的口音样貌，也不似土生土长的汶都人士。”

“对。”顾邑之坦荡承认，“我生长在鹤唳山，移居汶都不满三年。”

言语间，豫怀稷瞥到他里侧袖口上，绣了一小朵茱萸。这件布衣已有些年头，早磨得泛白发旧，时间把茱萸的鲜亮锉尽了，呈现出一块微小的暗红色。

“是吗？”豫怀稷朝他袖子虚虚一指，“说来也巧，公子袖口的花色我在一女子身上见过，针脚特点，粗看之下，竟有点雷同。”他盯紧顾邑之，缓缓道，“更巧的是，她也曾住过鹤唳山，算到今日，离开也两年半，近三年了。”

顾邑之皱一皱眉，收紧手臂，挡住茱萸图案，但豫怀稷仍旧逐节递进地问：“她姓温，单名一个萸字，不知你们是否认识？”

当豫怀稷关注起他袖间茱萸，再到听见那个名字，顾邑之都没有太惊诧。

但他怀抱顾槐生的手微微打战，半晌后，他才问：“她现在过得如何？”

小径中刮来一阵风，顾邑之逆风而立，他在汶都落地生根的这些时日，从县令到夫子，从卸去官服，到归于布衣，有的名字，他太久没听了，是有些恍惚。

但这并不阻碍他的坦然，至于他与温萸相识，他没一秒想过去

遮掩。

一直到豫怀稷回应他：“她如今是左都御史徐恪守之子徐斐的侍妾。”

顾邑之猛然一震，似有无数信息，从只言片语中冲涌进他的天灵盖。他很快压下胸口的波动，眼神已然变了。他拱手问道：“敢问阁下名讳？”

“我姓林，双木林。”豫怀稷半真半假，虚虚实实地说，“我与内人住在悦来客栈天字号房，顾公子有什么想说的，尽可来找我们。”

一声顾公子，彻底撕开横在他们中间的一层窗户纸。

知道他姓甚名谁，从何处而来，又在哪里定居，明显是冲他来的。

这并非是说漏嘴了，只是在借此跟他透个底。顾邑之看他们返身走远，方才的对话在脑中加速倒放过一遍，最终定格在那句：顾公子有什么想说的。

是想说的，而不是想问的，仿佛在等他来坦白什么。

顾邑之闭上眼睛，细细地想，居于帝都，新婚，双木林，以及隐隐有一点眼熟的面孔……

突然间，一束白光在他眼前炸开。

他想起来，婉皇太妃入宫前，本姓林。

提点完顾邑之，宋瑙这一日跟豫怀稷走街串巷，也有些乏了，没再去别处。

在回客栈的路上，豫怀稷站她左侧，右手环过她的腰，隔开摩肩接踵的人流：“上次跟你提到鹤唳山，我就对顾邑之颇有些在意，之后我让秋华去查这顾邑之的底细，我们到渠州园子的第二天，我就收到他遣人送来的消息。”

宋瑙微愣，刚去园子的前几日她差不多成日跟豫怀稷黏在一处，却不知道有这事。

豫怀稷看出她的心思，解释说：“当时你在午睡，我翻阅完，没见什么特别的，挖来挖去，无艳情，无恶习，总而言之，仍是那句君子端方，所以没去扰醒你。”

他无奈：“你当你男人眼中只有那档子事？”

前头还能说得通，可听到最后，宋瑙震惊地看他：难道不是吗？

大抵四天只收阅一封书信，其余时间都在打她的主意，想方设法地把她往卧室拐，这堂堂大昭的中流砥柱，对待自我的标准之低，简直令人发指。

她一脸敢怒不敢言，把豫怀稷逗笑了。他长臂收拢，又把人往怀中带了带，才道：“顾邑之身世不好，幼年痛失双亲，由他父亲的生前好友收养。他的养父母育有一女，身子弱极，一年里有半年养在病榻，后来嫁与顾邑之，成为他的结发妻子。”

豫怀稷缓步向前：“但问过他周围邻里，乡里乡亲的十几年了，都明白顾邑之只把这家女孩当妹妹。”他淡淡复述，“至于走到成亲这步，他们心里都以为，必定是二老拿养育恩情压他的。”

宋瑙想一想，忽然问他：“没人说起过温荑吗？”

豫怀稷摇头。

他收到的手卷上，通篇无人提及“温荑”二字。在众人眼中，这个名字只不过是顾邑之经办过的众多案子中，一可怜命苦的猎户之女。

没人把他们关联到一起，他们像是独立存在的，在彼此生平中不值一提。

如同顾邑之袖口的茱萸，穿时掩于里侧，脱下则藏在柜中。

若不仔细留意，难以发现其间关联。

“也是。”宋瑙点点头，“你适才刻意在他面前提起温萸，他的反应足够磊落，恐怕即使有点牵扯，也早在他成亲之后就断掉往来了。”

客栈檐角插的红色酒旗已抬眼可见，在将暮的天空中猎猎作响，豫怀稷望向旗帜上龙飞凤舞的“悦来”字样。

“如果就事论事，顾邑之这人太正了。”

宋瑙似懂非懂：“怎么讲？”

通过今日跟他一路，豫怀稷大约能估出点什么：“顾邑之把忠孝看得太重，以他的口才智谋，有一百种正当理由不应允这门婚事，也有别的法子照顾体弱多病的义妹。”他顿一下，“但前提是，他需狠一狠心。”

只是，顾邑之他做不到。

豫怀稷喟叹似的摇头：“他这样的，瞻前又顾后，操不完的心，负不尽的责，背上担子千斤重，想两全，却难两全。”他低低道，“总是困顿于深恩、小我、大义、本心，遍身枷锁，活得累得慌。”

然而，偏偏似他这般的，人生前二十年或许没错过一步，读他的圣贤书，行他的君子道，却在当年的一桩事上，由着别人把他彻底拉进泥潭。

自此折弯他的骨，打断他的脊梁，碾碎他一身气节。

他们回到客栈之时，另一头的顾邑之已经做完两道菜，只差炉上的瓦罐汤，还要转小火煨上一时半刻。他坐回书桌前，侧身向窗外望。顾槐生蹲在院中，拿了一筐胡萝卜在那儿喂乌凤。

乌凤是只公马骡，遍体黝黑，而四肢雪白，两眼间有一道形如闪电的火红斑纹。

小槐生曾放言：它是全汶都数一数二的好看骡子。

顾邑之本在替乌凤刷洗鬃毛，听到儿子的由衷赞叹，他手上不稳，木刷直直掉进水桶中。童声细嫩，带些清扬的音调，与过去少女那把亮堂堂的好嗓子兀地隔空贴合，碰撞，再分离。

似乎有人在说："顾大人，您细看，这牙口，这皮毛，绝对是骡子中的潘安啊。"

声音远远近近，脆生生的，穿过经年的凄风苦雨，卖力地在同他引荐。

他从污水中捞起刷子，手心抚过乌凤眉心的花纹，悄无声息地叹出一口气。

即便这么悉心饲养着，养成槐生的命根子，但他没有忘记过，它的原主人是温萸。

那时，温萸与父亲刚迁居鹤唳山，没带几件行李，就两人一骡子，晃悠悠入城来。他们买下山脚空置的小院落，洒扫翻修后，月中才住进去，月末便见温萸跑进衙门里，身穿靛青色衣褂，没有繁复的花纹，虽是个性情极明艳的，却不爱桃红柳绿，腰间常别一柄长马鞭。

当时他正堂审完一件邻里纠纷，在与主簿核对口供，温萸如小风刮来，还算客气地先称呼他一句："大人。"紧接有些狐疑地问，"我家骡子丢了，您管吗？"

顾邑之端起茶，大口喝完，放下即走："管。"

随后他手法纯熟地在篱笆的毁损处，发现内部冲撞的痕迹，再依骡子的蹄印推断，它是独立作案，自行向山中潜逃。温萸瞧他的熟练劲儿，咋舌轻问："顾大人经常查办一些家畜走失的案子？"

顾邑之冲她点一点头，颇有不以事小为耻的贤者风范："鹤唳山民风温和，很少有杀人大案，我的确会在农耕民生上多放点心思。”

温萸稍稍放心些，跟着顾邑之向山上去：“实话告诉顾大人，我们来这儿之前，我爹托熟人花了三十两拿下这块地，再刨去修缮费，行路盘缠，物品添置，我们家底已剩不下多少。”她一转言，“但来的路上，我花三两买来一头骡子。”

顾邑之这个再沉得住气的人，听得也眉心一跳。

温萸心有余悸地比画：“我牵回乌凤的当天，差点儿没被我爹抽死。”

顾邑之走在山石上，问出与她父亲相同的疑惑：“温姑娘作何一定要买它？”

“这还用说，自然因为它生得俊。”温萸一下子来劲了，豪迈地挥手，“我敢保证，往前十年，往后十年，你们鹤唳山都不可能再有比它更英俊的骡子了。”她目光逐渐凝重，“所以，它是我拿命换回来的，丢不得，顾大人可要帮一帮我。”

那一刻，顾邑之没说话，只是开始同情起她的父亲来。

有女如此，这般任性做派，大约会时常活在抽死她或气死自己的夹缝中。

再后来，他发现，温萸不仅十分我行我素，还会点拳脚功夫，爬起山来身如壮汉，几个纵跃就蹿到上一平台。他起先还能跟紧她，但到底是喜静不喜动的文人，不如她练家子，两人的间距越拉越大，很快他便落在后头，手提衣摆，气喘吁吁地追。

温萸半蹲在一小块平地上，伸头向下张望：“顾大人，您……”

“行不行”三个字还没说出口，顾邑之仓促间脚下打滑，哐当摔倒，正面俯趴在石阶上，山风刮过他头顶的发髻，活活几秒没动弹。

温荑张大嘴，忘记想说什么，赶忙撸起袖子去捞人，而顾邑之抬手示意：“不、不忙，我自己来。”

他果真靠自己爬了起来，掸去满身尘土，手一撩，还从发间择出一片烂叶子。

但他始终平静，乃至有点坚强地走上平台，手臂遥指前方：“温姑娘，请。”

温荑暗自感叹，不愧为读书人，简简单单摔个跤，都能摔出濯清涟而不妖的气度。

但气度不能当饭吃，也无法当蛮力使，顾邑之走得该慢还是慢，温荑几次提出：“要不，我背您吧？”

反复拒绝后，终于，顾邑之停住看她：“温姑娘，”他温和中夹杂些诚恳，“你再说下去，我面上快要挂不住了。”

见他直接得不似酸腐书生，温荑一怔，讪讪笑了：“我是担心大人摔着，别的没什么，就怕脸着地，您这么清秀一张脸，破相太可惜了。”

顾邑之摁住太阳穴，他从来没想过，世间竟有女子这样孔武有力，还聒噪。

为求清静，顾邑之使出十二分的心力，尽快替她找回她的俏骡子，又顺手加固了她家的篱笆围栏。但乌凤性子野，长得也快，时不时地冲去外面。即便有温荑武力镇压，一年也总有几回冲出围栏，全要仰仗顾邑之这个父母官。

他们渐渐因这乌凤结识，建立一套不即不离的相处之道。

而衙门受理的鸡毛蒜皮之事太多了，小到死鸡死鸭，大到群架斗殴，顾邑之都亲力亲为，时常在事后收到百姓强塞来的鸡蛋、瓜果，温荑就这么淹没在他们之中，哪怕为他裁过新衣，袖口悄悄缝上她喜欢的茱萸，也没什么人注意。

只是，这些细润的往来，在顾邑之决定成亲时，画上半个句号。

从此往后，他们虽同在鹤唳山，却再也没见过面。

直至温萸父亲离世，他去灵堂上一炷香，温萸盘着腿，背靠棺椁，席地而坐。他们终于咫尺相对地说上话，他走时温萸抄起一捧白纸钱，扬手抛向空中，纸片似雪花飘落，铺在她的白色丧服上。

时过几年，他方才觉得，他们另一半的句点，在这一秒彻底画完了。

温萸走的时候没有惊动谁，顾邑之是去附近办事的，才听她邻居说起来。

离去前，她养的骡子又一次撞开栅栏跑走了，这回她怎么都找不到，蹲在屋门口哭了一宿。也不知是哭她三两买来的骡子，还是身后空荡荡的家。

此后，顾邑之白日办公，夜晚就去找乌凤，在山坡发现它时，它正往家的方向跑。

彼时他养父母已先后离世，他便把官辞了，收拾几个包袱，带上儿子与乌凤离开鹤唳山。

与温萸多年前一样，两人一骡子，缓缓去往新的天地。

第七章

查案

汶都昼夜温差大，尤其冬至一过，日间还艳阳高照，天一暗风寒就直往骨缝里钻。

宋瑙缩在客房里，门窗紧闭着，火盆里的炭把屋子烤得滚热，但她仍有些冷。

眼下亥时刚过，正是宵夜的时间，豫怀稷食量大，一日要吃四餐，此刻在客栈一楼吃酒菜。约莫是七零八碎的吃食撑多了，宋瑙没什么胃口，就留在楼上烤火。豫怀稷回屋时，她已盖上三床被褥，瘫在榻上昏昏欲睡。

豫怀稷走过去，拿软话戏弄她："看夫人这样，是有了？"

往日面对他没正经的调戏，宋瑙就算不敢直言怒斥，但总会报以批判的眼神，试图传达她沉痛的忠告：你要控制你自己！

但这一次，她显然有气无力，连个有气势的白眼都使不出来。

豫怀稷皱一皱眉，拿手背探向她额头，只觉冰凉汗湿。他眼光稍微向下，就见她脖颈发红，有大片细如牛毛的红疹。

豫怀稷面色一沉，立马将她扶起来：“瑟瑟，先别睡，我们去看大夫。”

宋瑙迷迷糊糊地坐起身，如同一只提线人偶，任由豫怀稷给她换上外衣，用毛裘裹得密不透风。她起先以为是屋中炭火烧得太旺，容易叫人困乏，但此时也觉察出，她可能是病了。

软塌塌地被一番摆弄后，豫怀稷把她抱出房间，吩咐客栈老板：“给我找个熟悉道儿、会赶车的，去你们这里最好的医馆。”

老板不敢耽搁，迅速叫小厮到后院去把马车赶来。他从祖上起就在汶都经营客栈，自小耳濡目染，深知豫怀稷是个不好惹的，再瞧见宋瑙一脸病态，生怕对方回头会把这茬算在悦来客栈的饭菜头上，便趁马车还没准备好，不住唠叨他们家食材有多新鲜，后厨多干净云云。

豫怀稷听得心烦，冷冷地丢去一句：“废什么话，我像是讲道理的人吗？”

老板瞬间噤声，仿佛一把被命运掐住喉咙，什么都说不出了。

好在派来赶车的店小二没他掌柜这些心思，马车驶得快而平稳，话也拣有用的说：“叶大夫是外乡人，在这里开医馆小一年，他经常为穷苦人家义诊，医术也是公认的好。”

店小二眼见他们初来乍到，又是非富即贵的样子，就把情况多交代几句。

如此听来，豫怀稷先入为主地认为那应当是一位悬壶济世的医师，但他们到达茅舍时，天边下起细密夜雨，店小二冒雨去敲竹篱木栏，半刻后一男子出现在门后。

他一只手拿一屉子，上头陈放着晒干的药草，另一只手解开栏杆。豫怀稷坐在马车里，自掀开的轿帘淡淡向外望，恰与男人四目交汇，眼睛蓦地一跳。

宋瑙在昏沉中睁开眼，本想问他到了没，却在他异样的神色里，改口问："怎么了吗？"

豫怀稷温和地摇一摇头，取过纸伞放进她手心："外头下雨了，我抱你过去。"

宋瑙充分展现出病患的自觉，咻地一张手，姿势十分标准地方便他抱下车。

这是间布局简单的医馆，院子用来晾晒草药，看诊的大夫叶鄂水三十来岁，面骨瘦长，唇边总是挂着淡笑，双眼弯成两道黑洞洞的长线。

他把人请进屋中，再倒来两杯茶，刚坐下要给宋瑙把脉，豫怀稷突然出声："等一下。"

豫怀稷抽出一绢帕子，盖在宋瑙手腕上："我夫人认生，出门在外也多有讲究，不爱用别家的东西，请叶大夫理解。"

闻声，宋瑙本要去拿茶喝的左手一滞，即便尚在病中，在他说鬼话的时候，她脑子仍然相当灵光，及时转变方向，佯装抬手去捋额前发丝。

叶鄂水笑笑："外头是不比自家万事细致，讲究点应该的。"他手搭丝帕替宋瑙诊脉，又看一看她的皮疹与舌苔，"有些水土不服，不要紧。"他拾起毛笔写方子，"先吃几服药稍稍调节下，别贪食生冷，休养几日便会痊愈。"

说完一些注意事项，他这儿有现成的药，就抓来几包给到豫

怀稷。

他原先提出为宋瑙针灸，排一排体内的湿寒，但豫怀稷以自家夫人晕针怕痛为由拒绝了。宋瑙自然夫唱妇随，做出惊惧的模样，瑟瑟往他身后缩去。

他们配合无间，叶鄂水只好作罢，他收下诊金送两人走出茅舍，在门口见到一清润男子，手持白色油纸伞，试图叩门的手停在半空。

叶鄂水认出对方，笑道：“今儿个什么日子，大半夜的我这寒舍这么热闹，顾夫子找我？”

只听来人叹口气，说明来意：“我是听人说起，汲石巷的小乞丐六子几日前风湿犯了，到叶大夫这儿看过腿，之后就不知去向，我有些放心不下，想来问一问您这边可有什么线索。”他略微拱手，“深夜叨扰，委实抱歉。”

他直起身，这才看见与叶鄂水撤开一步远的豫怀稷。

眼前的天穹大雨如注，倾盆砸下，似能力穿伞面，叶鄂水让开身，请顾邑之去里屋说话。一进一出间，豫怀稷与他交错而过，隔着黑压压的雨幕，顾邑之将纸伞微倾，遮住他上半身子，挡开前方人的视线，他轻微朝豫怀稷行了一长揖。

他们像从没见过，没有停留交谈，仿佛一切该说的，都尽在这一揖礼中。

那夜，马车返回客栈已是四更天，豫怀稷多给店小二一张银票，差他想法子再去请一位大夫来。

店小二是机灵人，不该问的一句也没问，有钱财收买，不多时就请来个年纪轻的。

他们来时雨势极大，虽有打伞，但浑身仍被浇透了。

这种时候要找个肯出诊的并非易事，豫怀稷便也不去挑剔这人资历深浅，只叫他确定了这方子没问题，才按这个方子重新抓来新药。

在等药煎煮的时间里，宋瑙想到豫怀稷在医馆的言行，知他绕这一大圈定是信不过叶鄂水，就问："你认识那大夫？"

"没见过。"豫怀稷坐到床边，"但他身上有我熟悉的气息。"他沉着眼，缓慢地说，"是在死人堆里滚过，渗进皮肉的腐腥气。"

"一般人觉察不出来，也就我跟秋华这样的，少年行军，杀人过多，对这股味儿比较敏感。"他道，"但叶鄂水是大夫，救死扶伤，理应是个有福报的，哪儿来这么深的阴气，我看这老东西还挺邪性。不过我们来这儿是暗探，只要他安分一点，我也不想平白找他麻烦。"

宋瑙听他说着，点了点头。她一直明白善恶同生，如阴阳两极，遇到哪一面都不稀奇。

但有个词，她忍不住想纠正："别的不说，可'老东西'几个字吧，用得可不大恰当。"

她认真道："毕竟他、他也没比王爷大多少。"

豫怀稷静静看她须臾："可以，胆肥了，敢拿我开涮了。"他语气松散，但眸中带笑，"以前王爷长王爷短的，现在倒好，同我说句话，动不动你呀你的，对我呼来喝去。"

宋瑙往他怀里拱一拱，脸色依旧泛白虚弱。她成亲前有段时间过瘦了，婚后豫怀稷好不容易把她养得圆润些，可这一遭折腾，又有瘦回去的趋势。

但她的胆量却有增无减，振振有词地嘟囔："自己家的相公，不要这么见外吗。"

豫怀稷把被头拉高，盖到宋瑙脖颈，食指搔一搔她下巴，像逗黄八斗一样逗她："嗯，这话我爱听。"针对适才的称呼，他通体舒

畅地说，“以后都这么喊，记住没？”

宋瑙虽显病态，但眼神晶晶亮，埋头蹭一蹭他胸膛。

“不说话？”豫怀稷威胁她，“不说我可亲你了？”

宋瑙手捂唇上，囫囵道：“我生病了，不行的。”

豫怀稷奇怪：“又不做全套，亲下怎么了？”

宋瑙依旧倔强地拒绝，这么拉锯小闹一会儿，后厨的药已煮好，店小二在外轻轻叩门。

夜间的雨声由强转弱，而天幕越发暗沉，无一丝光线。

大约是睡得迟，又或许是药中有安神效果的原因，宋瑙一觉睡到次日午后。

她稍微用点稀粥填一填肚子，半个时辰后再服下一剂药，皮肤上的红疹略见消退，但仍然头晕力乏，吃什么都犯恶心。虽说只喝这两剂药，是没那么快会见好，但豫怀稷总不大安心。他给店小二一些跑路费，要他请个道行深的大夫来，言明叶鄂水除外。

“客官就是指名请叶大夫，这几天恐怕也不行了。”店小二接过银两，与他们说，“昨儿个夜里，周县令的夫人头风病发作，疼了整宿，今早雨一停就去把叶大夫接进府里，还不知何时会放回来呢。”

听完，豫怀稷又向店小二盘问些汶都的情况。得知周县令已到不惑之年，人很胖，肚大如箩将近两百斤，三年前才娶亲，据说为人有点小滑头，但总体对百姓还不错。

“三十又七才讨到媳妇。”全篇听下来，豫怀稷只抓住这一点，发表评论，“真惨。”

宋瑙怀抱一只汤婆子，无语地摇摇头，认为她的夫君真心奇怪，明明有诸多头衔傍身，任意拉出来一个都能吹上七天七夜，但他从不把这些当资本。唯独已婚这一桩事上，他时常表现出莫名的优越感，并对尚未婚配的譬如陆秋华，抑或是成婚比他晚的，好比这周县令，皆要一视同仁地奚落两句。

宋瑙在百思不得其解中逐渐犯困，双眼半合间，看见黄八斗摇尾奔来，她随手拈了条牛肉干喂给它。而它吃完也不走，似有常驻的意思，她看得喜欢，便拿开汤婆子，把它换到怀里揣着。

活物的体温虽没器皿烫乎，但自有它起伏温暖的生命力在，宋瑙很快就睡熟过去。

不得不说，叶鄂水为人或许有问题，但医术的确在水准之上，后来的大夫仍沿用他的方子，只在里面添加几味补气的药，宋瑙连吃几天便好得差不多了。

豫怀稷心中的一块石头落了地，夜半时分，他趁宋瑙睡得正香，披衣起身，系衣带时门框嘎吱轻响，黄八斗又跻身进来。

往日它溜来跟豫怀稷抢媳妇，总会被男人用鞋尖挑出门外，但它是只有名姓的狗，必然跟天下其他普通的狗不同，它越挫越勇，百折不挠。而这回豫怀稷没赶它走，一手抱起它来，拿白布擦干净它四肢，然后轻轻放在宋瑙旁边。

“这次便宜你了。”

豫怀稷拉开它后腿，指向它命根子：“规矩点，管住你的爪子和舌头，不然别怪我断你子孙。”

黄八斗呜咽着想抽回后腿，满眼的不可置信：你居然威吓一只狗？

豫怀稷向它冷笑：治的就是你这只见色起意的公狗。

最后他拍一下它的肚皮，这才跃窗而出。

深夜的长街静谧无人，偶有更夫手敲竹梆子缓步前行，浅淡的甜香浮荡在夜空中。

豫怀稷去到顾邑之住处，发现他不在家，只留顾槐生一人在床

榻熟睡。

他闲得无聊，拾颗小石子丢进去。小胖子不负他望，完全没有醒，痒似的在睡梦中反手抠一抠屁股，翻个身，拇指往口中一塞，边嘬手边打呼噜。

豫怀稷嘴角抽了抽，进到屋中。

在等待顾邑之的过程中，他给小胖子盖了四次被子，用枕巾擦拭过五次口水，小径上才传来些细小的响声。

他一闪飞至房顶，矮身在黑漆漆的瓦片后，望见顾邑之风尘仆仆地往家走。

他今日没穿平常那件长衫，换了一身茶褐色粗布的，他推开院落走近时，月辉倾洒在四方小院，映出他长靴与衣摆上的泥渍。

顾邑之先去里间看一眼儿子，而后退去隔壁，用火折子点起一盏旧油灯。

他在书架上取来一张汶都山脉的地形图，用朱笔勾出几条路线。他伏在案上，袖口沾的草灰蹭在图纸边缘。

灯芯燃尽前，一小队身穿衙役服的人进到他家，顾邑之将做过标记的地形图交至他们手中。

为首的头子丧气道：“顾夫子，我们按周大人说的，偷偷把叶鄂水家翻得底朝天，只在几处墙缝发现点血迹，没密室，也不见地窖有什么，他家土都被咱们掘松了，现下人是在府里扣着，到时扣不住放回去了，一准得察觉。”

“这么大的动作，是瞒不住他。”顾邑之笑问，“周大人怎么说？”

听及这个，衙役顿时有点羞于开口：“咳，大人吩咐了，他不来报案，我们只管装聋，若他来也不怕，咬死是窃贼干的，假意查上个把月，再跟他哭一哭衙门人手不够，要紧着命案去。”他深吸口气，“大人还说，话到这步，倘若他要点脸，应该就不会追究了。”

“命案？”顾邑之哑然失笑，“可你们一年也接不到几桩吧？”

“并不局限于人命案。”衙役越发羞耻，解释说，“前日李家的马打响鼻，惊到张家的猪，猪给吓死了，大人管这也叫命案。”

说实话，跟随这么个擅于偷奸耍滑的县令，他们走出去也时常脸面无光。

躺在屋顶闲闲望月的豫怀稷，听见周县令对案件的归类，极轻地笑了一下。

夜空泛出微弱的青光，树尖飞来几只鸟雀，惊起沙沙乱响，是黎明将至的前兆。

顾邑之举目望远：“周大人治理汶都已自成一脉，过去也是块太平地。”他眸底青灰冷然，“但六子失踪后，我四处打听才发觉，近一年里无故蒸发的不只是他一人，全是没有亲眷、身带伤病的乞儿，他们消失前都找叶鄂水义诊过，这很不寻常。”

衙役正色道：“是，大人也说，叶鄂水守着他一亩三分地的小医馆，日日坐诊采药，没有离开过汶都。”他复述县令的话，“如果真与他相关，医馆挖不到什么，只能往山里去寻了。他常去后山晒草药，对山中地形熟得很，要藏个人上去并非难事。”

衔接他的话，顾邑之展开山势图：“我上山摸排过，有的路通往山腰的观音庙，清晨的香客多，夜晚僧人要走动打水，他不会走。”他指向朱笔勾画的道儿，“再筛去我查找过的路，我挑出几条可能性大的，你们先搜一轮。”

他们似乎吃准六子还没死，要去山中找寻。顾邑之又仔细同他们交代了一些事项，直到天边微微泛出鱼肚白，院中才归于寂静。

顾邑之回屋拾掇下自己，洗去脸脖间的泥尘，换上干净衣服，去灶台把清粥热上，再到里屋扯他家胖小子起床。伺候完小孩吃喝

拉撒，他就着一碗薄粥和两只馒头，有条不紊地用完早点，推开门向学堂的方向走去。

随着他隐没在道路尽头，长夜将明，一簇金光混入青蓝色的天空。

豫怀稷拂一拂衣袍间的露水，利落地翻下屋檐，飞身离开。

顾槐生在院子里给乌凤准备胡萝卜，只见一道灰色的疾风咻地刮过，吹乱他额前几根呆毛，他大张着嘴，惊得胡萝卜都掉在地上。

豫怀稷回去以后，把昨夜的事说给宋瑙听。

宋瑙恍然："原来周县令的夫人犯病是假，他跟顾邑之联手拖住叶鄂水，才是目的所在。"

豫怀稷应道："虽然这姓周的成婚晚，但还有点小聪明。"

宋瑙无奈地看他："这跟成不成婚又有什么干系？"

"没关系。"豫怀稷目色沉着坦然，"只是提到这个，不知怎么，有点爽。"

他的言下之意：既然提一次，爽一次，一直提便一直爽，管他什么因果逻辑。

对他古怪的喜好，宋瑙一时接不了话，唯有扶额叹气。

听她发自肺腑的一声叹，豫怀稷笑起来："我明早也去山上转一圈，帮他们找一找有什么线索。"他说，"就算那小乞儿还活着，这么多天过去，再找不到也够呛了。"

他温声报备："我若中午没回来，你便自己先吃点，不用等我。"

但宋瑙没能等到豫怀稷午时回来，豫怀稷出去没多久，一群官兵纵马而来，将客栈团团围住。

宋瑙的精神好了许多，在一楼听店里小厮聊天，正说到县衙门口出事了。

今天本为斋戒日，周县令按惯例在街边搭粥棚放粮，但才刚开始分发，最先领到馒头的人突然口吐鲜血，踉跄几步，栽倒在地。

“听说是有人投毒，幸好发现得及时，就四个人吃出事，当场给抬进县衙诊治。”

店小二话一落地，两排官兵冲进客栈，没等掌柜回过神，他们四下观望一圈，便走到宋瑙面前，护卫长模样的男人同她说：“麻烦姑娘随我们走一趟。”

宋瑙手抱黄八斗，能叫她如此摸不着头脑的，还是上一回在华阴坡，盗墓贼称她是准王妃。

继那次之后，面对护卫长，她又露出相同的迷茫来：谁？我？我吗？

护卫长还挺不厌其烦，又说：“周大人收到消息，有一更夫昨夜丑时看见姑娘在周府门前出现，行迹有些可疑，他跟了你一路，看你从周府出来，最后走进悦来客栈。”他严肃道，“现在怀疑姑娘与投毒一事有关，还请您配合我等，去县衙见一见大人。”

周遭食客倒吸一口凉气，宋瑙皱起眉来：“我前些天卧病在床，今日才下楼走动，是不是哪里弄错了？”

掌柜也赶忙附和，但护卫长抖开一幅长卷，画中人与宋瑙有七分相似。这画像画得也有些意思，若单拿出来看，未必会让人联系到宋瑙，可一旦拿她去对照，竟是越看越像。

“这是按照更夫口述，由衙门师爷描摹的，可是姑娘本人？”

宋瑙不说话了，她几乎觉得，他们是故意找上门来的。

沉默良久，宋瑙询问他：“我夫君一早出的门，这会儿也该回了，可否等他一道？”

“只怕不行。”护卫长拒绝她，“事出紧急，大人已在县衙等候，请姑娘莫叫兄弟们难做。”

对话时，宋瑙始终坐在那里，原本趴她腿上的黄八斗陡然跳到

地上，似乎嗅闻到危险，背毛竖起，龇着牙，冲手执兵器的官兵们狂吠不止。

掌柜吓得魂飞魄散，扑过去抓它："儿子哎，你凑什么热闹，别嚎了，你这一嗓子是想把咱爷俩的命给嚎没呀！"

宋瑙低手撸了一把黄八斗，双重安抚下，它渐渐不再吠叫，只是喉咙仍发出粗沉得近似威胁的咕噜声。宋瑙站起身，平静道："外头冷，我回屋加件外衣可以吗？"

护卫长对她做出请的手势。

宋瑙走上阶梯，她添完氅衣，取过一支白玉点翠步摇斜插入鬓，打理完头发，方才随一票官差步出客栈。

仿佛他们找的不是有投毒嫌疑的人犯，倒像在请回一尊老佛爷。

宋瑙并非临危不惧，换成去年这时候，若形势需要，双手抱膝，蹲到桌子底下一类的事也不是干不出。但当时的她还没许嫁，宋父对她要求不多，归纳起来也就两个字：活着。

而帝都有的是骄矜怯弱的富家小姐，她夹在众人中间，似乎也不算跌份儿。

但如今不同了，过去那个宋家的小闺女，她的名字已经与大昭的三王爷捆在一块儿。

一荣俱荣，一损俱损。

她知世人一贯只记五分好，但记八分坏。

她怕后世谈起豫怀稷，只会记得他娶妻不贤，孱弱无能，却忽略掉他本是一位顶天立地的大英雄。

她绝不允许自己成为他的污点，削减他此生声誉。

所以宋瑙踏进县衙的门，腰板仍如松柏笔挺，见到大腹便便的周县令，她没有跪拜。

眼前并非正经堂审的地方，更像一间会客用的外间。

而这周大人并不介意她的失礼，大约是过胖了，弥勒佛似的脸上不断冒出汗珠子。他简单地问询宋瑙名讳，何方人士，几时来的汶都，问到她昨夜在哪儿，有谁能做证时，按更夫陈述的时间，她在厢房睡觉，的确没有多余人可以证明。

这时，周县令侧后方的门帘掀了起来，宋瑙看清里头的人，心猛地向下一坠。

日光照在叶鄂水白皙的皮肤上，他薄唇弯起，仍是百年不变的相似微笑，双眼细长黝黑，往外射出寒针一样的冷光。

他们交流片刻，叶鄂水手捏下颌，似在细思什么。

须臾，他开口说："依我所见，这女子嘴硬得很，人也傲气，不先打二十板子，她恐怕不会招供。"

听到他趋向用刑的意见，周县令的胖脸瞬间涨成猪肝色。

而他的话钉进宋瑙耳朵里，似一把斧头，堪堪劈开了她来路上的众多困惑。

她原本怎么也想不通，这多半是着人道儿了，而他们来汶都不到十天，能与谁结怨？她思索一路却没丁点儿头绪，但就在方才，她突然领悟过来。

"倒是我的病生错了，是不是，叶大夫？"

宋瑙凉凉一笑，嘴角挂着讥讽的冷意，那些零碎的疑惑，终于渐渐连成一条线。

叶鄂水留在周家的几天里，约莫已经感知到被人盯上了，于是买通更夫诬陷她，以官府的办案流程，势必会立刻上门提人。倘若对她施刑，自当会激起豫怀稷的怒火，即使周大人忌惮于他，不采用他的提议，但单凭私自押她去县衙，这梁子也已经结下了。

待豫怀稷找来，鹬蚌相争，他便可借机跑路。

“这才刚查个开头，贸然用刑岂不折损本官名声？”周大人一脑门儿的汗，流到鼻尖，再啪嗒掉在桌沿，“去，先把昨儿个的更夫找来，叫他认一认人。”随即又指派一队衙役，“你们几个，带宋姑娘下去严加看管，没本官手令，不许任何人靠近。”

他下达完命令，便见唰一下，十多个衙役将宋瑙围在中央，隔开她与叶鄂水。

这队形相较押送疑犯，不如说是保驾护航多一些。

宋瑙一怔，隐约有些别的想法在心头发酵，而这次，她并没思虑太久。在跟随衙役穿过红廊，抵达内院的石拱门，她抬眼望见黄杨树下，一抹极眼熟的颜色。

烟灰长衫，袖口远远缀着一粒红，是这时这刻，本该在宁远学堂的顾邑之。

他出现得不合时宜，却又恰到好处。

他无形中给宋瑙一个答案，呼应了她心中的猜想：他们知道是叶鄂水要做什么的。

他们早知道。

但仍然顺应叶鄂水的计划，把她抓来府衙。

宋瑙在门外止步几秒，有些事，只要想明白开头，后头抽丝剥茧起来就容易得多。

衙役退守门外，她单独步入拱门，走近了，顾邑之一掀下摆，俯身跪地。

他轻声道：“情非得已，望王妃恕罪。”

听他气定神闲叫出“王妃”二字，宋瑙便确定下来，他们是有后招的。

而很大的可能，他们的后招正是豫怀稷。

宋瑙坐在石凳上，没有喊他起身，他仍跪在石子路上。她抬手替自己斟杯茶："难怪周县令倒有些怕我的样子，原是你们通过气，顺着叶鄂水的招式，也给他攒了局。"茶杯中是上等的太平猴魁，泡得正到火候，她冷笑地端起，"好一招螳螂捕蝉，黄雀在后。"

宋瑙吹拂茶沫，摇头道："我相公是长了一张多难惹的脸，你们一个两个的，都想挑他当枪使。"她略一抬眼，越过杯沿看向顾邑之，"这叶鄂水想利用他拖住官府，你们还挺不甘示弱，反手一记顺水推舟，欲借他的手除去叶鄂水，是吗？"

顾邑之长跪不起，即使听见宋瑙拆穿，他不退却，亦不冒进，依旧平静答来："叶鄂水为人奸猾，会点武功，听说路数奇诡，衙门中无人能与他力敌。"他双臂伏地，向宋瑙磕头，"我们担心打草惊蛇，不得已顺势而为，得罪之处，草民甘愿领罚。"

风卷枯叶，沾带了半边日光的暖融，和着半边冬寒里的料峭，打在他与地面平齐的，宽而薄的脊背上。

"顾邑之，你不该如此。"宋瑙未喝一口，将吹凉的杯盏放回原处，"你们有难处，有所求，大可与王爷商议，断不用跟叶鄂水一样，算计着来的。"她捡起碎裂的叶片，"你们触到我夫君的逆鳞了，他不会出手的。"

仿若在印证她说的，远方赫然响起兵戈对阵的打斗声。

一衙役慌张地奔进院中，顾邑之站起来，听他焦急地说："那位林姓的公子来了，叶鄂水想趁乱逃走，跟我们的人撕破脸对上了。"他丧着张脸，"林公子也跟要吃人似的，作壁上观，没个帮架的意思。叶鄂水的招式太邪门了，弟兄们打他不过。"

顾邑之忙问："可有叫他逃掉？"

"倒还没有。"衙役吞咽口水，艰难地说道，"多亏大人伸手如电，趁叶鄂水不注意，一把扯去他的裤腰带，现在他左手提裤头，只用一只右手同我们打，尚能撑一撑。"

宋瑙娇躯一震，眼神中饱含问询：你们平日都这么办案的？打不过便扯裤衩儿？

衙役用手捂脸，顾邑之沉吟片刻，点头："好招，学到了。"

宋瑙神色复杂，不由得唏嘘。她竟不知，如今能当上县令的，处事路子都这么野了。

为防近墨者黑，她站开一段距离，轻轻咳道："走吧，去瞧一眼。"

衙役一马当先在前引路，顺着厮打的声响来到主院，刀剑扬起无数尘土，如黄褐色的雾飘荡空中。豫怀稷嫌这浊气大，早早跃到屋檐，他怀抱长剑，浑似一朵密不透光的黑云覆在府衙上空，淡看他们相互缠斗。

他登高望远，宋瑙几人一拐过回廊，他便收进眼底。

豫怀稷翻身落地，宋瑙能想到的，他在县衙这一会子，也悟到个八九不离十。他脸如黑炭，目色有些森冷，横扫一眼顾邑之，唯有面向宋瑙时才趋于平缓："没人为难你吧？"

她摇一摇头，猫儿一样凑上去，抱住男人的手掌，还没表达完小别重逢的亲昵，就见到缩在墙根督战的周县令，他手中挥舞一根皱巴巴的裤腰带，嘶吼着："攻下盘！对！拽他裤腿！"他声嘶力竭，"还有上衣！剥！给我剥！等他一丝不挂了，看他还能逃哪里去！"

宋瑙刺溜一下，闪躲到豫怀稷背后，轻声嘟囔："他的话……都好脏啊。"

豫怀稷飞快地剜一眼姓周的，眼色冰凉：胖子，你脏到我媳妇了。

周县令远程接收到警告，瞬间噤若寒蝉，只能用眼神指挥衙役。可这阴招可抵一时用处，却终究无法克敌制胜。叶鄂水毕竟功夫底子好，熬过起初的措手不及，他逐步掌握主动权，即使单手打斗，依然重伤好几个衙役。

局面朝不利的方向发展，顾邑之斜跨一步，站到豫怀稷对面，郑重地恳求："公子肯仗义相助，陈年旧事，在下必知无不言。"

他虽未明说，但他指的陈年是哪一年，旧事是哪一件，这里三人都一清二楚。

他们本也为这个来的。

"顾邑之，你没得选。"豫怀稷不为所动，冷冷道，"我偏袖手旁观到底了，倒要瞧瞧，你是哪儿来的硬骨头，还真撬不开你的嘴？"

他这个人，一旦硬起心肠，是八匹马也拉不回来的。况且在试图利用他的事上，这两方耍得都挺称手，现在打起来，放他眼中充其量是狗咬狗。

豫怀稷摆明态度，等于风向朝叶鄂水一边倒，周县令心如死灰，他一咬牙，腆着肚子预备冲上去共存亡。

宋瑙大抵见他们太惨了，她拉住豫怀稷食指，轻轻晃动："相公，叶鄂水他，想打我。"拿手比画着告状，"他要求周县令打我二十板子，二十！"她委屈地撇嘴，"真按他说的来，我哪还有命来见你。"

周县令一听这话，及时刹住脚步，点头如捣蒜："夫人这跟朵娇花似的，怎么经得住这样蛮横的刑罚，可不要打坏咯，我听完也气到发抖，当即严厉拒……"

他的煽风点火使到一半，豫怀稷浓眉蹙起，已疾闪至战局中间，一掌劈向叶鄂水左肩。剧痛之下，叶鄂水松开提住裤头的手。

为避免他家丫头看见更脏的玩意儿，豫怀稷飞起一脚将叶鄂水踹进她视线死角。

豫怀稷内力雄厚，一众衙役忙活半晌没做成的事，他只消三招，就废掉叶鄂水几条经脉。

豫怀稷半屈一条腿，蹲在边上，轻拍叶鄂水面颊：“你小子，趁我不在，想欺负谁呢？”

他口吻极淡，却透出丝丝分明的寒气。

叶鄂水伤重发不出声，衙役们一拥而上，把他五花大绑捆个结实。

掀入半空的尘与土落回实地，卷来的风亦洁净不少，豫怀稷返身走向顾邑之。

他垂眸道：“该你了。”

另一帮官差经过日夜搜寻，在一处藤蔓遮蔽的山穴中找到乞儿六子。

叶鄂水不知喂他吃的什么药，他双腿麻痹，而意识仍旧清醒。洞穴深处有十数具尸骸，飘荡出异样的尸臭。这条山道地势陡峭，罕有人至，今日山风由南向北，把腐烂的气味吹至半山腰，他们循着风找到穴口。

那些尸体中，有的只剩一副白骨架子，也有死去不久的，尸身刚开始腐化。

六子说，叶鄂水日间在医馆坐诊，筛选新猎物，夜深了会上山来，拿他们试药。

顾邑之去了停尸房外，见缠裹白布的尸骨在依次被往里抬，恍如一个眨眼即至的轮回，他也曾出动几乎整座县衙，将数十具尸体拖出鹤唳山，停尸间摆满了，就搭出成排的遮阳棚，在院中一一罗列。

他原先早想去拜会虔亲王夫妇，但给叶鄂水的事耽搁了，他无法让六年多前的那根刺，重新扎回汶都的土地上。如今事已落定，周县令扫出一间雅室，供豫怀稷两口子稍作休息。

顾邑之撤身向那处走去，足下每向前一步，都像在离过去近了一点，逆着今朝的风，倒退着走往多年前的鹤唳山，他绷起的神经反而松开了。

过去没能给出的公允，也是时候该还了。

雅室内温热如春，虽然顾邑之没同周县令明说二人真身，只道是打南边来的官人，身份尊贵，但也足以周县令小意献殷勤，摆来许多时令点心。

豫怀稷刚喂给宋瑙一块油糕，拿帕子擦手，见顾邑之进来，做行礼状，他摆手免去，吐出一句风凉话："使唤我打人的时候，可没见顾夫子这么客气。"

豫怀稷向来记仇，由顾邑之杵在那儿，并不赐座："你是怎么认出我的？"

顾邑之略去豫怀稷前一句冷嘲，只道："王爷有不凡之气，在帝都应当是极有头脸的人，又逢腊月里头成的婚。"他一顿，"而且，我没记错的话，'林'乃妧皇太妃的母家姓氏。"

豫怀稷睨他一眼："仅此而已？"

"不全是。"顾邑之笑一笑，"我曾有幸与文亲王结交。"他横过掌心，掩住口鼻，只露出半张脸，"眉骨与眼相，二位爷像极。"

宋瑙了然，这两兄弟在长相上的确随皇太妃多一点，只是老六偏文，豫怀稷重武，气场迥异，似天生不同，总会叫人忽略掉他们也有同个模子刻出来的地方。

"你这书生，倒还心细。"豫怀稷不同他兜圈子，直接道，"说说吧，徐斐在鹤唳山犯的事。"

他问得巧妙，直击靶心，把范围缩减到那一桩事上，听起来仿

佛真的掌握点什么，但又摸不透他到底知道多少。

而这招，对付一些耍惯滑头的有用，但于顾邑之，并没什么大用处。不过，他自踏进这扇门，就没再想要去隐瞒。

“徐斐，是来冬猎的。”

屋中炉火烧得正旺，东北角开了扇通风的小窗，热气飘出窗格，化成一缕白烟。

顾邑之的目光随烟气散远，徐斐来的那一个月，鹤唳山白雪皑皑，也是临近年关。

“冬猎？”宋瑙听得一怔，“入冬能有多少猎物可捕的？”

顾邑之淡淡应道：“若说野物，有，但不多。”

宋瑙没往别处想，是她心眼纯净，对人可以作恶到何种程度，仍缺乏一些肮脏的想象。

但豫怀稷不同，他在泥泞中翻滚过，脏污的看多了，心思自是深不见底。他顺着顾邑之抛出来的藤，冷眸接下：“他不冲野味而来，那猎的大约也不是什么山头牲畜。”他敛起眉，字字如刀，“是活人吧？”

窗口漏进的风钻进宋瑙领口，她冷极似的，蓦地打一寒噤，有惊呼涌到喉头，又被舌根死死压住。

而顾邑之伫立不语，如默认般，清白的眼仁渐渐泛上一点红。

良久，豫怀稷问：“为何不按律法处置？”略一想，顾邑之并非性子软弱、逐利怕死之辈，他换句话，“是谁向你施的压？单一个徐恪守，应当还缠不住你。”

顾邑之唇舌发涩，他把轻微颤动的手团成拳，再松开，张口沉缓道：“昭乾二十二年冬，徐斐指使手下潜进鹤唳山，提前在还未开凿过的北山头围出一块狩猎场，把渠州买来的奴仆赶到场子里，因为饥饿与恐惧，他们会四处逃窜，成为绝无仅有的，最理想的猎物。”

他还记得，有一位母亲，她把孩子死搂在怀里，一根羽箭射穿她肩胛，刺进女儿喉管。

她倒地的时候，左臂一直向前伸，在那个方向，几米之外，是她未能幸免的小儿子。

“我不认识徐斐是谁，也不关心他有什么泼天的富贵，我就一个念头，斩便是了。”顾邑之喉结滚动，望出窗外，“我写折了上报，等来的是，有人百里加急，来保徐斐。”他神思放远，“王爷必定认得，他是时任通政使司，如今的吏部尚书，李文昌。”

这个名字犹如一道惊雷，在豫怀稷暗沉沉的心底炸开，他脸色骤变。

“官倒是个大官。”宋瑙不懂朝里局势，小声问，“他跟徐家的交情很深吗？”

豫怀稷手指弯折，松松垮垮地垂放在椅子扶手上：“印象中，他同徐恪守没多少交集。”他指节咻地收紧，“但他一直以来，都是皇帝亲信。”

话一落定，似一把生锈的刀子，从过去呼啸掷来，扎进这满堂静寂中。

“那时先帝病重，由当年的五皇子代为监国，李文昌是授意前来。”

少许停顿后，顾邑之平静交代：“他去找过我的养父母，当时我妻子怀孕一月有余，我想保全一家老小。”他暗吸一口气，拂去一些嗓间的干疼，“于是，我放掉徐斐，将他交给李文昌，再把他的罪行安给流寇，就这么结了案。”

面对曾经的过错，他全然认下，没带一丝推诿与辩解。

而他并没提起，李文昌会去见他双亲，恩威并施，只因先在他

这儿碰了壁。

他不是没有玉石俱焚的气性，可老两口跪到他面前，数九寒冬的，他们头磕在结霜的泥地上，额心磕得通红一片，妻子坐在旁边流眼泪。他怎么扶两口子也不起来，他只有弯膝跪地，与他们相对而视。

两位老人说，他们年过半百，死便死了，但总想给女儿腹中的孩子留条命。

顾邑之知道，他们年轻时候身体康健，是可以再要个儿子的，但夫妻俩把他收养来，当作亲生子一样培育，家中的条件负担不起三个孩子，他们才断掉后继香火，如珠如宝地养他成人。

后来他几天没合过眼，一睁一闭间，双眼布满猩红血丝。

受人再造大恩，反过来把他们全部拖下水，他狠不下心。

最终，他向李文昌妥协了，或者说，是向李文昌背后的人妥协。

内室再次沉入无声的静谧，忽有扑簌轻响，是宋瑙往后靠时，手肘不当心碰到旁边一盘如意卷，垒成宝塔的糕点塌陷下来。

她眉睫颤抖，面颊似扑了层面粉，白得没什么血色。

接在她的小响动之后，豫怀稷才道："那些当作流匪、押去斩首的是什么人？"

"徐斐的随从。"顾邑之冷冷答，"他们都曾参与那次恶行，乃至出谋划策。"他缓缓浮出股少有的狠劲，"我答应李文昌放走徐斐，但这些人的命得给我留下。"

炉中的炭火噼啪冒烟，风把烟气吹荡得七扭八弯，白烟散开再聚拢，隐约勾出一个女子轮廓，袅袅飘来。宋瑙不禁问他："温荑的父亲也是死在徐斐手里的吗？"

顾邑之微怔，这是他来到汶都，第二回听见温荑的名字。

上一回还是不久前，豫怀稷跟他说，温荑做了徐家的侍妾。

他闭一闭眼，适才的狠厉散了。

“他身上没刀口，但他摔亡的土坡在围场侧后方。”他嗓音微哑，“看痕迹，应当是发现点什么，慌不择路，逃跑时不慎滑落山坡。”

便是说，纵然不是徐斐亲自动的手，这祸事根源，却也跟他脱不得干系。

宋瑙手骨蜷缩，掩在宽阔的锦袖中，拿指甲一下下地抠手指，似有些难言的不安。

突然，豫怀稷淡声说道：“鹤唳山是一月遭的难，先帝赐婚圣上，是四月。”

他说得语焉不详，可在场的人略一反应，便知其意。

“徐斐犯事在先？”宋瑙怔然，替他把话问下去，“也就是，皇上与徐二小姐还未建立婚约，在外人眼里，跟徐家无甚关联，为什么要费力去帮徐斐善后？”

顾邑之叹气：“我也想过五皇子介入的原因。”他推测，“或许徐氏早就归顺五皇子一脉，明着没多大牵连，不过藏得深。”

炉内炭火变弱，寒风吹进窗格，豫怀稷掀开炉盖，抬手添上几块炭。

“当时朝局微妙，皇上是手握监国实权，但群臣各结党派，并不全站他这边。”他将铜炉朝宋瑙那边推一推，“根基不稳，处事理应谨而慎之，查办徐斐，再放出风声到民间稍一造势，能顺理成章博个好名声，这摆在眼前的大道不走，却偏去行一险招，后患无穷。”

顾邑之蹙起眉：“是否有可能是皇帝在积攒势力，想拉拢，先施恩。”

“不值当。”

顾邑之是地方官，没跟徐恪守交集过，但豫怀稷是了解这

人的。

“且不谈徐恪守当年还没升到左都御史，他一和稀泥的，谁得势随谁，朝野之中能排上名次的墙头草罢了，花这精力拉拢作甚？”

宋瑙望着炉盖，青白的烟不间断地向外飘，她盯得久了，神思似也随它荡到远处，心不在焉道：“会不会只是皇上心悦二小姐，铁了心要跟徐家结亲？”

她问完，忽地没人应话，她一抬头，两个男人齐齐看她。

她有点窘迫，若搁在往常，她会不由分说，先撇清自己，婉转地告诉豫怀稷，若她哪里说得不对，那也是口舌过错，不好上升到她本人。

但她此刻心绪杂乱，没那么会投机取巧，一时无人说话，室内气流微有凝滞。

尴尬开始发酵，宋瑙正考虑开口，挽救一下怪异的气氛，外头忽有衙役轻叩门框。

他进来后，与顾邑之低语几句，后者听完，向豫怀稷暂时请辞，便随衙役匆匆离开。

门敞开再合上，灌进些冷风，屋中只剩下他们两人，宋瑙咬一咬唇，下了什么决心似的，她伸手去抓豫怀稷衣袖，乌墨鬓发下，是张葱白颜色的脸。

“还冷？”豫怀稷手背贴一贴她面颊，冰凉滑腻，他欲起身，“我去关窗。”

宋瑙没放手：“不。”她颤了颤，“我是、是有话想跟你说。”

豫怀稷抬高的重心又落回原地，他回握住女子似柔荑的手指，听过适才的事，脸色仍有些沉。

但面向他的小姑娘，不论何时，他语气先放软三分，哄小儿一样："说吧，我听着。"

大概不知从何说起，宋瑙埋着头，缄默片晌，才抬起头来，张一张嘴。

"动八公主墓的人，可能与莫恒一家有些隐藏的关联。"

她冷不丁提到八公主，不可谓不突然。

豫怀稷低眸看会儿她，抓握她的手轻微松开："理由？"

熟识他的人都晓得，他发怒算不得真可怕，挖苦人时也还凑合，唯独他吐字简短，一字一词向外扔的时候，才是顶吓人的。

宋瑙不敢瞧他，只死捏住他袖子一角，不错眼珠地注视桌面："之前在华阴坡，盗墓的摸出一支发簪，说是差使他们的人给作定金用的。那簪子我见过，通体莹白，顶头有粒鸽子血，我年幼时陪堂哥到莫府下聘，它曾插在莫大小姐的发髻上。"

少年人的喜恶总摊在表面，当年她欢喜这簪子，还没出莫家，就缠上宋晏林买给她。

宋晏林找借口拒绝："你这年纪，压不住。"

宋瑙见招拆招，提出："你先买了，我再长两年，总能压住的。"

那时的宋晏林，眉目里找不到喜气，常年含笑的唇也收起弯弧，抿成直线："那等你长两年，找你丈夫买去。"连调侃也淡淡的，"真当堂哥冤大头了？"

宋瑙两手叉腰，问他："你有钱娶媳妇，没钱给小妹买一支新发簪，这说得过去吗？"

"哪里过不去？"宋晏林淡定地反问，"我脸皮厚，你的也不薄，咱们半斤对八两，谁也别怨谁。"

宋瑙登时词穷，居然还认为有些道理。

莫府的庭院种了几棵白千层，凉风吹过，吹散一树的白绒毛。

宋瑙在沙沙的风中听见女子若隐若现的低笑，她想要回头，却

被堂哥一巴掌抵住后脑勺儿，将她的头往下压。视野受阻，她只能看见青灰的石板，与脚底铺散的白絮。

之后宋晏林解释，按她头，是手滑。但他的屁话，宋瑙一句不信。

那天，她就记住那支白玉簪，和临走时顺风传来的，不太像莫大小姐的轻笑。

“可我想着，女子发簪多有相似，许是碰巧了。”宋瑙依然抓得很紧，把豫怀稷的袖臂抓出褶皱，“但乞巧节当晚，有人在湖畔撞到我，她跑到人群外，有三两个瞬间，我几乎以为莫姑娘活过来了。同样穿着夹竹桃花色的夏衣，人很瘦，窄肩薄背，我是追她才迷的道，她跑得很快，是在莫家老宅附近不见的。”

安静地听她说到这里，那晚的全貌越加清晰。

“你也是在她走后，遇到的徐斐？”豫怀稷语气很平静。

宋瑙始终低垂脑袋，做错事的样子：“陆公子说得对，他们引的不单是徐斐，我也在一些人的设计中。”她讷讷地说，“有温萸在，她有的是法子鼓动徐斐前来提亲，但我必不肯嫁，而徐斐是国舅，我能指望的只有王爷了。”

后头的话，豫怀稷接着她的说完整：“他们想透过你的口，像现在这样，引起我对莫恒旧案的注意。”他冷呵，“打得一手好算盘。”

他的音调依旧没什么起伏，但语气已降到冰点，叫人有点喘不过气。

宋瑙还想再说什么，门外再度传来脚步声，顾邑之已去而复返。

他说，叶鄂水死了，这原也不足挂齿，只是仵作在叶鄂水耳根找到一块古怪的印记，纹路刺进皮肉里，擦洗不去。周县令认为不大寻常，就喊顾邑之来看上一眼。

“几根直线拼接在一起，呈暗红色，类似于图腾，看伤口的形态，存在有小两年了。”

宋瑙听得一怔，她依稀记得，她伤到腿那会儿，豫怀稷登门看望，曾给她过目了一张纸，上面画的图案奇异，跟顾邑之的描述很接近。

“顾夫子以为，那会是什么？”豫怀稷面向他，手臂收拢，将袖子从宋瑙攥起的掌心中抽走。

顾邑之思忖道：“某些角度，有点像星宿图，但具体有什么含义，无从得知了。”

由他一点，像找到点门道，宋瑙回忆起那个鬼画符来，拿星宿去对比，倒也神似。

“我该留他一口气的。”豫怀稷摆头，“杀早了。”

但死都死了，没有重来的可能，加上在顾邑之这儿得来的消息波及面太广，他需要单独消解一下，便拒绝周县令的留饭，先行离去。

宋瑙亦步亦趋跟在他身后，往常走在长街上，豫怀稷总会牵住她，但这次并没有，也没刻意去迁就她的脚步，走得比平日快不少。

宋瑙因为瞒他的这些事，内心本就不大安定，现在见他一反常态，各种可怕的后果挨个蹿出来，眼眶咻地红了。

顾邑之要回去照料儿子，也同他们一块儿出的门，转眼就发现点问题，豫怀稷腿长脚长的，宋瑙落在后头，要不时小跑才能缩短间距。

顾邑之观测小半天，在快要走到岔路口时，他加紧步子，到豫怀稷肩侧快速低语。

宋瑙正专心追赶，还没听见什么，豫怀稷已转过身，目光终于

扫在她头顶。

男人一靠近，宛如一颗切开的大洋葱，熏得她泪腺崩坏，眼泪簌簌地掉。想到自她认识豫怀稷起，就没受过适才那样的冷落，不由得悲切哽咽：“你、你是不是想跟我和离了？”

豫怀稷叹口气，抬袖给她擦泪，幽幽道：“不带这么诬陷人的。”

可她受到挫伤了，哄不好的那种，这时顾邑之已默默走出岔道，他点到即止，不再干扰别人家务事。

豫怀稷环顾周围，没见酒楼一类可以停歇的地方，便拉宋瑙进了家古董铺子，向老板借用招待商客的区域。

“你这地儿不错，我惹我家娘子伤心了，借你的风水宝地一用，说完话就走。”

老板是见人下碟的主儿，看豫怀稷通身贵族气派，立即应允了。

豫怀稷把小姑娘按坐在酸枝木椅上，绕到前方，半蹲着给她擦泪。

“怨我。”他轻声赔不是，“只顾想事情了，是我疏忽，我的不对。”

宋瑙抽抽噎噎的，打出一个哭嗝来：“你生我气了，你都不等我，你不想同我过了。”

她一连串的控诉，逐句加重，弹珠似的向外丢，豫怀稷无奈地举起右手，跟她发誓：“我媳妇天上有地下无，娶到即赚到，我这么好运道，谁会不想过？”

可凡人的情绪，尤其是忐忑同委屈，来时如山倒，去时如抽丝，宋瑙显然还压在山下，哭得鼻尖通红：“我不是故意瞒你的。”她用力摇头，小声凝噎，“他们想利用我传话，我怕、怕有陷阱，害到你。”

这铺子半天没个访客进出，老板在柜面里盘点物品，安静得只能听见她的抽泣声。

她泪迹斑驳，哭成只花猫样儿。豫怀稷拿指腹擦过，慢声指出："你还担心，莫家一案是皇上主审操刀的，我沾惹这件事，会跟皇上滋生隔阂。"

听及此处，宋瑙停止哭泣，水光潋滟的眼睛透出些许恍惚。

那年莫氏满门押赴刑场，她就在长街上，午门外站满观刑的百姓。

她人小身子矮，由层叠的人群一隔断，其实也看不见多少。但临终一刻，宋晏林捂住她的眼睛，面前黑乎乎的，却有无数哀号穿堂过耳，她听见铡刀破风斩下，头颅滚落地面。

他们确确实实是死了。

但有人不断把旧物拿出来，掀动那些早已落定的尘埃，无非在告诉她，当年的文字狱没结束，莫家满门的死不是终点。

那个案子，有问题。

他们矛头对准的，是曾亲笔诏书，诛莫恒三族的当今圣上。

豫怀稷同皇上手足情深，她不敢冒这风险，把他推进与皇上对立的局面中。

"莫恒倒台多少年了，还能在细微方面，对他女儿如此了解的，理应跟他家极为亲近。"豫怀稷毫不避讳地说，"可以想象，那人要做的，是为莫家平反，甚至是复仇。"

他推断的这些，同样在宋瑙心头盘旋过，她分心去听，泪水干在面颊上。

"她可能用几年时间，纠集一批如叶鄂水般，四处生事的怪人，可惜乌合之众，想撼动大昭的帝王根基仍然太难了。她也清楚，能跟皇上抗衡的，算下来只有我了。"

豫怀稷突然顿住，好耐性地蹲在原处：“要说害人，当是我把你给害了。”

他扯动嘴角，宋瑙淡淡疑惑，讲着这么严峻的事，他居然还笑得出来，便听他说：“想近我的身，说几句我能听进去的话，可不是信手拉来个姑娘就能成的。他们会选中你，图的是我俩以讹传讹的私情。若非我一力助长谣言肆虐，把假的逼作真的去，哪个会盯上你？”

宋瑙彻底不哭了，她记起饱受谣言摧残的那段光景，目光中染上点幽怨。

这人果真是成心的。

“她大概不会想到，你牙关咬得这么紧现在才说出来。”豫怀稷不吝赞美，“不愧是我娘子，出其不意，很有我行军打仗的风范。”

可他再怎么拿俏皮话安抚，宋瑙仍有点惴惴不安，她索性将皇后寿诞当日，陈放冰雕的那只青龙木箱，它同莫家的机窍关联，全部一股脑地讲给豫怀稷听。

末了，她紧张兮兮地问：“后头该怎么办？”

豫怀稷挑开她粘在脸上的一根发丝：“你说，她丢封匿名信给我，岂不更快？”

宋瑙思索片刻，摇头：“贸然这么做，你压根儿不会信。”

豫怀稷承认：“对，我会当成一团狗屎，揉碎当肥料。”他语意一转，淡声反问，“但她现在东一榔头西一棒子的，光会故弄玄虚，也没什么实物证据，我就会信了？”

宋瑙怔了怔，红肿成两枚核桃的眸子缓缓睁大。

既是知道，他横竖不会轻信的，那对方所求，也绝非他一时半晌的认同。

对方并不真的以为，靠这么点小伎俩可以挑拨两兄弟的情谊。

对方要的，只是有那样一个人，潜移默化地，协助她在豫怀稷心底种下一根刺。

哪怕就一瞬间，他对皇上生出点疑虑来。

千里之堤，溃于蚁穴。

只一瞬，足矣。

“她不在意你信与不信。”

宋瑙渐渐明白，自己之于他们，便是最恰当的人选。

“她只怕我从没在你面前提及莫恒。”她轻微怔忪，顿了顿，道，“不然，这根刺要怎么种下去？”

她嗓音仍沾带些哭泣后的闷哑，而她总有种特殊才能，不管前一秒哭得多凶猛，都不会影响她的理智，脑子依然转得贼麻溜。

豫怀稷轻笑一声：“你知道，我一开始喜欢你的是什么地方？”

这话问得不仅突然，还有些暧昧。宋瑙静止须臾，忽地冒出些小期待来。

她用袖子擦把脸，虚心求教：“什么？”

“在西亭台。”豫怀稷淡笑道，“蠢得有趣。”

宋瑙瞬间呆怔，铺子的墙上挂有一面年代久远的铜镜，晃映出她苍弱泪湿的脸。

她不由得心中悲愤，一脸控诉：我都这样了，你竟然还翻旧账打击我，你还是不是人？

“除去西亭台那次是真糊涂，其余时候都是揣着明白装糊涂。”

豫怀稷勾一勾她鼻尖：“你知道这些人怕什么，还担心治不了他们？”

宋瑙又一怔：“你想装作不知情？”

“对，不能再被牵住鼻子走了。”豫怀稷把她双手聚拢到一块儿，用一只手掌包裹住，“等我们回到渠州，日间出去吃香喝辣的，

泛舟游历，晚来便回住所颠鸾倒凤，争取一举得女。总之当成没这破烂事，怎样潇洒怎么来，急死这群不长眼的。”

他正经话不出三句，又衔接到一些不知羞的事上去，宋瑙慌忙抽手，去捂他的嘴。

不知店老板清点到哪件古物，顿有轻袅袅的奇香飘散开去。

老板偶尔抬头，见他们态度亲昵，似在说什么闺房情话。

第八章

迷雾

他们离开前，豫怀稷挑来一支羊脂白玉簪，玉质精光内敛，簪头有凤穿缠枝的纹路。

远看与莫大小姐的那支颇有几分像，就差在它白得毫无杂色，顶端少了一点鸡血红。

时过数年，宋瑙终于拥有她年少时渴望的东西，还给宋晏林说中了，是她丈夫买来送她的。但到底发生过这么多事，再得到时，已经失去少女最初纯粹的喜欢。

之后的数日里，叶鄂水的行径在汶都引发轩然大波。

宋瑙原来有些担忧，猜想叶鄂水会不会是那些人派来，故意在

这儿候他们的。但豫怀稷给了她一颗定心丸，道是他们这次行迹隐蔽，一路没见跟梢的，而叶鄂水比他们早来一年，偶然交锋的概率比较大。

而一切结束，他们也计划返回渠州。

启程之前，来过两拨人，先是指认宋瑙的更夫随周县令找过来，向夫妻二人道歉。

更夫家境困苦异常，有兄弟姊妹七人，年前他妻子刚生下一子，可怜有些不足之症，长期服药花去家中不少钱。叶鄂水便看中这点，试图利用金钱收买他。

可尽管如此，叶鄂水做足功课，去见他时也帷帽遮面，黑衣障身，叫他没认出人来。但没防住他面上一口答应，可掉转头就跑去衙门，向周县令和盘托出，方才给大家伙留出提早应对的空间。

“周大人对我有恩，我家里穷，他处处照拂不说，还极力给我张罗婚事。”男人感叹，“那时大人自己还没娶亲，就先念着我们。”

他没读过书，靠卖力气，做苦活儿过日子，但天地良心几个字怎么写，他从小便知道。

见他真诚本分，豫怀稷口下留情，没去刁难人。但他跟周县令走后，豫怀稷望向他们的背影，陷入沉思。

宋瑙见状，询问他：“有什么不对吗？”

豫怀稷手捏下巴：“原来大昭的男子娶媳妇都这么困难了。”

他总结心得：“我回去要叫秋华抓紧点，他这狗脾气，难保当一辈子老光棍。”

宋瑙心领意会，某人是再次站到已婚的制高点，扫射底下一大片。

她扶额，用无力的眼神表示：你开心便好。

而他们出发当日，顾邑之向学堂告假半天，带上乌凤跟儿子，来为他们送行。

小槐生很喜欢宋瑙，在草垛边上同她隆重介绍，这头全汶都顶俊俏的骡子。

顾邑之看向正在掰乌凤牙口，跟宋瑙展示的胖小子，目光恍了一恍：“我夫人分娩时胎位不正，刚生下槐生，就撒手去了。后面几年逢爹娘离世，小儿年幼，无人看顾，我不敢弄出闪失。”他收回目光，“日后不同了，若王爷重新提审徐斐，我愿意出面做证。”

他这一发声，表明他已做好准备，舍弃辛苦垒成的好名声，承认他曾包庇重犯，配合李文昌偷梁换柱，从百姓口耳相传的清正父母官，自此跌进万人唾骂，名节尽失的深渊。

“你儿子现在也还小。”豫怀稷看一眼旁边上蹿下跳的小鬼，“你去吃牢饭，他一个人怎么办？”

顾邑之笑着摇头：“年关一过，他便要满六岁了，是个大孩子，可以照顾好自己。”他缓缓道出，“我也同周大人招呼过，将来我不在了，他会收留槐生。”

他把路铺到这份儿上，是早就考虑过这一天，他压根儿没有藏掖一辈子的打算。

宋瑙留心听到些他说的，她走过去，问：“你有什么话要我们捎给温萸的吗？”

她的心细些，总是能穿过事物的表面，看进里头存续粘连、深藏琐碎的情感中去。

顾邑之听得顿了顿，他有什么想带的话吗？

该说的，在他放弃追究徐斐的一刻起，似乎已经说尽了。

那是他成婚后，第一次去见温萸，在关乌凤的马厩前。

好像回到他们初次见面，他也是蹲在他脚下的位置，动手加固这一圈木篱笆。

当时温父的尸身刚找到，陈放在土屋中，还没买棺入殓，料理后事。

他全无保留地说完，温萸沉默许久，问他：“你可有把握裁断徐斐？”

他一点头：“有。”

温萸转脸看向他，又问：“搭上你全家四口人的性命？”

她疲乏肿胀的双眼似两团烧灼过后的死灰，仅有一点未灭的火星，透出点淡淡的洞彻。

好半天，顾邑之都没有回话，粗粝的山风割过他的脸面，浑身泛起火辣辣的疼。

“罢了，鹤唳山的旧血未干，就别再添新魂了。”

温萸没有责怪他，回身走进屋中，像进去一扇黢黑的洞门，再也没出来。

顾邑之远离鹤唳山后，从没想过此生还有与温萸再见之日，便也没存什么想说的话。

他摇头：“我只是有点奇怪，她既是去找徐斐的，为什么要间隔近四年才动身？”

但这个问题，没人能够回答，宋瑙眼皮微敛，睫毛颤了颤。

申时的天已渐缓暗下，再晚一点，恐怕无法在天黑前赶到下一落脚地。宋瑙登上马车，挑开车帘跟小槐生告别。顾邑之手牵乌凤，似忽然记起什么，拱手向她：“若不麻烦，还请王妃替我带一句话吧。”

他敛眉低笑：“就说，我把乌凤找回来了，它没长歪，还是头俏骡子。”手抚上它额间长开的雷电斑纹，轻而缓慢，“它很好，勿念。”

听到后来，宋瑙也不知他在指乌凤，还是在说他自己。

她点点头：“有机会的话，我会带到的。”

顾邑之又与她半鞠躬。顾槐生有样学样，也拱起小肉手，朝马车驶去的方向抬手作揖。

五天后，豫怀稷回到渠州地界，从戚岁开的一扇偏门进入，簌簌落下的雪花覆盖住车辙印。因这雪天路难行，他们比原定耽搁了一天，陆秋华查到些事，写信不方便，就趁外出办事的空隙，弯到渠州来，在园中已小住两天。

“你之前要我去查，八公主成年以后，都有哪些人见过她，你可能要失望了。”

陆秋华身披月白轻裘，似打哪儿来的玉面公子，啜口热茶，淡漠摇头：“当年冷宫走水，八公主亡故，皇上代先帝处理这桩事，把跟八公主相关的宫人，包括日常送饭洒扫的，以及那一片区的巡逻侍卫，都以看护不周为由，全部斩杀了。”

豫怀稷看他，眼底快速闪过什么：“一个没留？”

“无一活口。”陆秋华轻点下巴，“皇上在做决断上有点受你荼毒，说一不二，挺有些你刚去军营，收拾那群老兵油子的派头，够果决。”他顿一顿，又道，“不过，虽然负责姝贵妃宫闱的都死光了，但还有个人，她见过十岁之后的八公主。”

听他说话大喘气，豫怀稷睨视他：“能不能一气说完？”

他冷眼喝问：“跟谁学的，讲个话像尿失禁，一次排不干净是吗？”

陆秋华冷下脸，原本便寡淡的双眼更显沁凉。

眼看气氛有些剑拔弩张，宋瑙咳嗽两声，经验丰富地把话拉回正轨：“这个，陆公子继续，你刚说的是谁？”

陆秋华敛一敛眉，压下火气，说出一个名号：“是妧皇太妃。”

熏炉的烟气凝在衣带上，白烟蒸腾，豫怀稷与宋瑙俱是一怔。但再细想一下，老太妃曾代掌凤印，形同皇后，凡在后宫中走动过

的，她见过哪个都不足为奇。

可豫怀稷总还有些疑点：“姝贵妃遭受圈禁后，我母妃会经常探视吗？”

“不，只去过一次，在八公主年满十二岁那年。”陆秋华说，“冷宫禁地，住的还是先帝厌弃之人，也就皇太妃敢踏进去。”他细说道，“其实许多宫中老人都记得，并非太妃主动去的，是姝贵妃彻夜哭闹，要求见太妃。”

听他这么一说，豫怀稷越加不理解：“姝贵妃性情冷漠，不屑先帝恩宠，十年的冷宫都熬下来了，还有什么能叫她这么失态的？”

陆秋华思索道：“大约跟先帝爷有关。”他梳理时间线，“先帝去过一趟冷宫，不知做了什么，当天夜里，姝贵妃就有此异动，当差宫人上报给的老太妃。”

而这些，豫怀稷从没听母妃提起过，哪怕他上回去浮屠寺，特意问到小八同姝贵妃，他母妃也绝口未提这一件事。要么只是个年份久远的小事，没有说来的价值，抑或是各中隐秘，连他都说不得。

“还有。”陆秋华双手叠握，虚靠椅背，“九公主要出使狄勒和亲了。”

宋瑙一路上的车马劳累被他一句话炸散殆尽，咻地坐直：“这么突然？”

豫怀稷双眉皱起，有了适才的教训，陆秋华为防他再度攻击自己拖沓，而再来一次，他恐怕会忍不住掀桌动手，便主动交代：“皇上下的旨，腊月廿五动身。”

他提醒道：“没剩几天了，你们明日回程，应该还能赶上见她一面。”

宋瑙有些不解：“爹爹说过，狄勒在北方各部族中一向安顺，与大昭互不相扰，怎么想到要将公主嫁过去？”

“跟狄勒无关。”豫怀稷没有太多意外，眼波沉如海面，“是皇上开始动齐氏了，在拿小九试刀。”

只有一处疑问，他略微摇头：“但腊月廿五，这日子定得也太仓促了，晚个旬余就到年关了，小九是娇生惯了的，这一别天高皇帝远，再没重见之日，至少在帝都过完个整年再北上吧。”

这也是太后一党与皇帝争执难下的地方，远嫁和亲已是强逼无奈，还非得去得这样急。

但豫怀谨谋定的事，以和亲为起始，陆续铲除齐家扎根在朝野中的好几员大将，一波操作疾猛如旋风，太后饶是再抵触，也有点拗他不过。

陆秋华上早朝的这些天，可以清晰地摸到一股滚热暗流，所到之处，留下烧灼过的黑烟与焦煳味。他隐约感觉到，会有一场大洗牌，将要捅破大昭的朝局。

“你们准备何时走？”

他没明说什么，但豫怀稷在他讳莫如深的语态中看出，近来朝堂上应当发生过不少事。

豫怀稷道：“明儿个拾掇一下，也该回了。”紧接着，他下达逐客令，“行了，我们要睡下了，你可以滚回房了。”

院中的天空还有层青蒙蒙的光，没有完全暗下，陆秋华冷笑：“睡得这么早，你这出去一趟，身子骨倒大不如前了，虚得很。”

豫怀稷冷眼看他：“我与你不同。”

便是这抬眸一瞥，陆秋华已大为警觉，下意识想起身离开，但显然为时已晚，听见豫怀稷的冷刀子扎过来：“你老大不小的，还没个妻室，自然是睡不安生。”他最后一击，“再下去，我看你活都不用活了，还睡什么觉？”

陆秋华听得脑子嗡嗡的，怒斥回敬：“你以往讲话还有一丁点的尺度在，怎么你成个婚，就把一张老脸撕破了，彻底不要了？”

宋瑙虽然知道陆秋华是武将，但他天生有副文弱书生的皮相，宋瑙经常担心他被豫怀稷呛出些毛病来，总会在他们抬杠之时出声调和。但她这次并不想插手，因为她完全同意陆秋华说的。

这个男人当真是没脸皮的。

果然，豫怀稷理所应当地说：“要脸的谁还讨媳妇，不近女色，寡欲无求，去山寺剃度当和尚算了。”

陆秋华有些痛苦地扶住头，他不想再跟这厮说下去了，站起身拂袖而去。

宋瑙见豫怀稷还有呛声的闲心，想来陆秋华方才提供的消息，应当也没那么糟糕。她稍微宽心些，拿上干净内衣去洗漱。

待她走远，豫怀稷移开垂在椅子扶手上的右臂，红木间赫然现出一只深陷入木的五指印，尾端裂出道拇指粗的木缝，几欲将椅子扶手从中间劈成两段。他方才面向宋瑙的平静淡然如潮水般迅猛退去，袒露出底下大片冷光凌凌的冰碴子。

他独身坐在阴影里，身形良久未动。

香插中的水沉香燃去三分之二，他唤人进来把裂开的木椅撤换掉。

收拾妥当，窗外皑皑雪雾中，响起了女子鞋底踩过雪面的细响。

他理一理衣襟褶皱，屋内陈设不变，宛如一切如常。

往后的半个月雪势极大，他们在路上走走停停，回到帝都时已错过九公主送亲的时日。群臣揣度圣意，纷纷草拟折子，搜罗各种罪名弹劾齐氏诸人，眼见多年筑起的高楼大有将倾颓势，太后受不起接连打击，大病不起。

豫怀稷一回来就换上官服，马不停蹄往宫中去。宋瑙留在府邸，差椿杏备好热水，稍稍洗去一身的风雪与倦意。她换洗完毕，适逢戚岁办好差事归来，与她汇报一二。

外头风雪不减，午后的天浑如将夜，宋瑙执伞出门，先去老街喝了一碗羊肉汤，再沿路闲走，买来只御寒的陶瓷汤婆子，随后才顺路进到一间戏园子。

这是间历史久远的戏馆，名为清观，今年重新翻修，只保留了先帝为他家题字的金漆牌匾。

雪天的客人不多，看台间有一半座位空置，此时台上在唱一出《鲁斋郎》，正演到鲁斋郎倚仗权势，强抢民妻。宋瑙便穿过后排桌椅，无视众多空位，径直坐到一女子座侧。

与她一左一右，同桌赏戏。

宋瑙没有看她，始终直视前方，淡淡唤她："温姑娘。"

温萸挥退随从，似乎不认识宋瑙一般，没有行礼。

台上伶人唱到"着意栽花花不发，等闲插柳柳成荫。谁识张珪坟院里，倒有风流可喜活观音"时，温萸跟随戏腔的节奏，轻拍双掌，嘴角挂着似有若无的笑。

眼下的她，不再是徐斐艳俗招摇的侍妾，去除所有伪装，她仅仅是温氏女。

一个斩断后路，没想过再回头的烈女子。

"有人托我带话，说是你那只叫乌凤的马骡，他给找回来了，照料得十分好。"

听宋瑙说完这句话，久违的记忆冲进心口，化作一记无形重锤，砸得温萸肩头剧烈一颤。

她未发一言，而手掌却绞握到一起。

宋瑙眼风瞟过，更笃信了早先的揣测，温萸对顾邑之是有余情的，否则以她决绝的性子，早在第一时间用她掌握的实情把鹤唳山捅出个窟窿眼，撇去徐斐，她头一个便不该放过顾邑之。

但她没有，消停隐忍的那几年，应当是她为顾邑之做出的，最温柔的妥协了。

“我今日前来，为的三件事。”宋瑙不同她绕圈子，单刀直入，“第一，后面我说的所有话必须烂死在这间戏园子，不许透露出半个字；”她顿一顿，“第二，你耳后有个烙印吧，我要知道它的事。”

戏台上贴旦扮相的粉面朱唇，当她怒甩水袖，咿咿呀呀唱起戏文，温萸才稍一偏头，便见宋瑙目光遥遥落向前方，像在认真看戏，可她问得相当直接，等于将已知的牌面丢出来，暴晒在青天白日之下。

似两个已经探知到彼此底细的人，面对面地坐着，无须多一句场面话。

宋瑙既打开天窗说亮话，温萸索性也完全撕去伪装，没尊她一声王妃，同样冷淡地问：“我凭什么听你的？”

“我见过顾邑之了。”

接在台间正末的一句戏腔后，宋瑙淡漠接口。

听完她没头没脑的七个字，温萸倏忽皱眉。

宋瑙拈起一颗糖山楂，咬掉顶层乳白的糖粉，徐缓道：“是个忠义之士，可错便是错，勿论什么苦衷与无奈，有些事他难辞其咎。”

温萸转回脸，沉沉望向大红戏台：“你想说什么？”

宋瑙又咬下一口，汹涌的酸意充满齿间，她微眯双眼：“你当然尽可以不应我，如今朝局动荡，内外不安，其中还有你们的一份功劳在，这就不用我多言了。”

似是太酸了，她轻轻放下山楂，拍一拍指间糖粉："所以，往后我夫君若有差池，顾邑之与你，有一算一，我绝不会轻饶了去。鹤唳山那一桩迟早会翻出来，还你父亲一个公道，而顾邑之作为当年县令免不了要担责，我说得没错吧？"

听出宋瑙在拿顾邑之威胁她，温荑反倒笑起来，她垂下头，喃喃反问："你当他会一直藏下去吗？"音量很低，仿佛在回想他的书生模样，轻轻喟叹，"他也一定没这么打算过呀。"

她知道，顾邑之总是一板一眼的，管天管地，还管邻里口角纷争。

明明是跑两步就喘，爬个山都能摔的文人墨客，却永远不知累似的，放射出父母官的伟大光辉。

他这样的人，是不怕死的，不怕拿血肉凡胎去挡世间的大刀冷箭。

无须谁去动手，他会去承担他的失职同过错，而这一天，必然不会来得太迟。

"但罪罚也有轻重分别。"

宋瑙知她的意思，摇头提点："服徭役是一种，流放发配是另一种，大类中还有细分，是给个痛快，还是钝刀子割肉，能玩的花样可多了去，端看温姑娘如何选。"

温荑眉头一紧。

宋瑙瞟她一眼，冷声又道："何况你追随的，也不是什么人畜无害的大善人，她招揽的除去你这样与朝廷权贵有私仇的，多数是各州府的通缉要犯，对不对？"

温荑不说话，冷汗自发根滑过后脖颈。她听见宋瑙步步紧逼，带些嘲讽的口吻，笑问她："温姑娘，敢问他们哪个没背负人命债，与徐斐又有什么差，与他们为伍，时日一长，你也干净不到哪

里去。”

台前恰好演到妻儿离散，尖锐的戏腔压过来，却盖不住宋瑙轻悠悠的一句话。

她问：“顾邑之的命比这些人，可要金贵不少吧？”

温萸静默许久，直到台上一幕唱罢，伶人退向幕后，她忽地笑一笑：“传言到底不可信，王妃同我打听来的，简直判若两人。”她认真地打量宋瑙，“计算筹谋起来，竟不似普通的官家女子。”

原先是她想把宋瑙引去鹤唳山，现今倒叫宋瑙抓住这些圈圈绕绕，反将自己一军。

宋瑙听她不知褒贬的评价，并不在意：“我过去的确有些胆怯怕事。”抬手轻抚发间的白玉簪，“可这人呀，一旦心有挂念，终归会遇强则强的。”

说完，她不急于等温萸回复。

戏台渐渐拉开下一折，旦角粉墨登场，一开嗓声音甜润亮堂，宋瑙与台下寥落的几个看客一道，含笑鼓掌。忽然间，温萸举手撩起一侧的乌发，她耳垂根部，有一块黑灰的印记，与叶鄂水的烙痕如出一辙。

“没人知道她的真名，可能她也没有名姓，我们都唤她阿宿。”温萸放下手，如瀑的秀发又盖住耳后，“她几年前来找我，说她有法子帮我复仇。”

她摇头：“阿宿神秘得很，我并不大了解她的来路，只知她与曾经抄家问斩的莫恒一家有点瓜葛。有次我们约在莫氏坟茔外见面，恰好是他们忌日，阿宿在那儿烧纸钱。”

宋瑙余光瞥去：“她一次也没提过莫氏？”

“没有。”温萸直截了当，“她要找我，会留暗号联络，我向来领完活计就走，她性子挺生冷的，不爱向人解释她的意图。”

这样听来，宋瑙大致有数，乞巧节温萸接到的活是引徐斐来见她，别的应当不清楚。

但宋瑙仍然忍不住问：“她究竟想做什么？”

温萸出神须臾：“阿宿说，我们是同样的人，大仇未报，余生难安。”

温萸又一摇头：“她没有详细谈过自己，我也从不追问，知道的未必有你们查来的多。”她食指向上一指，“但她的血仇若同莫恒相关，那她的仇家只怕要高过徐斐千万倍。”

她往上指，指的是大昭的天，这天下之主。

宋瑙有片刻未作声，耳边是婉转如泣的戏词，响彻整间戏园。

她眼光轻微游离，移向戏台之外。

停顿一会儿，宋瑙收敛心神，又捻起一颗糖山楂：“你对她的认识这么少，她凭空给你画张饼，你就敢跟她走？

“为何不敢？”

温萸似听到什么极好笑的，侧过身，她靠近宋瑙，半趴在桌上：“阿宿能说出徐斐许多事，包括鹤唳山这一件，她来问起我父亲的死。”她笑容越大，眼中却越多化不开的苦，“我孑然一人，什么都没有，只这生死一条命，也不值几个钱，这么多年的孤苦都没杀死我，那还有什么好怕的。”

宋瑙偏一偏身，与温萸隔桌对望。她今日的妆容很淡，有点接近宋瑙在乞巧节见到她时的样子。

薄薄一层脂粉，勾出她五官中特有的明丽率真，本也该是个在山野中跨马而歌的姑娘，如今却让日煎夜熬的仇恨，一点点蚕食掉她身上的光。

“温萸，你再撑一撑。”

宋瑙连名带姓地叫她。

温萸怔一怔，她自委身徐斐，人人都喊她七姨娘。

有尊敬她一些的，会叫声徐小夫人。

她可以是徐斐宠妾，是七姨娘，是徐小夫人，但她偏偏不再是温萸。

可宋瑙把她拉回原本属于她的身份里，她恍惚听到，有人在跟她说：“再撑一撑，你想要的，都会得到。”

她想要的吗?

温萸又一恍惚，她一直以为，她想要的不过是徐斐的命。

有无数个夜晚，她侧躺在男人枕边，一边听他鼾声如雷，一边用蔻丹甲套的尖头在他喉咙口轻轻擦过。她是有机会下手的，但她无法容忍徐斐死得这么悄无声息。

他应当沦为蝼蚁，从云端狠狠跌落，被一人一口吐沫地淹没。

而不是以国舅之名，死在自家床榻，金棺玉椁，千人哭丧。

但她适才脑中第一个冒出来的，却并不是这些。她不知怎的，忽然想起多年以前的鹤唳山，她坐在高耸的草垛上，两条腿腾空晃荡，自高处俯瞰趴在篱笆前，帮她加固木栏杆的顾邑之。

她把吃剩的枣核往下丢，偶有一粒扔中顾邑之，他无奈地回过头，满脑门儿的汗。

那一日她坐得高，湛蓝的天横在头顶，没有一丝乌云，仿佛伸手可碰。

她想，她真正想要的，或许一生都得不到了。

“阿宿在帝都埋下不少暗线，耳后都烙有同一记号，你若想利用我引她出来，还是趁早死心吧。”温萸抽回思绪，微合双目，“只除掉阿宿是无用的，拥护她的人会伺机而动，到时皇城脚下，怕有大乱。”

宋瑙不甚意外，点一点头：“嗯，我没想现在除去她。”

温荑愣了下:“那你说的第三件事……”

“帮我一个忙。”

宋瑙看向温荑,山楂上的糖粉在手掌中融化,她收缩五指,轻声道:“替我给阿宿带点话。”

宋瑙走出戏园时,飞雪依旧,她舀起一捧积雪,搓拭掌心的糖渍。

雪花在逐步暗下的天色中纷纷扬扬,她回头望一眼清观阁,温荑的背影在风霜之中模模糊糊的,戏台上隐约传来一段戏文:

“抵多少南华庄子鼓盆歌,乌飞兔走疾如梭,猛回头青鬓早皤皤。

“任傍人劝我,我是个梦中醒人,怎好又着他魔?”

待宋瑙返回王府,豫怀稷已从宫中回来有些时候。

她推开主屋的门,有些难得地没见到豫怀稷在房中研读兵书。

他反常地铺展开一张画布,拿笔尖蘸上顶烟墨,正在轻巧勾画什么,净皮宣纸的中央影影绰绰描摹出一位窈窕少女。而宋瑙还没看出点名堂,他已快速将画卷对折,推向桌角。

屋内摆放着两只熏笼,把空气烤得滚热,宋瑙脱去外衣,换上卷草纹大袖衫。她略略有点在意地问:“你在画什么?”她大胆猜测,双眸一亮,“是我吗?”

她已然从面对温荑时斗鸡似的燃烧状态中脱离出来,恢复到寻常女儿家的纯真。

豫怀稷搁下笔,淡笑地反问她:“你说呢?”

宋瑙当他是承认了,脸微微发红,十分虚伪地摆手:“我哪有你画得这么好看。”

而实际上，她压根儿一点没看清，说话的工夫里，连画上女子的眼睛、鼻子是哪一型的都不记得了。本也是自谦的说词，顺便好彰显一下她在夫君心目中的美好形象，哪知豫怀稷居然挑一挑眉，接话道：“画中人也的确不是你。”

宋瑙一口气哽住，不上不下，她满脸错愕与痛心：这是什么负心汉言论？

豫怀稷把她拉来身边，腾出点空地儿，朝椅座上拍一拍：“去找过温萸了？”

“唔。”宋瑙不情不愿，像只石礅子似的，扑通坐下去，“在戏园里聊了聊。”

她其实刚告诫完自己，要长点骨气，不跟这人同坐一把椅子。但被拉到近处时，缩短的距离间，她可以清晰看见一些团绕缠结的东西，结在豫怀稷眼底，透出深藏隐秘的疲乏。

她顿时心软下来，只好半是顺从，半是僵硬地坐过去。

平缓几秒后，她轻声问：“宫里发生什么了吗？”

豫怀稷握住她的手，眼光穿透烛火：“皇上的咳疾……”

他顿声道：“似乎越加严重了。”

宋瑙稍一愣怔，豫怀稷向来严谨，一般不会用“严重”二字去形容的，再联系到近来圣上一反常态地，以雷霆手段肃清朝中毒瘤，她心中似触电一般，遍体生寒，不敢再深想下去。

她一时未有回话，任凭豫怀稷的话中余音渐渐消弭，坠入熏笼中。

宋瑙手拨一拨画卷，跟他说起前头在清观阁，温萸同她交换的信息。

多数是他们已知的，并没什么新鲜，反而是宋瑙这罕见的强势作风，勾出豫怀稷一点笑意，他一手撑头，扬眉问：“这么凶冷啊？”

“可不。”闻言，宋瑙立即挺一挺胸脯，骄傲地显摆，“王爷没瞧见，那场面气势，搭配台上的伴乐，宛若猛虎出山，恩威并施，唬得温萸不敢不依。”

她一本正经地自夸，豫怀稷仿如在看一只披上狼皮的白兔子，口中说着最狠的话，而一对毛茸茸的折耳却暴露在外，没有藏严实。

尽管比较缺乏说服力，但他依然相当给面子地鼓一鼓掌。

可宋瑙即便是只兔子，也当算作食草类中的翘楚，记忆绝佳，她并没忘记刚进屋的事，趁豫怀稷似有分神，指尖便不大老实地挑开画卷，企图再看一眼画上女子。

然而豫怀稷下巴长了眼睛似的，啪嗒一下，掌心准确地压住她的手。

“说真的，”终于，宋瑙无法再淡定下去，表情逐渐凝重，“王爷外面是不是有人了？”

问话时，她眼泪已迅速储备完成，只等豫怀稷一句答复。似乎他敢承认，她就敢当场哭个翻江倒海给他看。

可面对这样灵魂深处的拷问，豫怀稷没立时表态，只是将她捏住画卷的手拿下来，忽然淡声说起：“你在汶都，曾有句话提醒了我。”

他轻合双眼：“你说，皇上也许是属意徐家二小姐，才会出手替徐斐收拾烂摊子。”

他一下子把话扯到别处，若是换成宋晏林，宋瑙必然会骂他：你个渣滓，你答非所问，你很有问题。

但她这个人一向原则分明，知道堂哥归堂哥，相公是相公，自然要用两副面孔去应对。因此，她不仅没怒骂，还侧头想一想，然

后讪讪回应："我信口胡诌的。"

她认真地纠正起之前的话："我后来想过，皇后自小住在黔南，先帝赐婚后才接回的帝都。而皇上偏居宫宇，又没去过外头，两人面都没见过，仅凭一张小像，就算心里喜欢，也不至于非卿不娶吧。"

她小声补充："再说，皇帝本身也不是轻率鲁莽、受美色影响之人。"

豫怀稷淡淡点头，举目望向窗户纸上投映的风雪剪影："我了解皇帝，名利权色困不住他，唯独'情'之一字，他容易钻了牛角尖去。"

"以帝后现今的情意，徐斐出事，皇上会去力保他，我是相信的。但回到当时的背景下，要皇上为一素未谋面的女子破此大例，几乎是没可能的，除非……"

他声音戛然而止，宋瑙迷惑道："除非什么？"

天边忽起一阵狂风，携卷雪花冰粒拍打窗棂，与豫怀稷嗓音中的温度浑如一体。

"父皇赐婚前，世人只知徐恪守有一女一子，却无人知晓，他正房生下两个女儿。"他缓缓述说，"后来外界传言，是因他二女儿胎中不足，出生时日夜哭闹，大夫断言活不过周岁，徐恪守便当没生过这孩子，直接丢去黔南的外宅将养。"

说及此，似有飞霜在他眸中疾掠而过。

"非要这样拆解也可以，但倘若……"他沉声静气，一字一顿地问，"徐家根本没有这个二小姐呢？"

陡然间，宋瑙悟出适才他吞下去的后半句是什么。

除非，他们私底下早有往来，赐婚的背后，原就是皇上一手策划的。

“你在猜测，世上或许本没有徐二小姐，是皇上为迎娶她，才安了个稍稍相配的身世？”

宋瑙本能地想去否认，全因他的想法太过胆大荒谬，但她一张口，却依旧颤巍巍地顺应这个思路往下走：“她可以是徐家嫡次女，也可以是其他贵女，只是刚好赶上徐斐的血案，而徐恪守偏宠侍妾，溺爱庶子的声名在外，便成为一枚绝好的操控棋子？”

豫怀稷虎口的茧子刮蹭过宋瑙手背，留下轻微刺痛。

“于情，徐恪守救子心切；于理，虽为险招，可白捡来个国丈名分，往后在朝中走动也颜面有光，不失为一桩天大的好事。”他冷冷道，“这场买卖，他可谓稳赚不亏。”

许多事，它是经不住一而再地去揣摩的，它会从心底的一丛火苗，烧燎成灼天大火。

豫怀稷瞳仁中便有这样明灭起伏的火色：“如若不是受情所累，我实在想不出别的，能叫当年还是五皇子的皇上，甘愿冒着违背良知，满盘皆输的风险也要插手干预。”

他们都曾围困在皇上与徐家的关联上，却从没剥去徐氏这层虚拢的外衣，单去看徐尚若本人。当她只是在黔南长大的徐家次女，她同皇帝必然没有交集，而这个前提一旦瓦解，将一切反向去想，倒有了新的解释。

替徐斐掩盖罪行，为的不是徐二小姐，为的仅仅是徐尚若。

若当年皇帝抓住的是别家的把柄，那当今皇后也许会换个姓氏，但坐在后位上的，终究还是今时这个。

“那么……”大约熏笼离得太近，宋瑙似全身水分被蒸干了，她舔一舔干燥的嘴唇，“皇后可以不是徐二小姐，但皇帝仍旧是皇帝，没离过帝都。”她越说越口干，咽一咽口水，“这样，皇上的意中人也应该是在宫中当过差的。”

她悄声问："会是宫里的女官吗？"

豫怀稷抬起手，拿起经热气蒸得有些软塌的画卷，轻轻放进宋瑙手中。

"父皇因病逐步放权，是昭乾十六年开始的。"

他手指滚烫，而画卷湿凉，宋瑙忽地一缩，听他缓声讲道："皇上想送谁出宫本不是难事，但当时我母妃已接管后宫多年，削减去一半宫人及用度，诸事亲为，有谁无故失踪或假死，都会进行彻查与记录。

"而宫女允许放出宫去的，需年满二十五岁，年纪比皇后大太多。"

他拉开桌下一格抽屉，取出几张纸来，上面用墨笔写满人名，但又另用朱笔一一画去。

"这是昭乾十六年到二十二年间，与皇后岁数相仿，所有提前离宫的女子名录，都已核实到去处，死去的一些也对比过容貌，并无相似的。"

宋瑙单手拨弄纸张，一页接一页瞧过去，不死心地问："就没有遗漏的吗？"

名录很薄，没有多少张，能看出后宫在妧皇太妃时期，治理得井然有序。

她很快翻到最末，伴随豫怀稷讳莫如深的一句。

"的确有个出自宫闱，却至今下落不明的。"

而此时，宋瑙也发现，最后一张纸上只有左上角一个名字。

不同于前几张，这是豫怀稷亲笔手书的，墨色要深于前面那些，笔画钩折的地方用力颇深。

他写的是：皎和八公主。

明明不是什么生僻字，恐怕连顾槐生都认识，宋瑙反倒不大懂了。

甚至有半天时间，她面向略微陌生的“皎和”二字发怔。

提起先帝排行老八的女儿，十个人里有九个半叫不出她生前名号，她只是存在于深宫的一粒尘埃，挨过世人漫长的遗忘，然后走向消亡。

短暂失神后，宋瑙手霍然一松，画卷滚落于地，摊开的卷面上，画的正是皇后徐尚若。

虽面貌比现在要稚嫩许多，有点像六七年前的她，但变化并没有很大，依旧能够看出如今的影子。

“不会的。”宋瑙急声回他，“他们是同……”

同父异母这个词卡在齿缝里，她没能说下去，声音便消失在熏笼的沉烟中。

“皇上待我母妃如亲娘，却从没领皇后去看过她。

“我们大婚之日，皇后也称病未往，她们巧合地避开了任何可能碰面的场合。”

豫怀稷语气微凉地依次枚举，过去没放在心上的细枝末节，此时归拢起来，却有了清晰的指向。宋瑙想找出一个合理的说法，可她想起的却是更多的细节。

比如，八公主的丧事是皇帝全权包办的。

比如，见过八公主的宫人几近死绝了。

比如，华阴坡埋的人自始至终不是她。

一个无权废妃生的女儿，在冷宫生长十几年，她没有偷天换日的本事。但若有代替监国的五皇子助力，所有难题就都可迎刃而解了。

原本困扰他们的八公主尸身的去向，背后是何人支配，目的为何，这些与徐斐的旧事打包在一块儿，便统统都能说得通了。

宋瑙突然记起来，在离开汶都县衙后，有那么一段路，豫怀稷面黑似炭，行得飞快。她误以为豫怀稷生她气了，当街哭成个泪人儿，可今日再去回忆，大概正是他基于对手足兄弟的认知，推想到这一层上，面色才说不出的恐怖。

宋瑙撒开他的手，蹲身捡起画像，掸去纸面上沾的浮灰，依样卷好放回桌案。

她很清楚，这张故意画小几岁的皇后肖像，不是画给她看的。

是豫怀稷准备好，想拿去给妧皇太妃的。

那个唯一见过长大后的八公主，且还活在世间的女人。

第九章

真相

皇上在前朝打击外戚，力度虽狠，但乱也乱在与齐家有瓜葛的人头上，于豫怀稷倒没什么干扰。他照样皇宫、军营、府邸三点来回穿梭，而日常闲余都用来陪夫人。

数九寒天的帝都城，又一次传出不少真假难辨的香艳段子。

诸如，今儿个王妃在松涛阁的院中堆雪人，扯下王爷两粒衣扣作眼珠，尤为奔放大胆。

再如，王爷在休沐的前一天，领王妃去酿酒坊，据作坊管事口述，王妃酒量欠佳，被劝了半壶桃花酿便不省人事，王爷立刻将人带回房，之后发生什么，咱也不敢猜。

传言五花八门，宛如豫怀稷一回来，皇城百姓阔别已久的快乐也跟着回来了。

在他们妥帖维持的平和表象下，除夕前夜，温萸终于辗转几个中间人，再次见到了阿宿。

两人约在一方废弃的河浜见面，挖低的河道里是浊不见底的死水，枯叶与垃圾交杂漂浮。温萸倚在半段老树根前，告诉阿宿，她前几天在清观阁撞见同来听戏的宋瑙。

“王妃问我认不认识莫绮月。”

阿宿面披黑纱。她皮肤冷白，经深黑的纱布一衬，显出点突兀的苍白来。

她有双黑亮的眸子，里面一向没什么温度，可那个名字似精准地点中她某处穴位，眉心猝然一皱。

莫绮月，是莫恒长女的闺名。

曾以绝色的美貌名满中原，但她死去太久了，而世间从不缺美酒与佳人，榜首年年更迭出新，只怕已不再有多少人还记得当初的莫绮月了。

“我没听过这个人。”

温萸收集起一堆碎石子，信手往河浜里丢：“王妃说，莫绮月是年少时候的旧相识，七夕夜隐约见到过她，就在遇上我跟徐斐的地方。”

她又掷下一颗石子，扑通一声，腐败的死水泛起轻微波澜。

“我不大明白她问这个做什么，若要找人，以虔亲王的能耐肯定不在话下，怎的来问我？”

阿宿收在宽大衣袍下的手缩紧了，盯住温萸的脸：“然后呢？”

兴许是这条河流久无人至，投去的碎石瞬间撩起阵阵腐臭，温萸嫌弃似的掩一掩口鼻，漫不经心道：“哦，她推说虔亲王事多，不想拿这些去烦他，所以没提过。”

她的尾音落在一阵吹过河面的北风中，在浓郁的水腥气里，她头一次看见阿宿的眼神中有那样多冰冷以外的情绪，有怀疑、惊讶、彷徨与死寂。

它们快速交织成一小点，嵌入阿宿的眼睛里。

但她仍旧不多话。

她没有说什么，也没再指派新的任务。

温萸演完宋瑙要求她演的戏码，手稍微一倾斜，剩余石块落到地上，她拍去掌心灰尘，转身走离小河湾。

她刚走到主路上，一侧河道的成排枯树后，缓缓投出一男人的长影。

阿宿未回头，只听见落叶被踩在脚下的沙沙脆响，以及一副天生的好嗓子。

“你要小心些。”他说，“光一个瑟瑟，就没你想的那么好对付，她可是扮猪吃老虎的料。”

月光穿过云层罅隙，散落在男人发顶眉间，映出他白皙到与阿宿旗鼓相当的脸。

那双标准的桃花眸，飞鸟纹旧酒囊，一柄无字白折扇。

赫然是早该离开帝都，人在洛河的宋晏林。

阿宿轻微侧头，淡声道：“我有分寸。”

“你有什么你……”

宋晏林一急，刚想说她几句，但话没说完，立即停住嘴。

毕竟她不是宋瑟瑟，任他捏扁搓圆，还能触底反弹，奋起互怼，半点不吃哑巴亏。

而她这种习惯用拳头说话的，讲不上几句就卡壳，宋晏林便也忍住不去招惹了。他停顿半天，叹口气，道：“也就是你了，换成别

人试试，你看我不呛她个昏天黑地。”

但这次阿宿反应很快，她摘下面纱，凉凉反击：“那你以为像你这么吵闹的，换作旁人，在我面前还能活？”

宋晏林轻笑两声，唰地抖开折扇，白莹莹的流光洒在扇面。

“不错，到底与我处久了，抬杠功夫见长。”他抬起枯朽的黑暗中，仍透出艳色的眸子，“你要真有分寸才好。”他折扇轻挥，“别的我不管，就当可怜我追随你跑过大半个中原，你留自己一条全须全尾的命给我。”

约莫忽然想起阿宿是做什么的，他一顿，苦笑着退一步：“不全也行，我照看你。”

阿宿回过身，面向他垂目微恍：“我劝你走过。”

“你这叫劝？”宋晏林嗤笑，“分明是驱赶。”他用扇沿压一压嘴角，“你这根冰棍子，我焐了这么久，现在走，之前的不都白挨了吗？”他笑，“这不行，赔本生意我不做。”

他们上方的荫翳暂时四散开去，月华倾泻而下，几根枯枝的投影挂在阿宿脸上，与她的冷白皮混在一起，原是有些阴森的，但又偏生有一抹罕见的温柔，是只有宋晏林才能读出的温柔。

“等事情了结，我们离开这里，你不是想去漠北吗？”她笑得淡极，“一起去吧。”

宋晏林惊讶地看她，反应许久，才猛然大喜。但翻滚的喜悦还没持续一会儿，有个疑惑如冷水泼下，压住蹿起的火焰。

他皱眉问：“你要怎么了结？”

阿宿仰起头，上空的云雾重新聚拢，光线渐次消失，又回到一开始腥腐的黑暗里。

“快了。”她没直面回答，只说，“你去准备一下路上要用的，花钱的事，你擅长。”

她这说了等于没说，宋晏林还想再问，但被她冷着眼一句话噎回去。

“少废话，不想去便罢，当我没提。”

宋晏林知道，再追问下去她该拔刀了，无奈道：“去，谁说不去的？”他哀怨咋舌，“你说说，怎么有你这种刺猬一样的女子，浑身都是刺，哪里都锐利。”

阿宿不说话，而手已搭上刀鞘，用行动呼应他的话。

宋晏林太阳穴一跳，举起折扇划过嘴唇，做出封口的动作。

今夜层云重叠，短暂的光亮之后，是漫长不知尽头的漆黑，他走在前头扫雪开路，树干上成块的积雪被风摇落，刚要落上肩头，他展扇一挥，便打得四散落地。

阿宿跟在后面，借着微弱的光，看他日渐空荡荡的衣袍在风里飘摆。

她眼眶发酸，她一直是记着的，曾经的宋国公世子宋晏林，没他穿不了的颜色，没他撑不起的衣裳，能横走洛河，是一副天生地养的美人骨。

而如今，骨气销蚀，再不复当年了。

今年的除夕是皇城近一纪以来最冷的一年，暴雪初停，但屋外仍风寒大作。

雪后的山路湿滑难行，为免太妃来去不便，豫怀稷便没在王府设宴，领上宋瑙去到浮屠寺。陆秋华稍晚也来了，他家老爷子去年告老还乡，带走一众家奴，抛下他回老家种地去了。眼见在帝都没什么亲人，就来老太妃这儿凑个热闹。

宋瑙还特意劝过豫怀稷，这大过年的，要收敛点脾气，别再有事没事挤对陆秋华了。

而豫怀稷前脚答应得爽快，后脚却在酒桌之上，一言不合就把人气出了新高度。

宋瑙步入院中，见陆秋华怒极而走，她适才在外头隐隐听到点什么，认为豫怀稷的言辞是多年如一日地损辣，不免拿出谴责的目光无声批斗他。

豫怀稷不以为意："我已经很收敛了。"

"这叫收敛？"宋瑙一脸不信，"那放开要怎么说？"

他挑眉："放狗屁。"

宋瑙倒吸口冷气："你……你这是人话吗？"

"放开了谁还讲人话。"

他满口的理直气壮，可以说，宋瑙长这么大，还从未见过无耻段位如此之高的人。

但陆秋华总算也学精一回，以迫害同僚、精神戕害为由，去老太妃那儿狠狠告了一状。最后是太妃出面，赶在开饭前将儿子修理一顿。

冬日的天黑得早，在万物没入夜色之前，浮屠寺还处在节庆的气氛里。

挂春联，放爆竹，再到简单的素斋团圆饭，原本还该守岁的，但太妃年纪大了熬不住，就先回房去休息。陆秋华饭后小坐一会儿，到戌时也抽身离开。

山寺的除夕不比市井热闹持久，很快又回归到山林原始的清静中去。

太妃在房中誊写经书，廊上倏忽传来一串急促的小跑动静，才引得她抬一抬头，又听得外头小鸡啄米似的叩门声，她忙去开门，就见宋瑙斜抱一个画轴，泪眼汪汪地站在门外。

豫怀稷则徐徐跟过来，太妃瞪他："你又干什么缺德事了？"

宋瑙一听，似触到伤心处，眼泪决堤一样往下掉。

见状，太妃不由分说，抄起玄关的白瓷花瓶朝儿子砸去："你是越活越倒退了，白天才招惹过秋华，现在又去闹媳妇，我这一天里头收到两回怨诉了，你能不能消停点？"

豫怀稷凌空一抓，接住瓷瓶，无奈地解释："我真没做什么。"

太妃不听他的，将宋瑙领进屋，细细问她发生何事。

宋瑙揩去腮帮上的泪珠，抽搭着说："母妃，夫君他、他外头有别的女人了！"

太妃听后一怔，本以为是豫怀稷没分寸，把媳妇欺负得太狠了，却没想过会是这事。她皱一皱眉："不会吧，可是哪里有误会？"

宋瑙将画轴往前一送，继续哭诉："这次上山来，我怕山中风大，劝王爷带几件外氅，方才在收拾的时候，我发现包袱里有一幅女子画像！"

"没准儿是陆秋华塞进来的。"豫怀稷推得干净，并诋毁道，"啧，你们别看这小子长了张无欲则刚的脸，可能私下爱好收罗发钗首饰、美人出浴图之类，他报复心又强，偷摸诬陷我也不是没可能的。"

太妃接来画轴，直往他的肩胛骨挥过去："胡言乱语！"她恨恨摇头，"若不是你人高马大，还会点功夫，就凭你这张嘴，都不知道给人往死里打多少回了！"

太妃抽人的动作分外纯熟，因力道偏大，画卷的绳扣松开了，一端滚向地面。在展开一半的卷面上，她看见画中是个布衣女子，十来岁的模样，浑身上下没一件饰品，娟秀的面容上有一些少女独有的拘谨羞怯。

当画轴全部铺开，太妃前一刻的恼火瞬间凝住了，她紧盯女子的眉目一瞧再瞧。

晚来又落起无边大雪，呼啸的山风拍打着门框，在呜咽如诉的风雪里，太妃迟疑不决地问出一个名字：“皎和？”她似是有点迷惑，“你怎么有她的……”

可能时隔太久，太妃不能十分确信了，但她下意识的第一反应已经可以证明一些事。

太妃手抚纸张，放在烛火下反复打量，一时忘记追问画像的来源。

宋瑙双手攥在背后，骨节轻微颤抖。

一周以前，说起皎和的名号时，她还不会有多少知觉。

但今时不一样了，这是随时会引爆的火药，炸开激流之上的虚假平静。

恍惚间，豫怀稷探手过来，以身体作遮掩，与她扣住十指。

待太妃想到去问，豫怀稷用编好的理由搪塞她，坚称不知情，全推到前一拨房客身上。

太妃不见得会相信他，但也没别的法子，只能安抚宋瑙，再叫僧人把画收起来，看有没有人回来寻失物。她送二人下山时，站在金漆佛像的正殿外，笑着与儿子说：“你也总算娶到合意的了，成家以后，日子过得还顺心吗？”

她停顿一下，又问：“没有遇到什么坎儿吧？”

豫怀稷低眸看太妃。不论过去多少岁月，她的眉目依然大气，但毕竟是只身走过一朝两代，能一力稳住六宫安宁，备受历任君主敬重的女人，她自有种后天修炼成的灵敏嗅觉。

也许在刚见到那张小像，她会一时糊涂，但她不会一直糊涂。

“顺。”豫怀稷笑一笑，“您儿媳这么乖，生起气来也软塌塌的，儿子能不顺吗？”

太妃侧头安静地看他一会儿，才抬起视线，叹息一声："是啊。"她望向漫天雪舞，"那就……护好了。"

她平静地望远，忽然说道："人生苦短，所能拥有的皆有限额，骨肉血亲，知己至交，错过一个少一个。"她眸中有点悲凉，"可一定要，护好咯。"

豫怀稷滞了一瞬。

他没有回话，只淡淡撤后一步远，弯腰弓背，向她深深一拜。

宋瑙收好包袱，远远从偏殿走过来，太妃目送他们离开山寺，直到人影被雪雾吞灭。

太妃想起有一年，豫怀稷在西北战场挨了毒箭，险些断去一条胳膊，但在往来信件里，他用左手回信，一笔一画，依旧稳重力匀。

信中写道：前线战事顺利，粮草补给充足，预计来年开春，即可凯旋。

她的大儿子，平日虽浑言浑语惯了，十分欠揍，但没逢大事，从来是报喜不报忧。

远比他父皇要有担当，重情义。

大雪中的下山路坑洼陡峭，幸而寺庙建得不高，他们并没走很久。

或许是在风雪中行路，需要分外专注，两人一路无话，只有手始终交握在一起。

在离王府百米远、积雪覆盖的长街上隐约传出踏马疾奔的响声，由远及近，正飞速朝他们逼近。豫怀稷略一皱眉，马匹转瞬冲过来，随之看见马背上的戚岁，他理应在王府留守，眼下却一身飞雪向前疾驰。

离得近了，发现王府的马车，他拉缰停住，紧接着翻身落马。

宋瑙掀开车帘，雪灌进来，紧接着是豫怀稷的问询声：“找我来的？”

“是。”戚岁在马下回话，“宋世子到访，已候在府门外，挺着急的，要见王爷。”

宋瑙闻言一愣：“堂哥？见谁？”她以为自己听错了，继续问，“不是见我吗？”

豫怀稷转脸瞥一瞥她：“听夫人口气，是有点遗憾？”

冷风里飘来一抹酸醋味儿，宋瑙无奈极了，正色强调：“我在说正经的，这王府里跟堂哥有交情的，不该是我吗？”

“不该。”豫怀稷想也未想，便冷冷反驳道，“没听过吗，嫁出去的堂妹如泼出去的水，跟他有一文钱关系吗？”

宋瑙来气了，大胆顶撞他：“王爷摸摸自个儿的良心，民间谚语是这么用的吗！”

“我拒绝。”哪知他继续冷酷不改，散漫地辩说，“我是武夫，能识两个字就不错了，我没文化的。”

宋瑙心头大怒，他写得这么一手遒劲好字，居然有脸装无知。

在她看来，这人不是没学问，他是真无赖。

戚岁躲在一旁，他没想到出去一趟，大雪天的有幸撞见主子们当街调情，只可惜还没有上手干些什么，他家爷已放下车帘，开始赶车了。

王府养的马全是军马出身，撒开蹄子一个起步，很快便抵达府邸正门。

宋晏林站在门匾下。他没有打伞，似乎是等久了，虽头顶上方有门檐遮挡，但斜飞的雪仍沾满了墨发肩头，部分融化的雪水浸透他的素衣白衫。

宋瑙坐车里望见时，眉心不由得一蹙。

前头斗嘴归斗嘴，但她跟豫怀稷都明白，宋晏林本应人在洛河。

雪夜除夕，不恰当的时间，出现在不恰当的地点，他的突然造访，必有什么幺蛾子。

豫怀稷先跃下车头，向后方的戚岁责问："这么大的雪，怎么不让宋世子去府中等？"

戚岁嘟囔："属下极力劝说过，就差生拖硬拽了，是宋世子不肯。"

他们说话时，宋晏林已冲到车前，不知是否是挨冻的缘故，他面色比起在皇后寿诞那时又难看许多，惨白中夹杂点淡淡的铁青色。他的确像有急茬儿的样子，但碍于戚岁在场，他强忍住没立马说出口。

豫怀稷看在眼里，先掀开车帘，扶宋瑙下来。他取出里面的纸伞，单手撑开斜在宋瑙头顶，这才稍一摆手，戚岁便赶上马车往后门去。

宋瑙前面坐在车里，飞快地想到数十种宋晏林此行的理由，甚至于他是否因岁数涨长，再靠美色挣钱难免力乏，继而产生从良之心，却遭遇到什么难以启齿的阻力。

可她刚一站稳，足下半尺厚的雪还没踩瓷实，就听宋晏林以近乎哀求的语气说：

"王爷，你救一救阿宿，如今只有你能救她了。"

那一秒，宋瑙几乎以为出现幻听，怕是日思夜想的，才会听什么都是那个人。

但她迷惘地仰起脸，隔了密密匝匝的雪帘，望见豫怀稷眼中一抹晕开的冷漠杀意。

仿佛对面的不再是以往的宋家世子，或者潜在情敌，而是乱臣

贼子，当诛之。

豫怀稷盯住他，问：“她人在哪里？”

“在皇宫。”宋晏林回他，眼尾染血似的红，“她被皇帝派出的影卫给抓走了。”

宋瑙瞬间如坠冰窖，哪怕前面听见太妃吐出皎和的名号，她至少早有准备，都不像这一刻仿佛无数冰刃在朝脸上抽。

“宋晏林。”宋瑙随他闯荡洛河、赌茶行歌的那么些年，今天还是第一回连名带姓地喊他。

即便因他一时疏忽，摔过一个狗吃屎，在中央街上出尽洋相，她也没这么愤怒过。

她咬紧牙关，一字一句地问：“你可知道，你说的是什么？”

对话过一个来回，宋晏林也终于平静些：“看来，不仅我知道。”他渐渐反应过来，“王爷同王妃也认识阿宿？”

宋晏林笑起来，微弯的双眸仍是无双艳丽，可眼底猩红，横生道道血纹，如同泣血。

豫怀稷脱下外袍，裹紧宋瑙肩膀，搂住她向前走。

“进去说。”

他敛起杀心，面上没什么表情。

他们迈进门槛，宋晏林紧随其后。

风雪之下，朱漆大门缓缓合起，金钉门环在风中摇摆轻荡。

宋晏林坐在铁梨木圈椅上，经内室的熏炉一蒸，浑身不住向下淌雪水。

尽管屋内炭火旺极，热烟自密集的炉孔往外飘散，但他湿凉的衣料贴在身上，依然有丝丝冷气朝骨缝里钻。

而小心眼如豫怀稷，没拧下他的脑袋已经算作仁慈的了，自不会再提供干燥衣服与他。不过宋晏林也不在意，他拎起矮几上的茶壶，腕子细微打战，自斟半杯冷茶。

这是宋瑙出门前泡的，早就凉透了。她刚想发声阻止，豫怀稷伸手过来，轻扭一下她手背，道："哪有这么娇气了，隔夜茶才好，喝不死他，跑茅厕拉也拉垮他。"

宋瑙略略无语，私以为他此时甩出的脸子，简直与民间戏文中的恶婆婆毫无二致。

神思刚一跑远，就被一道声音拉回来。

"阿宿，她曾是莫恒养在府邸的暗探。"

一盏凉茶下肚，没有任何铺垫的，宋晏林忽然张口，眸中似有一层灰蒙雾气。

"她三岁入府，五岁练剑，六岁可斩杀恶犬。没外出任务时，她则是莫绮月的贴身婢女。"

屋中陷进短时间的沉寂，暖风绕梁几圈，豫怀稷才嘲讽似的夸他："能从三岁说起，宋世子的确细致入微，再配上这张脸皮，怪不得这么讨姑娘家喜欢。"

基于宋瑙跟他从小青梅竹马，若换作以往，身为人间老陈醋坛子，豫怀稷一定会紧接着对他进行挖苦打击，而以宋晏林的妖风骚浪，当也不落下风。但眼前的事态限制了二人的发挥，豫怀稷只沉沉问他："我若没记错，莫恒是在修史之时，杜撰诋毁先帝，公然亲异族，讽前朝，犯下大不敬，才依律例诛他三族？"

宋晏林听得轻笑出声，他解下酒囊，往空杯里倒满酒。

他举杯晃一晃："王爷或许不知，莫恒跟徐恪守是同乡人，曾比邻而居，又是同届科举出来的。"酒香甘洌，他举到唇下，"徐恪守生性油滑，而莫恒为人迂腐，他们理念差得太远，一直不对付。"

他冷笑摇头："两人暗斗了一辈子，莫恒比谁都清楚，徐恪守

只有一个女儿。”

联系起阿宿的身份，宋瑙脑筋一转，明白了什么：“阿宿是他派出去调查的？”

宋晏林点一点头，之后的一些，也是他抛去脸皮，断断续续在阿宿那儿套来的。

莫恒为她伪造册籍，一路打通关系，送入宫廷当侍女。阿宿的功夫在男子当中都不算差，小皇帝机警，她虽没能近身服侍皇后，但昼出夜伏三个月，倒叫她发现点怪事。

她逐渐掌握到，皇后经常半夜三更的，独身一人往冷宫里去。

终有一日，她提前藏在梁上，听见皇后伏在先帝的姝贵妃床头，笑着喊其娘亲。

没有什么犯上作乱，真正给莫家招灾的，正是这一声娘亲。

“皇上够狠，怕事情败露，干脆把莫家一窝端了。”宋晏林一口饮尽杯中酒，“可拔出萝卜带出泥，而阿宿就是那底下盘根难剔的泥。”

他本以为，他这一说完，豫怀稷会震怒，拒绝听信，抑或把自己赶出府去。

但豫怀稷并没有，相反，他连初时的杀意都见不到了，眼底黑黝黝的，捕捉不到任何情绪。

宋晏林再去瞧宋瑙，见她头埋得很低，也窥不到神情，以至于他无从判断，他们对帝后两人之事是持什么样的态度。

他低一低眼，又倾斜酒囊，倒了半杯酒。

今日的水沉香隐约烧出丝缕的苦味，良久过后，宋瑙方启唇，似吸进满口的苦气。她抬手压住酸胀直跳的眼窝：“那你呢，你是怎么认识她的？”

“她？哦，你说阿宿啊。”可能酒喝得过急过快，宋晏林面颊有点烧红，眼里带点不大清醒的微醺，“我早期同莫绮月有婚约，哪知我花名在外，一路从洛河传到帝都。莫大小姐不放心我，叫阿宿来探一探我老底，这便认识了。”

他哼笑：“你看，我这一天天的，到底还是吃了长相出挑的亏。”

可宋瑙笑不出来，冷着眸看他，暗骂道：都什么时候了，还骚？骚死自己算了。

“瑟瑟，大胆点，骂出声，”忽然，宋晏林懒懒道，“掖在心里算什么？”

宋瑙还是没说话，她可以看出，宋晏林自进了这屋起，就自行扣上一副铁面罩，他强装镇静，虚假地说笑，努力做出平时的样子。

须臾，宋晏林坐直身子：“我知道，你现在还能忍。”

他望着宋瑙，眼光复杂，有内疚，也有脱力后的钝痛：“但我后面的话，你怕就不能了。”

宋瑙皱紧眉心，看见他的伪装在逐步崩塌。

“王爷，阿宿一直想获取你的助力，我担心她落到皇上手里，会把你拖下水。”

豫怀稷仍端着一张死人脸，全然有种戏台交给你，我静静听你唱的旁观之态。反倒是宋瑙，一听气炸了，跳起来喊：“王爷跟她一点干系都没有！”

眼下她心中只有一个词，是白日里豫怀稷教她的：放狗屁。

“王爷做没做，跟她是否有牵扯，又知道多少当年的内情，这都不重要。”宋晏林闭一闭深凹的双眼，“重要的是，阿宿怎么说，皇上又会不会相信她。”

他的意思很清楚，除非赶在皇上审问之前救下阿宿，否则阿宿会乱说些什么，谁也预料不到。但在宫中劫人，即使是豫怀稷，也并非轻而易举的，就算侥幸成功，可如此一来倒真给人落下把柄，

再也择不干净了。

宋瑙气得说不出话，倏忽之间，她听到近侧响起啪啪几声，只见豫怀稷举起双手，似笑非笑地连拍数下。

但他没有表态，鼓完掌，他起身向外走去。

宋晏林救人心切，也站起身来，想去讨个明白答复，但手刚一抬起，便有股劲风横扫而来，将他打回原位，再仰头时，房门敞开着，豫怀稷已走入疾风飞雪中。

宋瑙走得没那么快，在宋晏林身前立定，失去门板的遮拦，飞雪争相无序地涌过来，她的嗓音也随之揉进呼啸的寒风里："不论你跟阿宿怎样结交的，你跟她一道……"她满目失望，"国公府百余口人的性命，你都不要了是吗？"

宋晏林苦笑不语，若真能不管不顾了，他也不必日日如油煎火烹，惶惶不可终日。

宋瑙走出几步远，相隔几重雪雾，她眺望到拐弯的檐廊死角上，豫怀稷的身形挺拔，他右手执伞，静默地等在凛冽雪光里。

宋瑙站到他身前，垂下头，吸着鼻子道："我当你先回房去了。"

"不敢。"豫怀稷转动腕子，伞面倾斜向她，"上回忘记等夫人，不是被当场一顿收拾，这再来一次，怕夫人一口气把我府邸哭塌了。"

他依旧老样子，会适时地说些软语来调节败坏的气氛。

但宋瑙明显听不进去，她可怜慌张地拽住男人袖口："现在怎么办呀，那个讨人厌的，是救她不救？"

豫怀稷揽过她的肩头，撑伞而行，淡淡问："她能躲过这么多次紧密的追捕，怎的偏在皇上分出精力忙年关祭祀时被抓了？"

宋瑙略一思索："是温萸的话起作用了。"眼光忽闪，定声道，

“她急了。”

这本也是他们挑动的，但仍然低估了她，为拖他们落水，可以狗急跳墙到这一步。

豫怀稷踏出门廊，一脚踩在雪地上，留下极浅的痕迹。

“急能生乱，没什么不好的。”他口气冷然，“由她这么犄角旮旯里躲藏，倒不如把她诈出来。”

宋瑙愁眉锁眼：“可，两条都是死路，如何选？”

豫怀稷捏一捏她肩膀，示意她仔细看地，然后道：“既然她给的全是死胡同，左面上刀山，右面下火海。”他停一下，“那我何不干脆往前走，找个悬崖跳一跳？”

宋瑙张口结舌，一时僵在雪中。

天公在上，她又听见了什么离谱的胡话？

可下一秒，她隐约又理解了什么，咬住贝齿，没有吭声。

“世上活路难寻，可要死还不容易，百八十种找死的法子，我们为什么要按她的选？”

豫怀稷揩去她鼻头沾的雪，眸色深冷：“不妨甩掉她，我们赌把大的。”

言毕，他与宋瑙耳语片刻，宽大的纸伞罩住二人，话音湮没在暴雪中。

既然条条险路，与其去踩阿宿扎下的陷阱，他想去赌一条胜算大的。

半炷香后，他跨上玉兰白龙驹，独自穿过风雪，向黑夜中的皇宫奔去。

宫中的地牢灯火如豆，百来步见方的阴湿地下，墙壁洇出密布的水珠，潮气甚重。

豫怀谨身穿赤褐色龙纹便服，立在几排刑具前，指尖自一端缓缓掠向另一端。他没有立时选定，只是犯难似的回头：“朕极少亲自动手，对它们的用处不大熟悉，你可有什么喜好？”他顺手举起一件，“烙铁？”

见女子死盯着自己，没有说话，他便原地放下，又捡起一样：“还是小钝刀？”

他轻言慢语的，而火烛下的双眼阴气逼人，地牢密闭暗湿，他已在这里耗去近两个时辰。

而他的对面，是伤痕纵横的阿宿，地上躺着两截抽断的银鞭，她四肢由玄铁链条捆绑住，浑身似泡在血泊中。可她的一身硬骨并没被打散，在豫怀谨遣走施刑的侍卫，取掉她口中白布时，她猛地一口血水，糅杂着日久难消的恨，啐了他一身。

从这刻起，两个彼此对抗忌惮，却又未曾直面过的人，才是真正碰上了。

阿宿没去隐瞒自己的来历，她不停歇地咒骂，一些较浅的伤口凝成血痂，伤得较深的口子依旧在向外冒血，但她仿佛不知痛一样，提着气历数豫怀谨犯过的恶行。

可当豫怀谨问到她其余党羽的名字与行踪，她古怪地笑一笑，再也不发声了。

“你说得不错，朕不是什么好人，远嫁胞妹，气垮亲娘。”豫怀谨最终提起一柄铁刷子，眼底森冷，“要知道，在对付女人上，朕一样下得去手。”

“难怪你爹不亲娘不爱。”阿宿又吐掉口血水，讥笑道，“若非你三哥去到前线，常年不在帝都，今日哪还有你什么事？”她语气恶狠狠，额头的伤口裂开了，一滴血落进眼眶，她问，“你啊，你怎么不去死？”

豫怀谨顿住步子，他咳嗽几下，忽然笑起来：“皇兄的确样样拔尖，是先皇寄予厚望的皇子，江山交给他，必能成大昭百年盛世。”

阿宿一愣，透过眼仁中洇开的血珠，她看出去的豫怀谨模糊不清，但仍然可以察觉到，他在说起他皇兄时，如同是长在普通人家的两兄弟，流露出对兄长异常的信服与钦慕。

她尚未分辨出他是真情或假意，顺着浓烈的血气，空中飘来一句问话：“你与莫绮月打小一起长大，感情很好吧？”豫怀谨突然问她，“她死的时候，你没考虑过跟她一起去吗？”

忽闻此名，阿宿的怒火轰地烧起来。

她咬牙：“不，我有非杀不可的人。”

“一样。”豫怀谨平静地接口，面上无风也无浪，“朕也有一定要保全的人。”

阿宿稍微反应一下，才听明白，他是在回答自己的后一个问题。

——你怎么不去死？

——朕也有一定要保全的人。

他有要保全的人，他还不能死。

半晌，阿宿眼光蔑视：“哦，就是你那违逆人伦的亲……”

她话没讲完，一道掌风刮过，生生将她的脸扇向一侧，烛芯上的火苗剧烈摇摆，她眼冒金星，面颊登时肿起三分。

“怎么不长记性，忘记莫氏是因何灭门的了吗？”

豫怀谨身形微晃，人已闪至，他踩在一摊黏腻的血上，嗓子似刚从冰水里捞出来。

阿宿喘口粗气，挨下这一巴掌，一些细小的伤口再度绷开。她舔掉嘴角溢出的血，依旧不怕死地挑衅：“怎么敢做不敢当了，去

把你的侍卫叫回来，让他们也听一听，他们忠心侍奉的君王都干过些什么天打雷劈的丑事。”

豫怀谨任她谩骂，他扬起手，缓缓卡上女子脖颈，淡漠发问：“谁说她是朕的妹妹？”

阿宿微怔，以为他死不肯认，但她把头偏回来，豫怀谨幽暗的面容中满是坦然。

大约根本没打算放她活命，便不怕她听去多少，豫怀谨五指逐一收拢，陷进她嶙峋的颈骨里，同时又一反问：“谁说，她是先帝的亲生女？”

阿宿张开嘴，可她发不出一个字，在越发稀薄的氧气里，她不住回放着那句话。

谁说，她是先帝的亲生女？

在她差一点断气前，陆万才过来传报，虔亲王有急事求见，已在宫门外等候。

豫怀谨这才松开手。

他吩咐陆万才烫几壶酒，再准备个羊肉锅子，安排王爷去偏殿等他一会儿。

阿宿霍然恢复呼吸，大口腥浊的空气灌来，她无力地跌伏在地上。

豫怀谨不再管她，大步走出地牢。他一身血锈腥膻，有碍观瞻，需整理一下方好见人。

宫中的年节到他这一代，因无妃无嫔的，一向比之前几任帝王要冷清许多，而今年尤盛。他以伤怀九公主北上和亲，太后病体不愈，朝中事端频发为由，取消了除夕的宫宴。

冬夜风啸雪涌，陆万才为他撑伞，他一路急咳不止，时而用帕子揾一揾唇。

在通往御清池的近道上，豫怀谨行到一处，突然收停脚步，主道左边的宫墙有大片焦黑，多年未有修缮，保留下它原本的面貌。

陆万才稍有疑惑：“皇上？”

豫怀谨抬一抬手，做出停止的手势。他接过陆万才的伞，向宫院侧墙的灌木丛走去。这一面本没开凿小径，夏季草木茂盛，已长到及腰高度，或许是宫人曾在墙边修理过植被，隐隐踩出条细长的小土路，笔直通到西边墙根。

他驾轻就熟地走到尽头，在那手指粗的墙缝外立定，风穿过破败的缝隙，打在他血迹斑驳的衣襟上。但他一点不觉着冷，执伞半蹲，摸一摸角落冻结坚硬的雪泥。

便是在这儿，他生平第一次见到尚年幼的徐尚若。

无人知晓他们如何会认识，就像从没人在意过，他被二皇子夺去的湖笔是怎样找回的。

是他几近放弃的时候，在嗓耳的蝉鸣声下，听见一声树枝拍打草叶的奇怪动静。

他循声绕到西墙的边角，一眼看到墙缝内戳出根一米长的枯枝，挺有耐性地在敲打外头的灌木，似要将他引来，墙边塞出来一个断线的纸鸢，和他久找不见的湖笔。

但他谨慎惯了，没从正面过去，自侧边绕了一圈。

可怜对方的视线只有拇指宽，并没觉察到他，依旧不断地在拍击草木。

豫怀谨走到墙根，没立即去捡地上的东西，先伸手从侧方去抓那枝丫。

只见墙内人咻地撒手，树枝不要了，飞速跑走不说，还边跑边哭喊：“娘亲，有鬼！”

同样年少的豫怀谨，手握枯枝，满脸疑惑，僵在墙外。

但他认出来，这纸鸢是二皇子之物，湖笔尾部还缠有几圈断掉的风筝线，他当时便看出是什么把戏了。到底是从高处坠下，笔身从当中断裂，估计是谁捡到了，用颜色接近的旧布条绑了绑，还打起一个颇清新的双扣结。

第二日，他目测完墙缝大小，卡进一包桃片糕作谢礼。

当夜，他再来时，发现糕点取走了，只留下一块布，上头用花汁为墨，规规整整写了句话——请问，你是人不是？

豫怀谨脸一黑。为消除误解，他很快回了张字条：自然。

但对方仍有疑惑，给他留言：可你走路怎的没声儿？

他想一想，回道：我学过一点功夫。

对方顷刻相信了，认真问他：那你会飞吗，嗖嗖的那种？

豫怀谨卡壳，主要他也不大懂，嗖嗖的是哪一种，便老实写下：暂时不行。

这么几番书信往来，他们反倒相熟起来。彼时的灌木有专人定期养护，还没长得如今那样遮风蔽日，徐尚若每日会留些时辰，盘腿坐在空隙里，窥望外边走过的人和风景。

也是在那时，她留意到豫怀谨，白白净净的，却跟个小老头儿似的，总板着一张脸，在路两旁来回找些什么。

待他们从纸上的一来一去，进阶到坐在宫墙两边，平心静气地闲扯。

豫怀谨问她：“听宫人说，你是父皇的八公主？”

徐尚若否认得很利索：“不是。”

“里边统共住了两个人。”小少年纳闷，“你不是小八，难不成是姝贵妃？”

徐尚若有丁点不悦，强调道：“我姓徐，我娘亲也有名字的，她姓白，不姓朱。”

豫怀谨愣一下，反应过来，她是故意只读姝的右半边。这多半是她母亲教的，但她这样蛮不讲理的样儿，豫怀谨还是首次见到，失笑问她：“即使你娘怨气大，要你随她姓，也该承的白氏的姓，徐是哪里来的？”

可他仍是太过年少，不晓得女儿家一旦生起气来，强行掰道理是无效的。

果然，徐尚若说不过他，更加气恼：“我今日不想跟你说话了！”她能想到的狠话有限，唯有再加一句，“明日也不想！”随后就拍一拍裙摆，一溜烟地跑走了。

而随后几天，豫怀稷领他掏鸟蛋时伤到了，他在两个寝殿里来回跑，确实也没去成。

等再在约定时间里赶去，已过去半个月。

终于见到他人，徐尚若委屈地抱膝，蹲在墙根，坦白地说：“我说的是气话，没真的不理你，你怎么这么……”

豫怀谨靠墙而坐：“我怎么？”

徐尚若搜刮许久，找到个词：“脆弱。”

豫怀谨常年板起的五官忽一松动，他哧地轻笑，可相隔一堵墙，徐尚若没能听见，只看他不怎么讲话，她紧张道：“你若不喜欢，我可以换个词的。”

但她向来老实简单，说不来讨巧的话，她扒住墙缝往外看：“我识的字不多，如果说错了，你别计较。”她思索一下，改口说，“计、计较也可以，但你别计较太久了，好不好？”

仿佛千难万险才找到的玩伴，会格外怕失去，在孤岛困久了的人，一丁点光热都弥足珍贵。

于是便在这一时一刻，她的卑微是面镜子，豫怀谨在镜面前照见了他自己。

唯一不同的是，他的低微是埋进骨缝里的，绝不肯向人坦露分毫。

徐尚若可能早已不是八公主了，但他仍是五皇子，有一万双眼睛在等他出丑，他不行。

“我没同你计较。”

豫怀谨屈起一条腿，右手搭在膝盖骨上，跟她讲了讲他缺席的几天里发生过的事。

徐尚若关切地问：“你皇兄伤得严重吗？”

“还好，至多……”

豫怀谨记起他四皇姐的话，原封不动地重复：“以后没有姑娘嫁给他？”

徐尚若一惊，小声嘀咕：“那还……有点严重……的吧？”

但豫怀谨笑一笑，告诉她，他的皇兄是顶厉害的人物，早晚会冲破这四面宫墙，不会只当个挂名王爷，他的天地当在别人一生都去不了的广袤之境。到那个时候，还愁娶不到小媳妇？

徐尚若认为很有道理，也不知为什么，他的每一句听上去都很有道理。

在徐尚若的意识里，什么话经他的声带一过滤，总会发散出真理之光。

时间一长，一个敢讲，一个敢信，也彼此交换过不为人知的小秘密。豫怀谨曾真切地期望过，这种日子会延续到三皇兄登基称帝，他再去求新帝开恩，赦免姝贵妃母女。

旧的王朝会结束，在新的生机中，他会成为皇兄的一把刀，为其神挡杀神，佛挡杀佛。

他是真心实意地，这样盼过。

除夕的街头爆竹声远近起伏，孩童手持烟花，在瑞雪中奔闹守岁。

而临街的虔亲王府却萧冷寂静，宋瑙和衣坐在榻上，寝屋里没点蜡烛，黑漆无光。

椿杏又来敲门，说宋世子请她去中庭叙旧。宋瑙拒绝过三次，但宋晏林不见气馁，一点没有寄人篱下的自觉。宋瑙被他磨烦了，终于提起把伞，推门向院外步去。

石亭的四只檐角坠满积雪，宋晏林坐在桌边，洇透的衣料贴在身上，勾出他一棱棱的骨架线条。而他不愧为拿腔作调的一把好手，哪怕冻得要死要活了，仍在怀里掏出两只冰纹流光杯，倾倒酒囊，抖索着一口接一口。

宋瑙迈进亭中，没去坐，只站在他的斜对角，细细瞧他一会儿。

宋晏林哑着嗓子，轻飘飘地问："怎么这么看堂哥？"

"没什么。"宋瑙淡淡的，不似他们平生任何一次对话，生疏中带刺，"我就在想，若他日国公府落败，堂哥被派去皇城脚下扫大街，也必然是帝都拾荒者中最有格调的。"

宋晏林想笑，可嘴唇冻住一般，扯也扯不开。半天，他问："王爷呢？"

"去宫里了。"对于这个，宋瑙不愿多说，反而问他，"你跟阿宿共事多久了？"

宋晏林垂眸："谈不上共事。"他微一顿声，"她在筹备什么，我也是前年才发现的。"

话一飘走，又是阵干涩无言的沉默，鸡蛋大的雪块不时从积满雪的亭檐掉落，啪嗒一声后，宋晏林问："那你呢，怎么知道她的？"

宋瑙是个有操守的，不可能供出温萸来，清眸一瞪："偏不告

诉你。”

担心宋晏林套话，宋瑙绝不恋战，转身欲走：“我要回去了。”

“哎，才聊几句，走什么？”宋晏林叫住她，拿出一锭银子推到桌角，“暴雪天的出趟屋多不容易，再聊个一两纹银的天，如何？”

他抬手往另一空杯中斟满酒，同样往前推：“洛河的女儿红，喝口？”

宋瑙收回脚步。她判断几秒，果断过去取走银两，塞进怀中揣好了，旋即又要离开。

“瑟瑟。”宋晏林转动杯壁，叹一句，“你想白嫖啊？”

宋瑙绝不示弱，振振有词：“我为何要跟你一个未婚外男闲聊？”她十分不客气，“而且，你蛮讨我夫君嫌的，夫唱妇随，我自然不好跟你多话。”

宋晏林摊手过去：“好，银子还我。”

“我不。”

宋瑙充分学习了她男人的无赖，诡辩道：“我可是虔亲王妃，这府中一砖一瓦哪个不是我的，何况亭台石桌上的一小锭碎银子！”

说完，她再次转身欲走。

铺天肆虐的雪啸声下，宋晏林霍地起身，她似乎听见无形中，他不断裂开再重塑的伪装终于崩碎一地，他白着张脸，高声追问：“他会去救阿宿吗？”

宋瑙背对他站定，良久后，她又回到石桌边，举起酒杯仰头饮尽。

“果然。”她垂下杯子，“装过烧刀子的酒囊，再去装什么，也戒不掉那股烧心灼肺的辛辣。”

手伸到亭外，她接住几片飞絮似的急雪，贴在掌心，倏忽即化，凉意一分一分进入眼底。

“人也跟这酒一样，她走到今日，哪怕活着回来了，你们又要如何重来？”

而今夜过后，世间的齿轮亦会交错转动，朝未知的方向翻滚而去。

第十章 旧事

天穹擦出一点鱼肚白，掺在肆虐的雪势中，天地间有种朦胧的青灰色。

豫怀稷去了一夜，此时才姗姗归来，他自边门进入，后面还尾随一辆并不显眼的马车。

他们悄然进府后，两扇门顷刻关闭锁死，而马车内躺的，正是本应在皇宫地牢里关押的阿宿。宋晏林一夜无眠，他接到消息赶过去时，由于太过急乱，他完全没有关注到，同样熬到天明未睡，跟他一块儿赶来的宋瑙。豫怀稷立在霜雪下，沉着眸，与她微微一颔首。

宋瑙熬得双目通红，用力闭一闭眼，似有深忧，又似松了口气。

阿宿的伤让人触目惊心，实际没伤到骨头，是些较深的皮肉伤，但衣服与结痂的血块大面积粘连，不免要多吃点苦头才能剥下。宋晏林面如黑土，阴沉难看，他是极爱侃大山的人，现下倒一言不发。而阿宿一贯没有说话交际的天分，努力许久，仍然没找出合适的话。

他们在反常的失声中相对无言，宋晏林替她掖好被角，没有表情地抬腿即走。三两秒后，他似没绷住，又面无表情地折返，在屋中压抑地来回踱步。

终于，他放低嗓音问阿宿："这便是你说的了结？"眼底撩起一丛又一丛的火焰，他咬牙切齿，"很好，再迟一点，你彻底了结在里面了，收尸都省了，乱葬岗一丢，野狗呼啦啦地啃食完，可叫一个白茫茫大地真干净。"

以往宋晏林咋呼碎嘴，阿宿都直接上手揍的，现在揍不动是一面，另外一面她确实也理亏。

见她不讲话，宋晏林冷笑："我话就放这边，再有下次，你看我不打死自己！"

阿宿愣住，皱眉望他，虚弱的眸中生出疑问三连：嗯？什么？你有病？

"打你我下不去手，我还不能自残吗？"他冷声威胁，"以你闯祸程度为标准，是抽耳光，还是见血动刀子，看谁最后不忍心。"

阿宿张开口，嗓音嘶哑，但很柔和："宋晏林，"她艰难地说出脱险后的头一句话，"一哭二闹三上吊，你可真出息。"

她的声色似杂糅了粗石沙砾，再配上这一身伤，不难想到她刚受过怎样的刑罚。

这时，房门经人一把推开，来的并非大夫，却是梳妆整理后的宋瑙。

她乌目红唇，发鬓间斜插一支汶都买来的白玉簪。阿宿猝然见到，本能地撑一撑床板想坐起来，而这一动扯到肩头的伤，血瞬息在衣间洇开。

宋瑙指尖轻碰白玉簪头：“如何，与莫大小姐那支比起来，还算相像吗？”

宋晏林忙去扶阿宿躺下，他算明白了，宋瑙是来找碴儿的。

他立即挡住堂妹，开启防御状态：“阿宿伤得不轻，有什么话，过几日再说。”

宋瑙推他一下，没推动，不耐烦道：“我跟她有何可说的，我主要是过来骂人的，你让开。”她冷眼往床榻上望去，“我特意趁她还有口气，赶来骂给她听的，她若咽气了，我还不来了呢。”

她都这样放话了，宋晏林更不可能允许她靠近，左拦右挡。

宋瑙一怒：“你脑子是猪头吗，她是不是故意就擒的，拿这套来胁迫王爷，你会看不出来？”

宋晏林忽地身子僵直，听他堂妹不留丁点儿情面道：“你若真瞧不出，对不住，请你立刻离开我家，我委实不想跟个傻子当兄妹。”

阿宿侧卧在那儿，只能看见宋晏林背向自己，任宋瑙说破天去，始终寸步不让的背脊。她几乎想说，你放她过来，一个蜜罐里泡大的小姑娘，哪怕由她打几下出气，也就流些血而已，能严重到什么地方去？

可宋晏林仿佛能感应到她，适时向后略微侧头，艳眸斜睨，警告她：可闭嘴吧你。

而他仰仗自己瘦死的骆驼比马大，人高身壮，有意将宋瑙往门外撵。

宋瑙大为光火，索性就靠在门框边：“行，那勿怪我连你一道骂。”

熬了整宿，她眼睑有淡淡青黑，沁出些难掩的躁郁：“你也莫怨我，人不都这样，立场不同，便可慷他人之慨。不涉及自己的，我敬你深情厚谊，是条好汉，不怕拉百余条亲故的命来陪葬，也誓要跟她在一起。”

她收紧手，用狠极的话骂他：“但现在，我只觉得你是副贱骨头，喜欢属蛇蝎的。”

阿宿细眉皱起，想做点什么，但宋晏林手背在身后，跟她打手势：让她说。

宋瑙字字朝心窝子里捅：“别的不谈，单你瘦得一把骨架子，平日一定没少殚精竭虑，她可有丁点疼惜过你？”她说得过急过快，吐字有些不清，“我瞧她是没有过，她帝都眼线有多少，昨夜怎么没见旁人来，偏把消息透给你，撺掇你到王府来求助？还不因你我的血亲关系，便于你透过我去同王爷说上话？”

宋晏林堵在她面前，徐缓地勾出一抹笑，里边有逐渐扩散的苦涩、怅然，有沉积已久的疲惫，却没有一点惊诧与怀疑。

他从未因情障目，他其实比宋瑙以为的，还要清晰得多。

宋瑙盯他一会儿，道：“她算天算地的，倒是一个没漏，你还护她。”

她不再企图靠过去，停下跟宋晏林的角力，倒退两步：“我不反对她去报仇讨公道，但她有本事自己去，断无一没把握，就拉无关人陪她送死的！”

宋瑙兴许骂累了，声音轻下来，最后问他一句：

“她当我们是什么，当你又是什么？”

宋晏林没有回答，而宋瑙也不是来寻求答案的，她望一眼榻上人，拂袖离去。

等宋瑙走得足够远了，宋晏林才坐回床边。他收起所有的情绪，仿佛什么都没发生，笑叹一下：“我曾劝阻瑟瑟嫁进王府，我也劝过你，别拖她入局。”

他闲谈似的说：“你们这些个小姑娘，犟头倔脑，谁肯听我的？”

榻边有一盆打好的清水，宋晏林敛起袖口，用拧干的湿帕子给阿宿擦拭额角，落手轻慢：“我说吧，她的小犬牙尖得很，被咬到了吧？”

阿宿侧向他，听他絮絮叨叨的，周身却疼得厉害，不知是为身上的伤，还是宋瑙说的话。

她忽然问：“如果虔亲王没来，你会怎么办？”

宋晏林替她清理的手顿住了，他把帕子浸入清水中，白布浮在水面，他淡淡望着。

“我曾想过杀死你，再自杀，就在不久前。”

仿佛这并非一个不能声张的秘密，他没任何避忌，与她说：“阿宿，我在遇见你以前，结交过一堆江湖义士，我们去过北境，也下过边塞。我见过常年在战鼓烽烟下的百姓是如何生存的，这场十年的仗，王爷打得不容易。”

故而，倘若豫怀稷没去，也不过应和了他曾有过的，闪瞬即逝的幽秘心思。

也不过是，她先走，黄泉路上，暂且等他一程。

阿宿听他说前一句时，内心没有波动，倒是一万分的平和与放松。但宋晏林讲到后头，说起戍边之困，她眉目渐渐锁紧。

“如今边陲战事刚刚止息，若朝堂撕裂动荡，后方恐再起战火。”他别有深意地转言道，“而大昭，不论军民，都已经不起又一轮的战事了。”

而还有什么，能比大昭的君主与兵马大将军离心离德、分裂内斗，更会叫异族生出攻伐之心呢？

阿宿久未言语，可此时说这个，也太迟了点。

宋晏林就此打住。他继续搓洗帕子，在提起拧干之际，他似是无意地问："阿宿，你困在皇宫地牢的时候，怕不怕？"他一滞，又问，"你有没有，想过我？"

阿宿愣一愣，回忆起昨日，血腥的环境里，她大约是没特意想过宋晏林。

但当皇帝掐住她的脖子，她听见骨骼在被大力挤压时，发出轻微的错动声，某一念头闪过脑海，她在想，她若死了，这个风流人大概会哭吧。

她虽甚少挂在嘴上，但生死关头，她的的确确，想到的总是他。

宋瑙大约火力开得过猛，回去后一卸力，人便虚脱下来，有点沾惹寒症的前兆。

豫怀稷已换洗完毕，穿好初一祭祀的朝服，见宋瑙病恹恹地推门回屋。

扶她坐下，豫怀稷猜问一句："吵嘴吵输了？"

"不存在的。"

宋瑙强打精神，右手攥拳，放到胸口郑重地捏一捏："在自家府邸干架，就是这嘴它磨秃噜皮了，也绝不能给王爷丢人的。"

豫怀稷极轻地一笑，可笑纹悬在表面，无着无落的，似乎稍稍冲他吹口气，不用使多少劲，就会如柳絮四散。

宋瑙心上一疼，她坐在桌边，突地展开双臂，撇嘴向他晃一晃：要抱。

豫怀稷站起来，走到她面前，她一扑一扣，手臂跟两股绳一样，

紧紧环住他的腰。

“干什么？”豫怀稷手抚她鬓角的一小撮软发，“想勒死你男人？”

“不对。”她眼中沾点水光，摇头纠正，“这叫占便宜。”

豫怀稷不再言语，半合上那双滚过墨汁似的眼。他们一坐一立，安静地相拥片刻。天逐渐放亮，虽大雪不歇，灰色层云覆在空中，但出发的时辰已至，豫怀稷不耽搁地出府上马，手提缰绳，马蹄掀起一片片皑皑雪尘。

他这头刚走，大夫便到了，请的是营中随军十几年的老先生。

应豫怀稷的指示，先给宋瑙诊脉，开完补养驱寒的方子，才去向阿宿的别院。

戚岁说，是他家爷教的，人要分清轻重急缓，很显然，王妃为重，那什么为轻。

宋瑙哑口无言。她叫戚岁去那头盯梢，自己宽衣躺下，眼皮子已沉如灌铅，一沾枕便睡去了。但她这一觉睡得极不安稳，尽做些跳脱破碎的梦；她醒来时，也就临近午时。

她系好外氅，去园中折梅扫雪。椿杏温上茶汤，备在附近的石亭中。

梅枝没折多少，就见几株花枝后，宋晏林一张生来含春带俏的脸。

宋瑙宛如一见不惯世间美好的恶毒女子，完全无法欣赏，并且只想用毛笔在他脸上画王八。

宋晏林穿枝过叶，同她搭话：“我听大夫说，你染到点风寒？”

宋瑙果断无视他，他又问：“你每日裹得跟只圆滚滚的蹴球一样，怎么还会受寒？”

宋瑙顿时气血有些逆流，但仍忍住不回他。

可宋晏林看一看她，清了下嗓子，突然道：“哦，阿宿说，我们两兄妹的性子有点像。”

“她是伤到眼睛了吗？”宋瑙终于无法忍受，认为受到极端侮辱，脱口质问，“我哪里有你一半的风骚卖弄？”她气得要命，“你是来打击报复的吗，还是没挨够骂，想再多听几句？”

“啧。”宋晏林用扇头敲击眉心，困惑地叹一叹，“你嫁人以后，是越来越凶了。”

宋瑙一脸奇怪：“这有什么？只能你家那位彪悍？”她叉腰，气势汹汹，“谁还不是个女中豪杰了？”

放完大话，她似一刻不想留，潇洒如一阵风，但宋晏林轻抬折扇，朝她肩头压一压。

“你怎么都不问，阿宿跟小皇帝说过什么？”

“意义何在？”宋瑙被扇骨压住，淡眸扫过，“本来，她说什么，我也都不会信呀。”

那人于宋晏林是宝贝，但于宋瑙来说，只是个不作数的奸诈小人，骂一骂大约还能给她添点堵，那又何必要去听些耸人的危言，给自己找不痛快呢？

宋晏林会意一笑，挪开折扇。

没他压制了，宋瑙反倒不走了。

她仿佛想到点什么，直直望向宋晏林，一张口，哈出几团纯白的雾气。

“你那年去莫家下聘，临走前，你摁住我脖子，不许我回头。”陈年的旧插曲了，宋瑙忽然拿来问，“后面站的，是她吧。”

宋瑙当时年少，听风便是雨，听到谁人在笑，就真当她是开怀喜乐的。

但现在眼界打开了，见过的言不由衷，受世上千丝缠裹的人太

多了，她这才咂摸出来，在那一秒的轻笑声下，她却似听见一些含义分明的东西。

“掐过你一次脖子，你记到现在？”少顷，宋晏林避重就轻，绕开她的话，眼光虚虚浮浮，“真是小女子难养也。”

他双手自然垂落，玉面噙笑，而捏住扇柄的指骨凸起泛白，紧贴在一侧裤腿。

宋瑙没再说什么，蹲身捧起一捆梅枝，预备回去插花。

远处的雪道上黑风似的刮来一人影，黑点转瞬刮过梅林，近了宋瑙认出是戚岁。

他跑来通传，说是文亲王来了，在前厅等她。

宋瑙微怔，把梅枝交给宋晏林，便随戚岁去往前厅。

当豫怀苏撇去一切礼数，快步跨来，张口即问她：“三哥可回来过？”

在他急切发问的一秒，宋瑙的心似被什么向下猛拽，有个声音告诉她：出事了。

宋瑙摇一摇头，眼睛一眨未眨，异常平和地望着他：“今日祭祀，出什么状况了？”

“一点小口角。”豫怀苏目光微一闪躲，勉强挤出点笑来，含含糊糊地说，“也算不上多大的事。”

宋瑙视线落在他脸上，稍稍吸口气：“六弟，你当你三嫂傻呢，还是傻呢？”她凉凉地摇头，“凭你说的，若只是小口角，我把门前的雪吞给你看。”

豫怀苏犹豫良久。

他眼神放远，这间厅堂的陈设仿照了过去母妃宫中的格局，仿如可以看见，昭兮手持七彩鸡毛，在桌后不住挑衅三哥，直待皇兄实难忍受，撸袖打算收拾她。

昭兮总会抓过豫怀谨当作人肉挡板，而他的五哥从不反抗，英勇地杵在旋涡中央，衣裳被抓得皱皱巴巴。他时常看不过眼，冲去解救五皇兄。

过去的幻影一吹即散，他张开口：“天明之前，有人在皇宫地牢劫走一反贼。”他眼神幽暗，“而昨夜，只有三皇兄无诏入宫，他走后不久，人就丢了。”

宋瑙眼睫一颤，恐怕不只是无诏入宫，也因他是皇帝最不设防的兄长，亦无人比他更清楚地牢方位，诸多因素结合，才会衍生出今时的发难。

但她没空闲去忧怀已发生的，一送走豫怀苏，她立刻命戚岁备一辆运货的大车，将阿宿从小门转移，又派几个亲信丫鬟去把染血的被单绷带拿去街口处理掉。阿宿住过的屋中门窗大开，散去血气后，再用老檀香里里外外地熏。

全部做完，一支铁骑呼啦啦地停到门外，把虔亲王府围得密不透风。

他们进府搜索一圈，幸好宋瑙反应及时，并未捉到任何把柄，但他们没有就此撤离仍在府外呈围困之势，只许进不许出。

再晚一些，宋晏林以探亲的名义回来了，告知她，皇上动作迅猛，已接连封住宋家府宅，乃至老太妃修行的浮屠寺。

宋瑙面容沉静，听他说完，叹气问：“你回来干什么？”抬目瞥他，“不用去陪她？”

“她现在很安全。”宋晏林深深看她一眼，“瑟瑟，我是不大放心你。”

院里火光通明，随时有带刀侍卫走动巡视。

宋瑙凝眸注视窗外：“不放心什么？”

宋晏林解开酒囊，几大口入胃，他再恍惚谈起：“皇上今日所

为，与当初灭莫氏三族，并无二致。”

他说：“查抄，问罪，处斩，不过几个朝夕。”

半壶酒牛饮而尽，他的酒气喘息里，有因着阿宿拖累宋瑙而生的愧疚，也有纠缠追逐了这么些年，却无法阻止阿宿的万般无力。

他一面不忍心逼阿宿放手，逼她自我消解这冤仇大恨，另一面他是把国公府顶在刀刃上，日夜梦见断头铡下的人头，换成他的父母亲眷。

这些种种纠结在一起，才是促成他离开安全之所，进入王府陪她的原因。

“堂哥，我从没认为，阿宿想找皇上寻仇有什么错。”宋瑙仍面向外头，眼中映满火把的碎光，“目的不错，路子却错了，她……”

宋瑙戛然止住，思虑一下，还是没能说出来。

她其实很想问一问宋晏林：过去的隐瞒，我不怨你了，那往后你能不能也别怪我？

祭天过后，豫怀稷人间蒸发似的，再没回过府邸，也未踏足军营。

皇上当即下令全城戒严，倾一切兵力搜寻阿宿和虔亲王，虽没直白地明示什么，但此举等同于把豫怀稷跟反贼挂钩，瞬间将大昭的新岁之初搅得天翻地覆。

其实豫怀稷并没走远，他十来天里一直藏在华阴坡的一处荫蔽的农屋中。

但皇帝的行为越加激进，不是可以谈判的好时机，连入宫说和的文亲王都被软禁在偏殿之内。

浓重的不安似连日来未曾消停的暴雪，飘浮连绵在帝都城的上空。

豫怀稷立在断崖古树下，厚实的树冠如伞面，为他挡去部分飘雪。

他淡淡远眺，随手指向一地："下去过好几次吧？"

那是八公主墓所在的方位。阿宿不否认，她倚在树干上，面白如纸："既然八公主没死，葬在墓中的人一定会留下端倪，我要找寻扳倒皇上的证据，只能从这里入手。"

华阴坡是她开始的地方，再到徐恪守、徐斐，她借用莫恒深藏在外的产业、钱财，连同一些如她一样未浮到台面上的暗线，是他们一步一咬牙地用双手去刨，才找到这么些蛛丝马迹。

她伤口远没到痊愈的地步，无法久站，她坐到盘错的树根上。

"王爷，你再不动手，恐会走上莫老爷的老路。"她忍耐着山间寒气，一字一字地向外落，"老爷是文臣，当年又缺乏防范，他没得选，但王爷你不同。"

豫怀稷听出其意："我有何不同？"他冷眼瞥过去，"我的兵马多扎在边地，留在帝都的多数已被皇上控制，我能调到手的，不过暗处的百来人，还能弄出个兵变不成？"

"你缺的人头，我来补足。"

这时候，阿宿目光忽闪，她抠住粗老的树皮站起身："我在帝都有近千人，余下有几百已在周边待命，他们全是老百姓的装束，且极擅易容，即使现在城门进出查得严，至少也能混进些，到时我们整合一下，夜袭宫廷并非不能！"

豫怀稷转过身去，在树梢不时坠落的冰碴儿里，他淡然反问："你当真以为，区区两千不到的人马，可以奔袭皇宫？你兵马一起，只怕宫门还没闯进去，已被赶过来的兵营将领干掉了。"

"我手底下的皆非草莽之徒，能以一抵十，况且，未必要用闯的。"阿宿眼光如炬，轻柔而笃定地问，"禁军统领林晋南，不是你

一手调教出来的吗？”

话如冰雪掷地，山坡的风兜头刮来，卷起一树霜花。

豫怀稷注视她良久，冷呵一句：“不愧是当过暗卫的人，你查探得倒还真细致。”他顺着问，“你要林晋南为我大开方便之门，偷摸潜入，杀皇上一个措手不及？”

见豫怀稷没有过于强烈地反对，阿宿想趁热打铁，再鼓动点什么，但豫怀稷抬手止住她，重新背转回去，长久地眺向皇宫的方向。

他张口，叹道：“我再想一想。”

次日，皇帝不顾群臣反对，以勾结逆党为名，下旨捉拿豫怀稷。

革军职，废爵位，家眷充官奴。

当天夜里，豫怀稷终于点头同意，定在后日子时，攻取皇室。

晨起，天昏，邪风摇落一场骤雪，以纯白为刃，一刀刀地剐去尘世的脏污。

随天幕暗下，黑滚滚的伏兵隐在长街各处，由于是些散兵，豫怀稷抽调出一些精力去编组训练，斩杀掉十几个难以管控的，剩余分成五队，都以他的亲兵为领头，分布到四大宫门的附近。

来前，他定下几条规矩：

侍卫降者不斩。

宫人逃者不杀。

昭帝须生擒。

他这一指令登时引发众人抵触，他们多为朝廷欲缉拿的要犯，与皇帝的仇怨匪浅，本也无视人命，没什么悲悯心的，要他们收敛自束，都吵嚷比死还难受。

豫怀稷表示理解，抽出佩剑，如银枪猛一掷去，剑头倏尔刺穿原在粗声吵闹的前后两人，浸满血的剑身串起一双躯干。他们尚没死透，豫怀稷走过去，一脚踩在前面那人的小腿骨上，右手握住剑柄，跟撸烤串上的熟肉一样，噗地一拔，血腥飞溅三尺。

“我是个听言纳谏的，既然生比死难挨，我成全你们，不勉强。”他环视四周，举起仍在向下滴血的剑，冷冷提问，“还有哪个要我送一程的？”

人头祭出，底下顿起骚动，按理说，豫怀稷一方人少，他们蜂拥而上，赢面应当不小。但到底是群自私保命的，不肯当这出头之鸟，生怕白给他人作嫁衣。

吃准这一点，豫怀稷将他们拿捏得称心顺手。

继而到达谋定之日，天公洒完最后一粒雪，西北角的天空蓦地一亮，升起的烟火照彻云天，紧随几声闷雷似的巨大声响，数道宫门依次震动，如一张血口，主动向他们缓慢张开。

豫怀稷展臂一挥，以他为首，阿宿为辅，乌泱泱的人潮拥进皇宫。

刚落过雪的子夜，巡查的侍卫们冷倦交侵，还没提起精神，便由这一变故打得丢盔弃甲。加之林晋南的倒戈，他们失去龙首，根本没有招架之力，抵挡几下便四处奔散。

而阿宿的目标很明确，在豫怀稷的引路下，直冲皇帝寝宫奔去。

宫中各处燃起灯火，他们到的时候，皇上寝衣外披有金龙外袍，他手持太古帝王剑，孤身立在石阶上，院里只剩一支几十人的亲卫队。大约夜风中杵久了，他以帕遮唇，时不时地咳一咳。

他稍微合眼，听见无数人的脚步声跨过宫槛，再睁开，豫怀稷已率人攻进大门。

“三皇兄。”他勾一勾唇，五指捏紧剑柄，“你可叫朕好等。”

阿宿的人哗地以扇形散开，在宫院内将皇帝一众层层围住。

豫怀稷站在包围圈里，同皇帝四目相望，从容不迫。

“着什么急？”他慢悠悠地说，“这当帝王的，要能沉住气，哪怕只当一日，当一时，当一刻，也得沉住了。”

皇帝未置可否，只轻轻笑一笑，忽然叹问：“朕有多久没跟皇兄练过招了？”

听到这个，豫怀稷稍抬下巴，似也惆怅地答：“是有不少年了。”他回想着，“臣出征西北前动过一回手，后来就再也没有了。”

“不错。”皇帝点一点头，“朕记起来了，是四姐出嫁的那一年，皇兄刚从西南回来，年底又独自领兵去了西北。”他手腕微转，已提起剑来，银光反射出他微挑的嘴角，“是该给皇兄看一看，朕这些年长进了多少。”

话未完全落地，他的剑已破空刺出，身随剑动，宛若银色游龙划过夜色。

豫怀稷食指一挑，剑鞘凌空飞出，挡住刺向面门的剑尖，一声锐利的铮鸣声后，两人以晃目的速度交起手来。随他们破开了口子，皇帝的护卫也提刀攻向四周，两边的争斗一触即发。

大约百来招后，豫怀稷与皇帝同时收招，再出手时，他们的兵器同时指向对方咽喉。

在飞速起势即将刺进血肉的一秒，豫怀稷所执的剑鞘偏去一厘，皇帝的剑刃亦从他颈边划过，但双双未停，擦过对方向前而去。

剑鞘旋飞，打下一枚金钱镖，豫怀稷提腿踹中躲在檐下，手执暗器的男子，信手扯住他耳尖，冰凉不耐烦地说：“我说过，生擒生擒，白长一副招风耳，听不懂是吗？”

几乎同时，豫怀谨的剑也架到阿宿肩头，四面突然火光大盛，照彻黑夜的光亮底下，宫墙之上百名弓箭手齐齐冒头，院外亦传来整齐划一的列队前进之声。

局面急转而下，阿宿还没从豫怀谨逼到眼前的剑上回过神，已看见陆秋华带兵冲进来，他身后的人马纵横向前，少说也有数千人。

而他们这一群忽如瓮中之鳖，有的想逃走，被墙头射来的羽箭一记穿透眉心，轰然倒地。

原本的优势转瞬成颓态，阿宿这才猛然惊觉，她自进来以后，便没看见过埋伏在另外三个宫门的手下，只怕早已在入口的某一处便被降住了。她浑身的血凉个透，扭头看向远处的豫怀稷，几近咬碎牙齿：“你们，串通好的！豫怀稷！你设计我？”

听她挣扎怒吼，皇帝将剑移开，陆秋华即刻补上，与几个侍卫把阿宿困在刀下。

“阿宿姑娘，你这口气，莫非我记错了，难道不是你先设计我跟我家娘子的？”

豫怀稷收剑入鞘，穿过对峙的人潮，在一脚一坑印的深雪中走向她。他面上没有端掉一窝逆贼的释然，依然同在宫外潜匿时一样沉冷。

他说：“你忘了，我带你离宫前，先去见的，是皇上。”

与阿宿以为的不同，豫怀稷从没在她给出的选项里摇摆，而是直接去找皇帝摊牌。

世人皆赌徒，有人赌钱财，有人赌前程，而他赌的是豫怀谨的一点真心。

他至今都还会记起，几案上火头熄灭的锅子、冷到发酸的酒，以及死一般静悄悄的暖阁。

豫怀谨坐在高位，眼里空洞洞的，双掌不停磨搓膝盖骨，始终发不出半点回音。

见他这样，许多东西昭然若揭，但豫怀稷仍在逼他亲口说。

“臣来，是想听一句实话。”他眼光灼灼，掺带了兄长的威严，“不论实情为何，未来该如何破局，臣只想跟皇上商榷，不能由一外人指哪儿打哪儿。”

似没听到他的话，豫怀谨依旧双目失焦，面上浮出年少时才有的张皇无措。

突然间，豫怀谨产生一股莫名强烈的冲动，他想冲出去，去找陆万才，抓住其问一问：你不是说，朕身上沾的血已经洗干净了吗，那为什么，皇兄还是发现了？

但他仿佛动弹不了，只能浑浑噩噩的，听豫怀稷一句句地把话抛来。

“臣以为，臣同皇上之间，不应有嫌隙，生死分合都该敞开说……一切之后，皇上若能容下臣，臣就照常来去，倘若容不下……”豫怀稷顿了顿，道，“臣今夜只身前来，把命拍在这大殿上，皇上想要，可尽管拿去。”

“朕不想！”

宛如梦中惊醒，豫怀谨蓦然一扬头，眼神死倔，犹似当年那不知圆滑，一根筋的小皇子。

终于，他张一张口，把多年来做过的决定、造的孽，同幼时汇报功课一样，搜肠刮肚地说给他的皇兄听。可他终归不再年幼，在做完一件事后，能得到太妃蒸的糖酥酪，连闯祸都有皇兄挨打在前，他依然能在太妃宫中蹭到一顿饭。

那时，但凡皇兄在，他万事不用慌。

豫怀稷是一个节点，是他的人生渐渐有光，缓慢转好的开始。

所以，他做过什么，天知地知，天下人臣他尽可不惧，但唯独他的三皇兄，他生怕显露一点破绽。但今夜皇兄问上门来，跟他说生死，谈嫌隙，从没有过的绝望在他心口漫溢。

他木然地说着，冤杀莫氏，包庇徐斐，清除掉可能见过徐尚若的宫人，几乎一件没落。

“宫中本无八公主，姝贵妃在家乡怀她在先，入宫在后。”他轻微失神，“是父皇仗势强娶的，却在发现这些后，把她们母女一关十余年。”

一截红烛燃尽了，殿内一角忽地暗下去，豫怀稷半张脸落进阴影中，他越过光秃的烛台望去窗外，指节微微屈起，点叩椅背：“皇上，除去这些，臣还有一事求解。”他转过脸，语气不住向下沉，“父皇的死，可与你有关？”

这句问话，早在他身处汶都时，就一梭子打进心里。先帝是见过徐尚若的，若他健在，皇后根本避他不开，而当初先帝驾崩，再到立后册封，顺序巧得如有神助。

可恰恰，豫怀稷不信神佛护体，只信事在人为。

他问得直接，赫然揭开那层遮羞布，豫怀谨先是掩唇轻咳，随后变为急剧干咳，忽而涌出的眼泪跟随滑落，沾湿盖在唇上的一侧手掌。他稍稍挪开手，垂目凝视脚下，苦着嗓子说：“父皇的药方子，我……划去一服药引。”

他不再自称朕，走下九五之尊的位置，回到他原来的身份里去。

“你混账！”

豫怀稷霍地起身，他已然气得不轻，他可谓怼天怼地长到大的，连昭兮都被他打过手心，豫怀苏更不在话下，偏就这五弟，他从来没忍心碰一下。

但过去有多爱护，现在便多想摔在地上揍。

“说句大不孝的，父皇身子到底如何，外人不知，你还不清楚

吗？”顾不上君臣礼仪，豫怀稷放开骂，“他早被酒色掏空一半了，本也没多少年可供他祸祸的，你不能再等一等吗？”

豫怀谨眼膜充血，低吼道：“我能等，可尚若等不起！”他也站起来，走下高台，一步一个字，扯出比哭还难看的笑，“父皇准备在尚若及笄那年，把她嫁到宫外去，嫁给副都统罗沛。”

豫怀稷愣住。他认识罗沛，罗沛是有点武艺才干，但他出名的不在这儿。他曾有过三任正妻，皆因他特殊的床笫癖好，虐打折磨，最终忍受不住自戕而亡。除了罗沛的原配，另外两房续弦都来自贫苦人家，他名声臭了，凡有点家底的没人会把女儿嫁给他。

去年，这浑球因在军中犯事，被豫怀稷斩杀示众。

“太妃心慈，应姝贵妃的请求去找过父皇，但没用，没有用，父皇仍执意如此。”

豫怀谨咬牙问：“连太妃的话都不管用，他还会听谁的？”

恍惚中，豫怀稷似乎可以穿过他们分别两地的那些年，望见一切尚未发生，站在源头踽踽独行的小五，在他的眼前，是昭兮远嫁，平时倚仗的皇兄也在万里开外，而太妃都无能为力的局势，豫怀苏还小他两岁，更是指望不上。

他是独自立在荒野中，无人可说，无力可借，只有靠他自己，去抵御将至的黑暗与猛兽。

他开始谋求先帝信任，一手伸到前朝，拉帮结派，扶植党羽，在先帝病重的几年，逐步把控住朝政。他剥去原来的一张皮，鲜血淋漓地长出新的爪牙。

豫怀谨已步到平地，他弯曲双膝，跪在他三皇兄面前。

这一幕，他已梦见许多回，他刚想说话，一口腥咸顺着喉间的奇痒一齐咳出来。

他全身贴伏在地，殿外响起清晰而急促的踏雪之声，来人没等通传，径直推门闯进。他稍微撑起身，看见徐尚若扔掉伞，在无垠雪地上向他飞奔。

她显然吓得不轻，慌乱中，她提起门边横架在木托上的剑，剑鞘都没去掉，便奋力抬高一点。她面向豫怀稷，止不住哭腔地喊："你别过去！你不许过去！"

而豫怀稷没有动，风拂过他哀伤的眸子，他问向伏地的年轻君王，平柔温厚："皇上，臣头回考查您的功课，问的是哪一篇，您可还记得？"

豫怀谨怔一怔，恍神半天，他还记得吗？

是的，他记得。

"君子有九思，君子知仁德。"他喃喃答完，掌心朝上，抬手伸向徐尚若，"尚若，不可用剑指皇兄，放下来。"

这柄剑女子提来吃力，却也不敢真的放下，她见丈夫眉心皱起，正踟蹰着，又听豫怀稷开口说："我今日去浮屠寺，母妃说，人生一世，骨肉血亲，错过一个少一个，她要我护好了。"他喉结滚一滚，嗓中干涩，"五弟，那你说，为兄如今，还能护住你吗？"

话一随风飘走，只听哐当两声，剑头坠地鸣响，再是剑身摔砸在地。

徐尚若眼泪夺眶，她朝豫怀谨跑去，脚下短短十多步，如同一生的漫漫长路。她使尽全力，把她的夫君自坚冷的地砖上扶起来。

豫怀谨握住她手掌，咽下满口血沫。

但他恢复点气色，面颊有片缕的红润，因着豫怀稷的回护之心，雀跃得像个少年。

哪怕他们都明白，这一回，阿宿是外患，他的痨病是内忧。

天道轮回，谁也护他不住。

阿宿收监之前，几把剑围成圈架她颈上。大势将去，她颓然地跪坐在厚雪中。

侍卫将她拖起来，即将押往地牢时，豫怀谨挥开陆秋华等人，凑到她耳边，悄声留下一句私语。他说："你放心，你没输，结局只是换个方式，但它不会负你所望。"

起先，阿宿只当他在故弄玄虚，临到末尾了，还不忘戏辱她。

当天夜里，王府内外的兵马如潮汐退走，街头巷尾的通缉令也一并撕去。次日早朝，皇帝向朝臣说明原委，归还豫怀稷被褫夺的兵权封号，他亦在朝堂之上，将自己谋害先帝，做局诬害莫恒，为徐斐掩罪等一串的过往公之于众。

只刻意略去徐尚若的部分，稍作模糊处理，把莫恒的悲剧归于暗中知悉了他所犯恶行，才遭到毒杀灭口。他在众臣惊掉下巴，还没回神的当口，下达诏书，因其失德无能，不堪天下大任，痛思己过，将禅位于文亲王豫怀苏。

而这一决断，是他跟豫怀稷早早商定下的，只在上朝前半个时辰，简单知会豫怀苏。

豫怀苏受惊不小，脑子乱糟糟的，但出于生存本能，他想先逃出去再捋一捋这些事。然而，皇帝拿过能拍死人的长方镇尺，递给豫怀稷，他三哥手持家伙，隔空指一下豫怀苏的腿："你想自己走去登基大典，还是由人抬过去，你考虑清楚。"

豫怀苏视死如归，硬气地吐出四个字：你行你上。

他三哥果真没手软，镇尺贴住他股缝飞过来，颇有废他命根之势。他刚跳脚躲开，气到头顶冒烟，却听豫怀谨话音飘忽，同他说："六弟，你皇嫂她有孕了，三个月。"

豫怀苏愣一下，倏忽想起，三个月以前，恰是皇上开始料理太后母家的时间。

“三皇兄是武将，他随时要领兵出征，一走好几年。

“老大老二愚笨软弱，难以在帝都同皇兄打配合，小十他们还没成年，不过半大孩子。”

豫怀谨断断续续地咳嗽，一小句话要歇三次，说到后头，气喘连连，透出些恳切。

“我病气入肺，已无太多时间，你帮一帮五哥，叫我解脱吧。”

他近乎凶蛮地动齐家，除逆贼，把零零碎碎的，烂进朝廷血肉中去的根须，连同周边腐肉生生剜去，为的便是这一天，手捧清明河山，还政于来日贤君。

终于，豫怀苏默然伫立，放在门上的手收回来，不再往外闯。

而这一惊变，似一束光电，瞬息传遍五湖四海，豫怀谨成为百姓谩骂的不仁昏君，没人会去记起他曾有过的功绩，提起他时，都道是一弑父杀君的逆子而已。

诸般后续，阿宿听说时，已是新帝即位。

跟随她的那些人，按过往罪行轻重，大多伏诛，小部分流放充军。还有的如温萸一样分散在各地的暗线，朝廷派出人手，或捉或放，陆续都在清剿当中。

只有应属她的判罚，始终悬而未决。

她在地牢无事可做，闲来想一想这次的行动，豫怀稷将他们聚齐，本可以在山上动手，估计担心山中地广，若逃去几个，溜到山脚下百姓集中的地方，会引发大乱。

她反思她的失败，她想以前，想现在，余下的大把时间，则都用来想着宋晏林。

她以为自己是难逃一死的，却在某一日，牢房中来了一位年轻男子。

阿宿没见过他，但他黄棕色的便衣上绣有金龙，身旁随同的太

监是曾服侍过豫怀谨的，她便明白大半。

陆万才宣读圣旨，其中写着，念及她护念旧主，其心可悯，特赦死罪，责令终身幽禁于莫氏老宅，由士兵把守，不可踏出半步，逃则立斩。

阿宿愣一愣神，豫怀苏拿过圣旨，随手递向她，徐徐道："宋晏林说，他愿与你同往，他已向朕以命作保，将余生都留在莫府，一定会看住你的。"

宋晏林是什么人，他的心太野，他想去大漠看孤烟，计划往西域走。

他从来闲不住，浪起来比风还自在，一去千万里。

他原本应该一生都在路上的，阿宿想着，接过圣旨，她笑了一下，眼泪随笑而出。

阿宿押往圈禁地的那日，温萸也来了，她换回过去的装束，靛青色褂衣，腰间别一根旧马鞭。她淹没在沿街的百姓中，间隔无数人，同阿宿远远地互望一眼，算作送别。

而徐斐也定在这天处刑，送完阿宿，温萸去到菜市口。

她年年月月都在盼徐斐死，也许是模拟过太多遍，当真实来临的一刻，也不过是在她面前又死一回，倒也十分平静。行刑完毕后，她跟人群一起散去，抬步往城门的方向走。

眼见即将要踏出皇城，天空掉落一滴水，拍在她面颊上。

她掏出钱袋子，转身准备去买伞，忽然在墙根下见到一个人。

几年的时光没有变去他多少，书卷气渗进五官肌理，生出一张很会说教的脸。

顾邑之牵了一头黑色马骡，的确如他所言，不减当年俊逸。

乌凤驮着一胖娃娃，正紧盯自己不放，她依稀听见，小孩认真地问他爹："是娘亲吗？"

下一秒，小孩自说自话道："嗯，是娘亲吧。"

这一刻，温萸并不想问，他为什么在这儿，来做什么，准备去哪儿，只有一瓣悬空多年的心，它渐渐落向柔软的实处。

半年之后，豫怀谨病重逝世，只差一点，没能挨到孩子出生。

虽有大憾，但他已卸去一生功与过，临到生命尽头，他离去得很平和。

他走后，徐尚若搬去浮屠寺，同老太妃结伴，月余生下一位小公主，眉目像极她父亲。

豫怀稷把山寺的守卫增加两成，宋瑙则在吃穿用度上格外留心，常挑拣上好的送过去。

眨眼来年春，他们去浮屠寺探望归去，走在下山的石路上，两人依偎闲谈。

"王爷，你往后别对皇上太凶了。"春风吹来山草清香，还有女子极为恻隐的声儿，"皇上也怪可怜的。"

她身旁的男人冷笑反问："可怜？哪个？皇上？呵。"

可女子坚定地说："身为大昭独一个挨揍上帝位的君王，真的很惨了。"

"……"

山道上许久没人应答，群鸟扑簌簌飞过几批，才听见人声：

"这么想来，夫人所言极是。"

他们越走越远，话头也换过几个，缓缓消失在春色林间。

番外·宋晏林

在很早之前，阿宿从流言蜚语里听说宋晏林时，对他是千百个看不顺眼。

那时候，宋晏林在世家中的风评褒贬不一，有批他一文不值的，也有将他夸上天的。时值她家大小姐来年及笄，陆陆续续开始跟国公府谈婚事，可莫小姐担忧宋晏林为人浪荡，便派她去打探个准数回来。

她经过些波折寻找，锁定宋晏林时，他正在洛河的春风楼跟兄弟们喝酒。

一干人里数他显眼，坐卧窗榻，跟抽去浑身骨头似的，显出风流媚态，但站直了又比他北方来的好友还高上小半个头。他酒局结束后并没回府去，而是拎起包袱，骑一头皮毛银亮，形态上与他同等骚气的高马，出了城门向东走。

他此行像是压根儿没计划，一路招摇逛荡，偶尔出头管个闲事。

阿宿发现，他尽管极招姑娘家青眼，但倒是个守礼有规矩的人，月余跟下来，他没做过什么出格的事。就在她思考是否该打道回府时，一场暴雨打乱掉她的脚步。

那是两座城的中间地带，离下一驿站有十几里路，周遭蔓草丛生，唯独宋晏林躲身的废弃土庙尚能遮 遮雨。阿宿在门外犹豫不决，忽闻残破的窗户纸里，传来一声懒散的轻笑，似银针扎耳，他说："跟我一路了，还怕进来躲个雨？"

阿宿怔住，眼见雨势颇大，她一咬牙，抬腿跨进破庙。

她尽管是做暗卫的，总在些阴湿的角落行走，但长得并不难看，样子端静，反而人很白，盖去了些许冷硬的缺陷。

宋晏林端详她片刻，指一指身旁的火堆，示意她过去烤火。

他虽举止体贴，但出口的话却十分讨打："爱慕我的姑娘是不少，但胆大成你这样的，我真是头一次见。"

阿宿额角的青筋突突一跳，她盘腿坐下，冷淡否认："公子认错人了。"

可宋晏林不听她的，自顾自地问："我有哪一处如此吸引你？"他右手五指微微内扣，轻托额头，眉目稍含春色，"美貌？气质？矫健的雄姿？"

阿宿再度坚定否认，拇指与食指并在一头轻轻揉搓，现出她打人前的习惯动作。

"你是在洛河盯上我的，对吗？"忽然，宋晏林手抚眉梢，轻

笑道。

听见他察觉得这样早，阿宿心下一惊，但还不由得她搜寻托词，宋某某已接下去问："一行四十余天，只在暗中偷窥，姑娘，你若不是中意我，那你图什么？"

他眼睛斜眺："图我美如画？图我眼儿俏？"

纵是阿宿这种经过些风浪的，也为他的风骚震住，微抽一口凉气。

然而她笨嘴拙舌，除去严词否决，也憋不出别的话来。

再去回想那个雨夜，俨然是在她不断重申的"我没有"，与宋晏林强按她承认的"你有"这两者当中挨到天明雨停。阿宿跟踪他是实情，但真正的原因她没法儿说，而庙外大雨倾盆，只能在柴火旁生受了一晚上宋晏林的洗脑。

若非她意志坚定，恐怕真该信了，她对这人是出自深沉的爱。

艰难的一夜过后，阿宿决定再多考察他一段日子，她有点担忧，可以一人说完十人份的话，喋喋不休到这种程度，怕别是个傻的。

这么一想，她干脆放开手脚，不再费心掩藏，反倒是正大光明地跟他一道。

好些天后，宋晏林坐在酒肆，左手撑腮，筷尖挑起蚕豆往嘴里送，几下嘎嘣脆响后，他美目稍抬，忽然想到问她："嗯？话说回来，你叫什么名儿？"

阿宿抽一抽眼角，宋晏林的这一路，除去头半日，还客气地称她一声姑娘，而用完这顿午饭便彻底扔掉客套，开始喊她"那谁"。

她冷嘲道："难为宋公子百忙之中，还能记起来问一问我叫什么。"

宋晏林摆手："你是谁这不重要。"他笑得风情万种，"既是你痴恋我，你知道我是谁就够了。”

阿宿再次朝天掀一掀眼皮，凭借这几日的经验，明白打是打他不过的，靠说更加没有用，这没廉耻的东西只会孜孜不倦地同她灌输，她是情至深处，不自知。

她果断放弃跟宋晏林扯皮，咻地抽出小刀，用刀尖沾上茶水，在桌面画出横竖钩折。

宋晏林扭过头去看，手点在“宿”字之上：“它的发音不少，你的是哪个？”

阿宿冷冷淡淡的：“星宿的宿。”

谁知宋晏林惯会自娱自乐，顷刻从她的名号里找到新的趣味，生拉硬拽地把她抓去旷野中，面向满目夜星，开始讲起三垣四象二十八星宿。

她不堪其扰，终于抱剑睡去时，依稀还记得，那晚的毕宿星官璀璨，如珠似玉，仿如宋晏林一对熠熠流光的眸子。

再之后，宋晏林对她的称呼从“那谁”，变为拖长尾音，多情款款的“阿宿”。而她待宋晏林，也从一开始的“宋公子”，转变成冷酷无情、绝不含糊的“宋晏林”。

他们在一起走过半年多，从东再往南，救济过穷苦人家，也曾行侠仗义，拔剑抱不平。

南行结束时，宋晏林说要去漠北，晒一晒那边的骄阳，尤其要往糙里晒。

他手抚面颊，吊儿郎当地笑：“你瞧我这脸，细白过女子，一块斑点也没有，这像话吗？”

阿宿冷睨他：“不像话，割一刀吧。”

虽然她说得狠辣无情，但在那一刻，她是做好随宋晏林到大漠去的准备的。

但在出发的前夜，她收到莫绮月的飞鸽来信，这才意识到，她已经出来得太久了。

卷曲的信纸在她手心反复揉搓下，变为一根细条的纸绳，她微一用力，纸头碎成扑簌簌的白粉。她决定回帝都复命，走前天还未亮，她离去得很彻底，没有留下半句口信。

宋晏林的漠北之行便夭折在她的不辞而别里，接下来的时间，都用来打听她的去向。

可等在前方的，只有日复一日，夏辞秋来的无绪与徒劳。

他们再次重逢，已是一年以后，他去莫府下聘的那日。

阿宿靠在一株白千层下，听见他跟瑟瑟的争辩，轻声笑一笑。

宋晏林回头望去，右手压住堂妹的细脖颈，听她气恼地喊："别掐我！要断了！断了！"

尽管耳边杂声不绝，但他听不见似的，忽也轻微一勾唇。

后来，他在别处听到，阿宿回去后，跟莫绮月说过一句：宋公子，他很好。

按着莫绮月的傲气，但凡阿宿肯抹黑他几句，恐怕也要给这门亲事添点波折。

但她并没这样做。

"这么想我成家？"宋晏林冷呵，"我可谢谢您。"

阿宿一梗脖子，说："我不想骗人。"

宋晏林眸光微闪，反问她："只是不想骗人？"又道，"并没有盼我成亲？"

阿宿不吭声，形如默认。

宋晏林脸上终于浮出点笑意，缓慢俯下身，在她耳畔低声问："也没有……不喜欢我？"

阿宿不明白他是怎么推导得出这个结论的，但她抿紧嘴唇，依旧没出声。

她什么也没说，可宋晏林在她一如往常的缄默里，找到了他想要的答案。

为了这个答案，他像鬼迷住了心窍，追随着她，风一程雪一程地走过很远很远的路。

走到人烟散尽，走到死也该死在一处，他再没回过头。